Der Puppenspieler von Palermo

Roman
von Anna Castronovo

Bibliografische Information der Deutschen Nationalbibliothek: Die Deutsche Nationalbibliothek verzeichnet diese Publikation in der Deutschen National- bibliografie. Detaillierte bibliografische Daten sind im Internet über dnb.dnb.de abrufbar.

© 2022 Anna Castronovo
www.anna-castronovo.de
Lektorat: Simona Turini, www.lektorat-turini.de
Korrektorat: Ina Vogel
Covergestaltung: Giusy Amè, www.magicalcover.de
Bildquelle: Depositphotos
Herstellung und Verlag:
BoD – Books on Demand,
Norderstedt

ISBN: 978-375-578-124-0

»Unsere wahre Aufgabe im Leben ist es,
glücklich zu sein.«
(Dalai Lama)

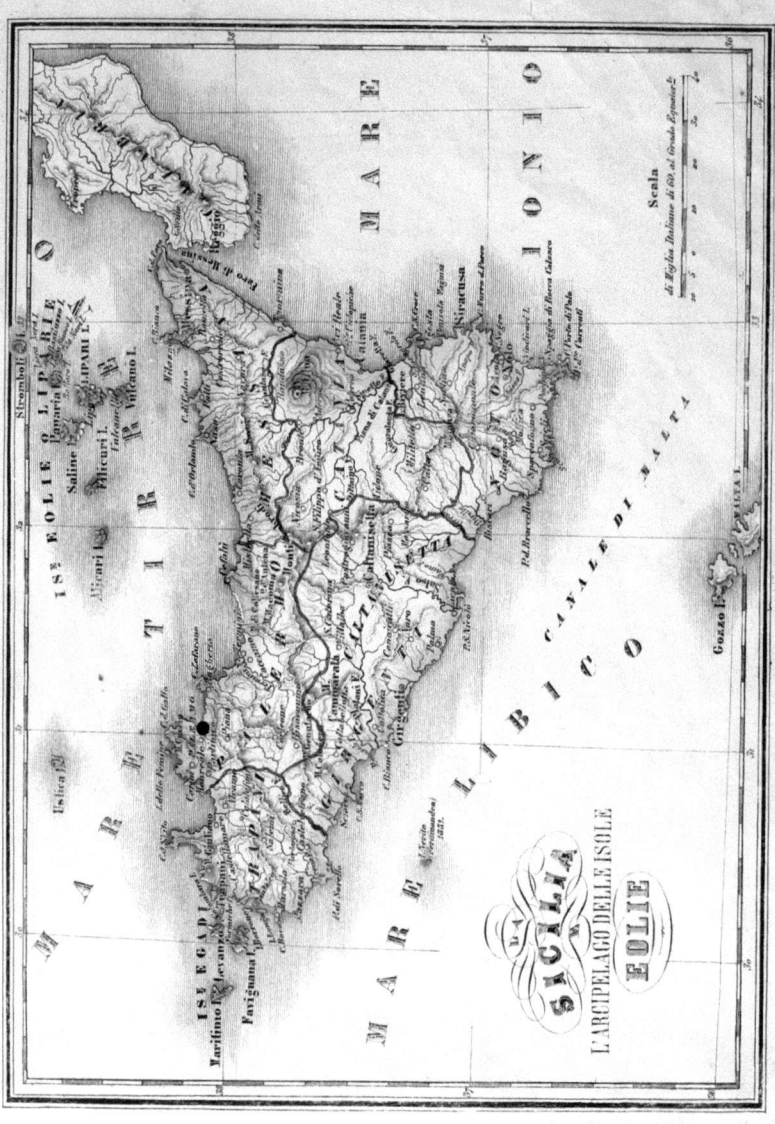

LA
SICILIA
E
L'ARCIPELAGO DELLE ISOLE
EOLIE

Prolog

Ein halbes Jahr zuvor

Die Alpenkette hebt sich glasklar vom Himmel ab, der Föhn schärft alle Konturen und es ist viel zu warm für Mai. Migränewetter. Aber ein irres Licht. Ich spüre ein feines Ziehen hinter meinen Schläfen. Bitte nicht auch noch Kopfschmerzen. Ich suche das Weitwinkel-Objektiv aus meiner Fototasche und schraube es auf die Kamera. Dann lasse ich meinen Blick schweifen, um ein Motiv zu finden. Meine Augen wandern über das dunkle Wasser des Ammersees. Was ist das? Ich starre auf die Wasseroberfläche, kneife die Augen zusammen. Da ist doch was. Mein Blick verschwimmt. Die kleinen, hektischen Wellen des Sees werden zu großen, sanften Wogen. Das sizilianische Meer?

Da ist sie. Erst gleiten ihre Umrisse unter der Oberfläche entlang, dann bricht ihr Kopf mit den langen dunklen Haaren durch das Wasser. Sie schwimmt auf mich zu, schließlich steht sie auf. Das Wasser reicht ihr bis zum Bauch und an ihrem Körper klebt das weiße Nachthemd, das ich als Kind hatte. Das trägt sie immer noch, obwohl sie genauso alt ist wie ich.

Ciao Lucia, flüstere ich in Gedanken, setze mich im Schneidersitz auf die Kieselsteine und lege die Kamera in meinen Schoß. *So ein Scheißtag.* Sie schaut mich an, mit ihrem milden Blick und lächelt. Sie sieht genauso aus wie ich, bis auf die Haare. *Mitzi ist mal wieder in Hochform, Berlusconi wurde wiedergewählt und der Erzeuger ist sowieso ein Arsch.* Ich seufze. *Außerdem hat Hanna nach ihrem Opa gefragt. Weißt du, ich würde ihn so gerne kennenlernen. Manchmal frage ich mich, ob du unseren Vater kennst.* Nickt sie, oder bilde ich mir das ein? *Vielleicht lebst du ja sogar bei ihm.* Ich beobachte ihr Gesicht genau, aber sie lächelt nur immer weiter ihr sanftes Lächeln, dann verblasst sie und ist weg.

Ich weiß, dass sie nicht tot ist. Lucia ist ein Teil von mir. Ich sehe sie oft, in meinen Träumen, aber auch tagsüber, wenn es mir nicht gut geht. So wie jetzt. Dann kommt sie zu mir. Ich weiß nicht genau, wie sie das macht. Sie taucht einfach in meinem Kopf auf und ich sehe sie, ohne sie zu sehen, und höre sie, ohne sie zu hören. Ich glaube, das ist so ein Zwillingsding.

Als ich klein war, habe ich meiner Mutter ein paar Mal davon erzählt, aber sie ist jedes Mal traurig geworden, also habe ich damit aufgehört. Wenn es um Lucias Tod geht, schweigt sie. Da flucht sie nicht mal mehr, da herrscht nur noch eine Stille, die die ganze Luft um sie herum einsaugt wie ein Vakuum. Manchmal glaube ich, meine Mutter erstickt an ihrer eigenen Einsamkeit.

Sonst weiß niemand davon, dass ich Lucia sehe, sie ist mein Geheimnis. Die Leute würden mich für verrückt erklären, wenn ich ihnen erzähle, dass ich so eine Art telepathischen Kontakt zu meiner Schwester habe.

Welche Gemeinsamkeiten haben Lucia und ich wohl? Ob sie so aussieht wie ich?

Ich streiche mir mit der flachen Hand über das Gesicht, nehme die Kamera aus meinem Schoß und stehe auf. Lucia ist weg, und das Licht auch. Die einzigen fünf Schäfchenwolken am Himmel haben sich genau vor der Sonne gruppiert. Heute ist wirklich ein Scheißtag.

Der Brief

»Wie jetzt. Des war's schon? Von mir hat er gar nix geschrieben, oder was?« Meine Mutter schürzt beleidigt die Lippen.

»Von dir?« Ich hebe den Blick von Gaetanos steiler Handschrift und wische mir mit dem Unterarm die Tränen vom Gesicht. »Ich glaub's nicht. Mein ganzes Leben lang hast du mir jede Information über meinen Vater vorenthalten ...«

»Ich hab dir doch die Briefe gegeben.«

»Ja, nach fünfundzwanzig Jahren! Und jetzt bist du beleidigt, weil *ich* ihn ausfindig gemacht habe und er mir auf *meinen* Brief geantwortet hat?«

»Des sieht diesem Katzelmacher ähnlich. Nicht ein Wort über mich.«

Ich tippe mir an die Stirn. »Du hast doch einen Vogel. Waren wir uns nicht einig, dass Gaetano dich gar nicht betrogen hat, sondern du einfach Hals über Kopf abgehauen bist?«

Meine Mutter schaut mit erhobenem Kinn zur Seite. »Des ist fei schon ein bisserl nachtragend, findst nicht?«

»Boah!«, mache ich, lege den Brief auf den Tisch und gehe zum Herd. Der Duft nach Tomaten und frischem Basilikum erfüllt unsere Küche, kleine rote Blasen zerplatzen im Topf. Ich schiebe ihn von der Herdplatte, damit die Soße nicht anbrennt, und werfe die Spaghetti ins kochende Wasser. Ich brauche jetzt dringend Nudeln mit Tomatensoße. Die helfen gegen alles. Zum Beispiel gegen lebenslange Sehnsucht, Angst vor der eigenen Courage und noch mehr Angst vor der möglicherweise größten Enttäuschung meines Lebens.

Zwei Monate sind vergangen, seit ich ihm geschrieben habe. Ich hätte nicht gedacht, dass sich Gaetano noch meldet. Aber jetzt ... Ich atme tief durch, um nicht schon wieder zu heulen.

Mitzi lässt die violetten Holzperlen ihrer Kette durch die Finger gleiten. Die Farbe ist perfekt auf das grünsenfgelbe Muster ihres Kaftans abgestimmt. Den hat sie bestimmt an irgendsoeinem Dritte-Welt-Stand auf dem *Tollwood*-Festival geshoppt. Zusammen mit den roten Haaren sieht das aus, als wäre sie eine ihrer Farbpaletten aus dem Atelier.

»Willst du den wirklich kennenlernen?«, fragt sie. »Du bist doch bisher auch wunderbar ohne diesen ... diesen ... Italiener ausgekommen.« Es klingt, als sei mein Vater eine Nacktschnecke.

»Nein.« Ich schniefe und wische mir mit dem Handrücken über die Nase. »Bin ich eben nicht.« Ich zeige mit dem Kochlöffel auf den Brief. »Aber jetzt werde ich ihn endlich treffen, und du wirst mich nicht davon abhalten.«

Meine Mutter seufzt und schüttelt den Kopf. »Bürstel dich halt nicht gleich so auf. Keiner will dich von irgendwas abhalten. Ich mach mir nur Sorgen, dass des ein totaler Reinfall für dich wird. So einer, von dem du dich nie mehr erholst. Ich mein, du bist ja eh schon angeschlagen, und du weißt ja gar nicht ...«

»Hör auf!« Ich schmeiße den Kochlöffel nach ihr. Sie weicht aus, der Löffel scheppert auf den Boden und verspritzt Soßenkleckse auf den Fliesen. Das habe ich mir bei meiner Zia Mimma abgeschaut. Funktioniert immer. Sogar Mitzi kneift jetzt die Lippen zusammen und schweigt.

Ich will ihre Worte nicht mehr hören, sie treffen nämlich volle Granate in das Vakuum, das sich in meinem Magen gebildet hat, seit mir der Postbote vorhin den verknitterten Brief aus Sizilien überreicht hat. Mitten rein in diesen Unterdruck aus Hoffnung und Panik. Die Wahrheit ist: Ich habe höllische Angst davor, dass der große Traum von meinem perfekten Vater zerplatzt wie eine dieser Tomatensoßenblasen.

Die Stimme des *Tagesschau*-Sprechers tönt durch unsere WG-Küche. Er redet über Silvio Berlusconi. Der italienische Ministerpräsident wird eingeblendet, wie er zu Dmitri Medwedew sagt, die russisch-amerikanischen Beziehungen könnten sich mit dem neuen US-Präsidenten Barack Obama durchaus verbessern, schließlich sei der jung, schön und gut gebräunt.

»Ja spinnt der Beppi?«, entfährt es Mitzi.

Mit zitternden Händen gieße ich die Pasta ab, stelle den Topf zurück auf den Herd und verteile Spaghetti auf die Teller.

»So ein damischer Zipfiklatscher.« Mitzi schüttelt den Kopf. »Von gut gebräunt versteht der ja was. Aber des war's dann auch schon. Sind doch alle gleich, diese Italiener.«

»Genau wie mein Vater, oder?« Ich knalle den Teller vor sie auf die Tischplatte.

»He!« Sie rutscht ein Stück zurück. »Ich will doch nur dein Bestes.«

»Bei dem Spruch kriege ich sofort Ausschlag. Es juckt schon.« Ich kratze mich demonstrativ am Unterarm.

»Der wird dir nichts als Probleme bringen, wirst schon sehen.« Mitzi nimmt die Gabel in die Hand und stochert in ihren Nudeln herum.

»Wird er nicht. Er ist ein ... also ein ...« Ich ringe um das richtige Wort. »... ein Puzzleteil meiner Identität, verstehst du das nicht?«

Sie schüttelt den Kopf. »Dir hat doch nie was gefehlt. Ich bin schließlich auch ohne Vater aufgewachsen und hab ihn nie vermisst.«

»Aber ich schon. Und ich muss endlich meinen Seelenfrieden finden.«

»Seelenfrieden«, äfft sie mich nach. »Mei, bist du pathetisch.«

Ich gieße einen Schöpflöffel voll Tomatensoße von möglichst weit oben auf ihre Nudeln, dass es nur so spritzt.

»Obacht!« Meine Mutter nestelt an ihrem psychedelischen Kaftan herum. »Des geht fei nimmer raus.«

»Kinder brauchen Wurzeln und Flügel. Das hat schon der Goethe gesagt. Und ich muss endlich meinen Vater kennenlernen, damit ich meine Wurzeln finde ...«

Sie verdreht die Augen. »Fragt sich halt, ob dir dieser gamsige Himbeertoni die überhaupt geben kann.«

»Mitzi!«

»Ist doch wahr!«

Am liebsten würde ich noch etwas nach ihr werfen. »Du bist doch nur beleidigt, weil sich einmal nicht alles um dich dreht«, fauche ich sie an. »Und du hast in Wirklichkeit gar keine Angst davor, dass *ich* einen Reinfall erlebe, sondern du selbst.«

»Schmarrn!« Mitzi stopft sich eine große Gabel Spaghetti in den Mund, damit sie nichts mehr dazu sagen muss. Der Punkt geht klar an mich. Sie kaut extralang und an ihren Mundwinkeln setzt sich Tomatensoße ab. Als sie die Nudeln endlich heruntergeschluckt hat, fragt sie: »Und jetzt?«

»Ist doch klar«, sage ich, obwohl mir gar nichts klar ist. »Ich fliege nach Sizilien.«

»Aha.«

»Jawohl. Sobald ich Semesterferien habe. Und Hanna Schulferien. Das wäre dann, glaube ich, äh ...« Ich rechne, und ein Teil von mir ist erleichtert, dass die Herbstferien gerade vorbei sind und es noch so lange hin ist. »Also an Weihnachten nicht, da ist das Wetter bestimmt total scheiße ... Außerdem .... nein, Weihnachten feiert man daheim. Aber an Ostern ginge es, oder?«

»So so. An Ostern.« Mitzi grinst vielsagend und mein Blutdruck steigt schon wieder.

»Weißt du was? Ich esse später.« Ich schiebe den Teller von mir weg. »Ich rufe Nunzia an. Die versteht mich wenigstens.«

»Machst du jetzt einen auf beleidigte Leberwurst?«

Ich falte den Brief zusammen, schiebe ihn in das Kuvert zurück und lasse meine Mutter vor ihrem halb aufgegessenen Nudelteller sitzen. Dann zeige ich auf unseren Koch- und Putzplan, der am Kühlschrank hängt. »Heute bist ja eh du dran mit Spülen.«

Ich brauche Luft. Auf dem Weg durch den Flur schnappe ich mir meine Jacke und das Telefon von der Kom-

14

mode. Die Novembersonne wärmt mein Gesicht, der Ammersee glitzert durch die Bäume. Zwischen Iris und Herbstanemonen lasse ich mich ins Gras fallen und wähle die Nummer meiner Cousine in Sizilien. Sie geht nach dem ersten Klingeln dran.

»*Ciao Linda, come stai?*«

»*Benissimo!* Stell dir vor, es gibt Neuigkeiten. Gaetano hat mir geschrieben.«

»*Nooo!*«

»Doch! Mitzi hatte alte Briefe von ihm, mit einer Adresse in Palermo.«

»Ich dachte, er lebt in der Schweiz?«

»Dachte ich auch. Stimmt aber nicht. Jedenfalls habe ich dort hingeschrieben, und heute kam seine Antwort.«

»Und?«

»Er hat Hanna und mich nach Palermo eingeladen. Hör zu, ich lese dir den Brief vor.«

»Schieß los.«

»*Cara Carmelinda. Ich bin so froh, dass du mir geschrieben hast. Ich habe die letzten fünfundzwanzig Jahre darauf gewartet, und ich habe diese Hoffnung nie aufgegeben. Ich würde mich unendlich freuen, wenn du nach Palermo kommst und wir uns treffen können. Dann erzähle ich dir alles, was passiert ist, persönlich. Bring auch deine Tochter mit. Bitte komm. Dein Papa.*« Meine Stimme bricht und ich muss mich räuspern.

»*Yes!* Warum heulst du denn? Ist doch toll!«, ruft Nunzia in den Hörer. »Wann kommt ihr?«

»An Ostern haben Hanna und ich beide Ferien.«

»Was? Das sind noch fünf Monate.«

»Na ja, Hanna hat Schulpflicht, sie hat doch gerade mit der ersten Klasse angefangen.«

»Ach komm, für so einen wichtigen Anlass kannst du sie doch ein paar Tage beurlauben lassen, oder?«

»Außerdem würde Hannas Vater da nicht mitspielen.«

»Als hätte dich seine Meinung je interessiert.«

»Und ich habe gerade mein Studium wieder aufgenommen, da kann ich doch nicht gleich lauter Vorlesungen schwänzen.«

Stille.

Dann fragt Nunzia: »Kann es sein, dass du Angst hast?«

»Nein!« Das kam viel zu schnell.

»Sei ehrlich.«

Ich seufze. »Na gut. Ich habe eine Scheißangst.« Jetzt sprudelt es aus mir heraus. »Was, wenn Mitzi recht hat und das Treffen einfach nur eine große Enttäuschung wird? Wenn Gaetano überhaupt nicht so ist, wie ich ihn mir mein ganzes Leben lang ausgemalt habe? Vielleicht ist er wirklich so ein Arsch, wie meine Mutter sagt, vielleicht verletzt er mich nur und verlässt mich gleich wieder? Dann bin ich noch einsamer als vorher. Dann habe ich gar nichts mehr, nicht mal einen Traum.« Meine Stimme kiekst schon wieder.

»*Dai*, so schlimm kann es gar nicht werden. Er ist bestimmt total nett. Wenn er so wäre, wie Mitzi behauptet, hätte er dir nicht diesen Brief geschrieben.« Nunzia redet beruhigend auf mich ein, als wäre ich ein Kleinkind. »Und selbst wenn er ein Idiot ist: Immerhin weißt du es dann und kannst ihn dir aus dem Kopf schlagen.«

»Trotzdem.« Ich drehe den Brief um und erstarre. Mein Herz beginnt zu stottern wie der Motor eines altersschwachen Fiats. Auf der Rückseite steht eine Telefonnummer, die ich vorhin gar nicht gesehen habe.

»Linda? Bist du noch dran?«

»Ja ja.« Nunzia sage ich lieber nichts davon, sonst lässt sie mich nicht mehr in Frieden, bis ich Gaetano anrufe. Bei dem Gedanken daran zieht sich mein Magen zusammen. »Ich muss das erst mal sacken lassen.«

Sie lacht. »Du lässt das schon seit fünfundzwanzig Jahren sacken. Aber gut, wie du meinst. Wann immer ihr kommt: Solange ihr in Palermo seid, könnt ihr in meiner Studentenbude wohnen.«

»Danke, du bist ein Schatz.«

Die Idee gefällt mir. Seit Hannas Geburt beschränken sich meine sozialen Kontakte auf andere Mütter, die alle zehn Jahre älter sind als ich. Seit ich wieder studiere, lerne ich zwar auch jüngere Leute kennen, aber Anschluss habe ich noch nicht gefunden. Nunzia und ich haben unsere abgebrochenen Studiengänge gleichzeitig wieder aufgenommen. Sie Jura, um Sizilien zu einem besseren Ort zu machen. Und ich Tourismus, um ... Ehrlich gesagt weiß ich das selbst nicht so genau. Jedenfalls klingt Studentenbude mitten in Palermo definitiv nach Spaß.

»Und danach fahren wir alle zusammen nach Santa Lucia del Monte und machen Urlaub im Haus am Meer«, schlage ich vor.

»*Yes!*«

»Und Nunzia ...«

»Ja?«

»Könntest du in der Zwischenzeit mal deinen Vater fragen, welche ehrenwerte Familie in Palermo eine Tochter hat, die fünfundzwanzig ist und aussieht wie ich?«

»Du hast deinen Plan also nicht aufgegeben.«

»Spinnst du? Natürlich nicht. Ich werde Lucia finden.«

»Und wenn du sie gefunden hast, traust du dich nicht, sie zu treffen. Wetten?«

Touché.

»Blöde Kuh.« Ich muss lachen, aber ich bin auch ein bisschen sauer. Erstens, weil Nunzia mich durchschaut hat und zweitens, weil sie versprochen hat, mir zu helfen. »Du kannst nicht verstehen, wie das ist. Wenn du spürst, dass deine Zwillingsschwester irgendwo lebt, während alle versuchen, dich davon zu überzeugen, dass sie tot ist. Nach all den Jahren habe ich endlich herausgefunden, dass sie wirklich noch am Leben ist, und ...«

Nunzia seufzt. »Ja ja, ist gut. Ich frage meinen Vater, ob er etwas herausfinden kann.«

»Danke.«

Nunzia hält wohl den Hörer zu, denn ihre Stimme klingt gedämpft, als sie ruft: »Es ist Linda.« Stimmengewirr im Hintergrund. »Hier grüßen dich alle«, sagt sie, wieder in normaler Lautstärke. »Meine Eltern, *Nonno* und *Nonna* ... Wir sitzen beim Essen.« Ich höre mehrere Stimmen »Ciao Linda!« durcheinander schreien.

»Grüße zurück. Was gibt's denn?«

»Gegrillten Tintenfisch.«

»Lecker!« Fast kann ich das rauchige Aroma durch den Hörer riechen und mir läuft das Wasser im Mund zusammen.

»Ich muss Schluss machen. Nachrichten«, sagt Nunzia.

Im Hintergrund ruft Zio Calzone *Silenzio!*«.

Ich stelle mir vor, wie Zia Mimma schon ihren Löffel bereithält, um nach ihm zu werfen, wenn er wieder anfängt, über Politik zu schimpfen, und halte den Telefonhörer ganz fest. Sie fehlen mir. Wie gerne würde ich jetzt mit ihnen an diesem riesigen Tisch inmitten von Porzellanfiguren und Glitzernippes sitzen und mich über den Nachrichtensprecher mit Toupet wundern.

»Hast du schon gehört, was Berlusconi über Barack Obama gesagt hat?«, frage ich Nunzia.

»*O dio*, ja, was für eine *figura di merda!* Was für ein scheiß Rassist! Aber das Jahr zweitausendacht wird zum Glück nicht wegen Berlusconi in die Weltgeschichte eingehen, auch wenn er das gerne hätte, sondern wegen des ersten schwarzen Präsidenten Amerikas. *Yes!* Ich muss jetzt wirklich Schluss machen.«

»Nur eins noch: Sag bitte den anderen nicht, dass Gaetano in Palermo lebt. Ich glaube, der *Nonna* würde es das Herz brechen, wenn sie wüsste, dass er all die Jahre ganz in ihrer Nähe war.«

»Geht klar.«

»Also, ciao. Und Grüße an Silvo, wenn du ihn siehst.«

Sie macht Kussgeräusche. »Richte ich aus.«

Ich lege auf.

Der Garten kommt mir plötzlich still und leer vor. In meinem Kopf dagegen geht alles durcheinander: Gaetano, Silvo, Lucia. Um meinen Vater und meine Zwillingsschwester zu finden, bin ich vor ein paar Monaten nach Sizilien gereist, habe meine italienische Großfamilie kennengelernt, mich in Silvo verknallt und herausgefunden, dass Lucia gar nicht bei der Geburt gestorben ist, sondern noch lebt. Die Frage ist nur wo.

Seit ich das weiß, erscheint sie mir nicht mehr. Vorher habe ich sie vermisst, ja, aber immerhin hatte ich eine Verbindung zu ihr. Jetzt habe ich sie ganz verloren. Nicht mal in meinen Träumen taucht sie mehr auf. Sie fehlt mir so sehr. Und ich habe schreckliche Angst davor, dass es mir mit meinem Vater genauso gehen wird. Aber vielleicht wird auch alles gut werden. Endlich.

Und jetzt habe ich Gaetanos Telefonnummer. Bei dem Gedanken daran, meinen Vater einfach anzurufen, wird mir heiß. Panikhitze.

Ich schließe die Augen und atme tief ein. Die Luft riecht klar und ein bisschen modrig. Nach See eben. Enten schnattern, der Wind rauscht in den Bäumen über mir und der Bach, der durch unseren Garten fließt, plätschert. Eigentlich total meditativ, das alles. Aber heute können nicht mal diese *nature sounds*, wie Mitzi immer sagt, das Chaos in mir beruhigen.

Einatmen. Ausatmen.

Es hilft nichts. Egal wie tief ich atme und wie fest ich die Augen zusammenkneife, ich sehe die steilen Ziffern ständig vor mir. Die Telefonnummer meines Vaters.

Schickeria

Ich springe auf, kann nicht mehr stillsitzen. Mein Hosenboden ist feucht vom Gras. Zum Glück ist heute ein sonniger Samstag, der Föhn hat die Temperaturen auf fast zwanzig Grad hochgetrieben und ich habe Dienst in der *Gelateria al Lago*. Ich schwinge mich auf mein Fahrrad. Macht nichts, wenn ich zu früh dran bin. Bei dem Wetter wird die Hölle los sein.

Ich radle den Uferweg entlang, der Ammersee verschwindet hinter einem dichten Schilfgürtel und ich muss immer wieder Spaziergängern ausweichen, die versuchen, durch die Thujahecken einen Blick auf die Villen zu erhaschen, die dahinter versteckt liegen. Dann öffnet sich der Weg zur Uferpromenade. An den Stegen schaukeln Segelboote auf und ab und machen ein Geräusch, das sich anhört wie das Gebimmel von Kuhglocken. Ich sperre mein Rad vor dem Eingang der Eisdiele ab.

»*Ciao bella.*« Mario küsst mich links und rechts, sein Dreitagebart kratzt über meine Wangen. »Gut, dass du da bist.« Er schwitzt. Fast alle Tische sind besetzt, er ist heute bestimmt schon ordentlich gerannt und sein Stresslevel ist auf zweihundertachtzig, aber wie immer strahlt er mich an.

Ich gehe nach hinten, um mir eine Schürze umzubinden, da sehe ich einen Mann mit einem weißen Polohemd vor der Wand stehen, an der meine Fotos hängen. Die Sizilienbilder haben Maria so gut gefallen, dass sie im Flur eine richtige kleine Ausstellung aufgehängt hat. Die *Gelateria al Lago* ist zwar nur ein Bistro mit Eisdiele, aber jedes Mal, wenn ich sehe, wie einer der Urlauber meine Fotos anschaut, fange ich an zu grinsen und kann gar nicht mehr aufhören. Wahnsinn. Was muss es erst für ein Gefühl sein, eine richtige Ausstellung in einer Galerie zu haben?

Der Typ reibt sich übers Kinn, macht einen Schritt zurück, dann wieder einen zur Wand, streckt den Kopf wie eine Schildkröte nach vorne und sieht sich die Fotos von ganz nah an. Er nickt und geht Richtung Klo.

»Linda! Komm!« Maria bimmelt hinter der Bar mit ihrem Glöckchen. Ich reiße mich los, nehme das Tablett mit drei Eisbechern und zwei Latte Macchiatos und trage es auf die Terrasse. Als ich zurückkomme, ist der Typ weg.

»Wer war das?«, frage ich Maria.

»Der Mann, der die Fotos angeschaut hat? Wusste ich's doch, dass deine Bilder gut sind.« Sie tätschelt mir die Schulter.

»Die sind nicht nur gut, die sind phänomenal«, mischt sich Mario ein und zwinkert mir zu. »Schöne Frau, schöne Fotos …«

Mein Gesicht wird heiß. »Jetzt übertreib mal nicht. Also, wer war das?«

»Der war schon gestern Abend da, hat eine Flasche Barolo und Spaghetti mit Trüffel bestellt.«

»Iiih!« Angeekelt verziehe ich das Gesicht. »Trüffel ist eklig. Schmeckt irgendwie nach untenrum.«

Mario fasst sich verlegen an die kleine Narbe, die an seinem Kinn durch den Bartschatten leuchtet, und wird rot. »Dicker Porsche, Rolex, hübsche Blondine dabei«, lenkt er ab.

Ich verdrehe die Augen. »Bestimmt Münchner Schickeria.«

»Los, weiterarbeiten ihr beiden. Hört auf zu turteln«, ruft Maria von der Bar und Mario wird schon wieder rot.

Mein Blick streift das Foto von Silvo. Mein Lieblingsbild. Er von rechts hinten in Schwarz-Weiß, sein Grübchen, seine gestikulierende Hand in der Bewegung leicht verschwommen, der Fokus liegt auf den Lederbändern, die sich um sein Handgelenk schlingen. Der Rockstar-Effekt funktioniert immer noch. Jedes Mal, wenn ich das Foto sehe, zieht sich mein Magen zusammen.

»Mach schon, Linda!« Mario raunzt mich an. Er hat gemerkt, dass ich wiedermal das Bild von Silvo anstarre. Es ist, als hätte er einen An- und Ausknopf für gute Laune, und der steht jetzt definitiv auf *aus*. »Los, los, los!«

»Ist ja schon gut.« Ich hole die nächste Bestellung von der Bar ab und bringe sie hinaus. Da draußen an der Uferpromenade steht der Typ im Polohemd, um ihn herum zwei Fotografen mit Profi-Ausrüstung. Beinahe rutscht mir ein Eisbecher herunter, ich kann das Tablett gerade noch ausbalancieren. Wer zum Teufel ist das?

»Passen Sie doch auf!« Ich habe einen Gast an der Schulter angerempelt.

»Tschuldigung.« Das Trinkgeld kann ich vergessen.

Als ich abends nach Hause komme, steht mein Teller Spaghetti mit Tomatensoße noch auf dem Tisch. Mitzi hat einen Topfdeckel darüber und den Kochlöffel daneben gelegt. Ich weiß nicht, ob das eine demonstrative Geste sein soll, weil ich sie heute Mittag damit beworfen habe, oder ihre Art, Fürsorge zu zeigen. Wahrscheinlich beides.

Sie hat mich wohl gehört, denn sie ruft durchs Haus: »Bist du da-ha?«.

Ich kann nicht antworten, weil ich mir gerade eine Gabel kalte Pasta in den Mund gestopft habe und mit dicken Backen kaue.

Meine Mutter rüscht in einem pinken Leinenkaftan in die Küche. »Ich gehe au-haus.« Dabei flötet sie so komisch.

»Mit dem Leoparden?«, nuschle ich. Oh Mist, das ist mir jetzt so rausgerutscht.

»Mit dem was?« Sie hält inne und starrt mich an.

Ich schlucke und winke ab. »Nichts.«

»Jetzt sag schon. Wie hast du ihn genannt?«

»Uwe. Einfach Uwe.«

»Schmarrn!«

»Was willst du denn noch von dem? Ich dachte, den hättest du weitergeschickt? Frauenbild und so?«

»Bist du eifersüchtig?«

»Quatsch. Ich dachte nur, wegen seinem Gerede über das schwache Geschlecht.«

»Verzeihen ist eine Eigenschaft des Starken. Oder besser der Starken. Des hat fei schon der Gandhi gesagt.«

Ich seufze. Es ist sinnlos. »Dann geh, sonst kommst du noch zu spät und der Herr Lehrer gibt dir einen Strich.« Ich wedle mit den Händen.

»Du brauchst fei nicht wieder auf mich warten, gell?«

»Wie kommst du jetzt darauf?«

24

Sie zieht eine Augenbraue hoch. »Mei, nur so.«

Also ich glaube ja, es geht ihr vor allem um das, was sie *Mehrwert* nennt. Es schüttelt mich bei dem Gedanken an meine Mutter mit dem ... Bah! Mitzis Affäre mit diesem Grundschullehrer, der fast zwanzig Jahre jünger ist als sie, geht mir so was von auf die Nerven.

»Guten Abend, Linda.«

Oh nein, da ist er ja. Heute mit ausgebeulter, brauner Cordhose und kariertem Flanellhemd. Die *Haute Couture* in Person.

»Hallo Uwe.«

Ich möchte gar nicht wissen, was er unter dieser Beulenhose trägt. Nein, möchte ich wirklich nicht. Aber seit er eines Morgens mit Hühnerbrust und Leoparden-Unterhose an unserem Frühstückstisch erschienen ist, muss ich immer, wenn ich ihn sehe, an seinen Slip denken. Und ich fürchte, er wird da jetzt öfter auftauchen. Nein, nicht der Slip. Uwe natürlich. Mit Slip. Am Frühstückstisch. Und das, obwohl er Mitzi verbieten wollte, nach Sizilien zu reisen, so als Frau allein.

Ha! Als würde sich meine Mutter etwas vorschreiben lassen, und das noch von einem Mann. Ich kratze den letzten Rest Soße aus dem Teller. Und dann heißt er auch noch Uwe.

»Und, was machst *du* Schönes heute Abend?«, fragt er mich und lächelt sein blödes Karma-Lächeln.

»Nichts.«

Er schiebt seine Brille zurecht und blinzelt mich an. »Aber eine junge Frau sollte doch am Samstagabend nicht allein daheim sein.«

Ich kneife die Lippen zusammen.

»Da habe ich jetzt aber kein gutes Gefühl dabei.« Er presst sich die rechte Hand aufs Herz. »Wäre es nicht viel schöner, wenn wir alle drei ...«

»Nein!«, rufe ich.

»Nein!«, ruft Mitzi. Endlich sind wir uns mal einig. Dann schaut sie mich an, als wäre ich so spannend wie ein Kieselstein im See. »Mei, die Linda war halt noch nie so gesellig.« Sie packt Uwe am Arm und tänzelt aus der Tür. »Servus!«

Ich schiele zum Nachtkästchen. Da drin liegt Gaetanos Brief. Mit seiner Telefonnummer. Soll ich anrufen? Sofort beginnt mein Herz, wie irre von innen gegen die Rippen zu hämmern. Besser, ich räume zuerst auf. Und abstauben müsste ich auch mal wieder.

Die Wahrheit ist: Ich hasse Putzen. Aber jetzt gerade habe ich ein unheimliches Bedürfnis, Ordnung um mich herum zu schaffen. Vielleicht ordnet sich dadurch auch gleich dieses ganze Chaos in mir drin. Ich sortiere sogar meine Schreibtisch-Schublade, die so voll ist, dass ich sie kaum auf und zu bekomme.

Als ich fertig bin, setze ich mich auf meinen Drehstuhl, schiebe mich mit den Füßen hin und her und starre auf die einzige Schublade, die ich nicht sortiert habe. Ich summe vor mich hin: »Ruf ihn an, du feige Kuuuh ... Ich mach mir aber in die Hooosen.«

Mein Handy klingelt und ich falle fast rückwärts vom Stuhl. Ich schaue auf das Display. Mario.

»Ja?«

»Hallo Linda, also ... äh ... Ich wollte fragen, weil ja Hanna heute bei ihrem Vater ist, ob du Lust hast, mit mir was trinken zu gehen?« Er redet schnell und abgehackt, und es hört sich an, als hätte er seinen Text vorher geübt.

»Ja klar, warum nicht.«

»*Perfetto*!« Er klingt erleichtert. »Ich hole dich in einer halben Stunde ab.«

»Super, bis dann.«

Das ist meine Rettung. Sonst würde ich den ganzen Abend um die Schublade herumschleichen und grübeln, und am Ende würde Mitzi wieder denken, dass ich auf sie warte. Ich ziehe mich um, gehe ins Bad und hübsche mich ein bisschen auf. Aber nicht zu viel. Nur Wimperntusche und Kajal.

Es klingelt.

»Gut siehst du aus«, sagt Mario, als ich die Tür öffne.

»Danke.« Ich küsse ihn links und rechts auf die Wangen und atme tief ein. Er riecht nach Lederjacke und *Fahrenheit*. Mein Lieblingsparfüm.

»Wo geht's hin?«

»Nach Dießen?«

»Gute Idee, da ist es fast wie in Italien. Die bunten Häuschen, die Piazza ... Ich vermisse Sizilien so.«

Wir gehen durch das feuchte Herbstlaub zum Auto, er hat die Hände in den Hosentaschen versenkt.

»Du vermisst deine Heimat bestimmt auch, oder?«

»Manchmal«, sagt er, aber dann schüttelt er den Kopf. »Eigentlich sind es eher die schönen Kindheitserinnerungen, die ich vermisse. Und davon gibt es nicht sehr viele.«

»Warum denn das?«

Er winkt ab. »Kein gutes Thema. Lass uns von etwas anderem reden.«

27

»Okay. Wie lange bist du denn schon in Deutschland?«

Er überlegt. »Ich bin jetzt dreiunddreißig und mit achtzehn bin ich hergekommen. Ich habe schon fast genauso viel Lebenszeit in Deutschland verbracht wie in Italien.« Er lacht. Ich mag sein Lachen, es klingt hell und offen.

»Hast du noch Familie in ... äh ... wo kommst du eigentlich genau her?«

»Aus einem kleinen Dorf in Kalabrien.«

»Bist du oft dort? Ich würde gerne viel öfter nach Sizilien fliegen.«

Mario öffnet mir die Autotür und ich schiebe mich an ihm vorbei in seinen Lancia. Er steigt auch ein und schlägt die Tür hinter sich zu. »Magst du Cocktails?«

»Lenkst du vom Thema ab?«

Er antwortet nicht, sondern dreht den Zündschlüssel um, lässt die Kupplung kommen und fährt los.

»Also, was ist jetzt mit deiner Familie?«, hake ich nach.

»Du bist vielleicht hartnäckig.« Er lacht wieder, aber diesmal klingt es gekünstelt.

»Interessiert mich eben.«

»Ach, es ist irgendwie, als würde mein Dorf auf einem anderen Planeten liegen.«

»Wie meinst du das?«

»Das Problem ist, dass der Planet von der *'Ndrangheta* beherrscht wird.«

»Oh«, sage ich betreten. »Die *'Ndrangheta* ist die kalabrische Mafia, oder?«

»Genau.«

»Und was hat die mit deiner Familie zu tun?«

Mario schaltet und tritt aufs Gas. Ich sehe, wie sich seine Hände so fest um das Lenkrad krallen, dass die

Fingerknöchel weiß leuchten. »In dem Dorf, aus dem ich komme, hat sie mit jeder Familie zu tun. Bei der *'Ndrangheta* wirst du in einen Clan hineingeboren und gehörst automatisch dazu, verstehst du? Du hast gar keine andere Wahl, die Mitgliedschaft wird vererbt. *No exit.*«

»Das heißt, deine Familie ist ...?«

»Vergiss es einfach«, unterbricht er mich. »Ich hätte dir das gar nicht erzählen sollen.«

Der Wagen rast durch die Dunkelheit, nur das Laub der Bäume leuchtet im Scheinwerferlicht braun, gelb und rot auf. Mario starrt durch die Windschutzscheibe, seine Kiefermuskeln treten hervor. Ich bin jetzt besser still. Was für eine Scheiße ist das denn?

Mario setzt in eine Parklücke am Dießener Bahnhof, stellt den Motor ab und kommt wieder ums Auto herum, um mir die Tür zu öffnen. Als er mein geschocktes Gesicht sieht, sagt er: »Das ist alles ewig her. Ich habe seit meiner Kindheit keinen Kontakt mehr mit denen. Komm, lass uns einen Cocktail trinken gehen.«

Die Luft ist immer noch föhnig-mild. Wir schlendern durch die Gassen, zwischen bunten Häusern hindurch, und schauen in die Auslagen der Kleinkunst-Ateliers. Marios Gute-Laune-Knopf ist wieder gedrückt. Mafia aus, Cocktail an. Ich kann das nicht.

»Komm, wir gehen auf die Piazza«, schlägt Mario vor und nimmt den Weg am Mühlbach entlang, der vom Marienmünster durchs ganze Dorf rauscht, bis er in den See mündet. Die Glocken des Münsters läuten.

»Neun Uhr«, sage ich. Etwas Klügeres fällt mir nicht ein. Der Duft nach geräucherten Ammersee-Renken weht durch die Gassen.

»Hier ist die Bar«, sagt Mario.

Ich nicke. So langsam komme ich wieder zu mir. Er kann ja nichts für seine Familie.

Wir bestellen *Mojitos* und als die Gläser vor uns stehen, sagt er: »Jetzt erzähl mir endlich mal die Geschichte von deinem Vater und deiner Schwester.«

Ich nippe an meinem Cocktail und ein Minzblatt bleibt an meiner Lippe kleben. Ich zupfe es ab und werfe es zurück ins Glas. »Mein Vater war Gastarbeiter. Er hat in den Fünfzigern in einer Eisdiele gearbeitet.«

»Wie ich.« Mario grinst.

»Stimmt. Jedenfalls hat er meine Mutter kennengelernt, als beide noch ganz jung waren. Sie waren viele Jahre lang heimlich zusammen, dann wurde Mitzi mit mir schwanger. Sie sind gemeinsam nach Sizilien abgehauen, weil sie nicht den Mut hatte, ihrer Mutter zu beichten, dass sie ein uneheliches Kind von einem Ausländer erwartet.«

»Und seine Familie in Sizilien hat das besser aufgenommen?« Mario zieht die Augenbrauen hoch.

»Kann man nicht direkt sagen.«

»Hätte mich auch gewundert.«

Ich trinke noch einen Schluck. »Seine Mutter wollte, dass Mitzi wieder abreist und Gaetano ein Mädchen aus dem Dorf heiratet. Sie ist aber geblieben und hat uns dort zur Welt gebracht – mich und meine Zwillingsschwester. Man hat ihr gesagt, Lucia sei bei der Geburt gestorben.«

»Oh, das tut mir leid.« Mario rührt mit dem Strohhalm in seinem Glas.

»Die Beziehung meiner Eltern ist an der Trauer zerbrochen. Als Gaetanos Mutter auch noch behauptet hat, dass eine Frau aus dem Dorf von ihm schwanger ist, hat Mitzi ihre Sachen gepackt und ist Hals über Kopf mit mir zurück nach Deutschland gegangen.«

»Kann man ihr nicht verdenken.« Er schaut mich an, und weil ich nicht weiterspreche, sondern nur einen Bierdeckel in kleine Fitzel zerlege, fragt er: »Und dann?«

Ich klopfe mir die Pappkrümel von der Hand. »Nichts. Er hat ihr Briefe geschrieben, aber sie hat nie darauf geantwortet. Das war's.«

»Das ist traurig.«

Ich nicke und schlürfe noch einen Schluck *Mojito*. »Ich habe immer gespürt, dass meine Schwester noch lebt. Und als ich letzten Sommer nach Sizilien geflogen bin, habe ich herausgefunden ...« Ich zögere. Soll ich ihm das echt erzählen? Das klingt so unglaublich. Andererseits: Wenn irgendjemand diese Welt kennt, dann er.

»Was hast du herausgefunden?« Mario schaut mich über den Rand seines Glases hinweg an. Seine Augen sind groß und dunkel wie der Nachthimmel.

»Na gut. Der Arzt, der bei der Geburt dabei war, hat Lucia einem Mafiaboss gegeben, der ihn erpresst hat, weil seine eigene Frau keine Kinder bekommen konnte.«

Mario reißt die Augen auf. »Deine Schwester ist in einer Mafia-Familie aufgewachsen?«

»Dann haben wir wohl was gemeinsam, oder?«

Marios Gesichtszüge frieren ein. »Das ist nicht lustig.«

»War auch nicht als Witz gemeint.« Ich schaue in meinen Cocktail. »Jetzt bist du dran. Also, was war auf deinem Planeten los?«

Er presst die Handflächen zusammen. »Es ist einfach so, dass die Bosse in meinem Dorf über alles bestimmen.«

»Zum Beispiel?«

»Na ja, wer für wen welche Jobs erledigen muss, wer wen heiratet, wer lebt und wer stirbt, welches Kind in die Schule gehen darf, welches als Drogenkurier eingesetzt wird und welches als Killer.«

»Waaas?«

»Ich hab doch gesagt, dass das kein schönes Thema ist.«

»Kinder als Drogenkuriere und Killer?«

Mario zuckt die Schultern. »Unter vierzehn sind sie nicht strafmündig, verstehst du? Ich habe schon mit zehn Jahren schießen gelernt.«

Ich starre ihn an. »Das ist jetzt nicht dein Ernst, oder?«

»Doch. Du gehörst deinem Boss, und der kann dich einsetzen, wie es ihm passt.« Er holt Luft. Jetzt wollen die Wörter doch aus ihm heraus. »Die Familien halten zusammen und es ist lebensgefährlich, sich von ihnen zu lösen. Einer Frau aus unserem Dorf haben sie Salzsäure zu trinken gegeben, weil sie sich von ihrem Mann getrennt hat und abgehauen ist.« Marios Stimme hat sich verändert. Sie klingt wütend, aber hinter der Wut höre ich ganz tief unten einen dunklen Schmerz.

»Oh Gott!«

»Du hast da niemanden, der dir hilft, verstehst du?« Er starrt in sein Glas und fuhrwerkt mit dem Strohhalm darin herum, als wolle er den Cocktail toträhren.

»Und wie bist du da rausgekommen?«

Er winkt ab. »Jetzt lass uns bitte wirklich von etwas anderem reden, das Thema verdirbt mir sonst den ganzen Abend. Ich hätte es dir gar nicht erzählen sollen. Vergiss das alles einfach.«

»Vergessen? Spinnst du?«

Er greift nach meiner Hand und drückt sie, so als müsste er mich trösten, dabei ist es doch genau andersherum. »Erzähl mir lieber, was du wegen deiner Schwester unternehmen willst.«

»Ich werde sie finden.«

»Und wie?«

Ich räuspere mich. »Darüber darf diesmal ich nicht sprechen. Ich kenne jemanden, der jemanden kennt ...«

Mario verdreht die Augen. »Du redest schon wie eine richtige Sizilianerin.«

Jetzt muss ich in diesem ganzen Drama doch ein kleines bisschen grinsen. »Meinen Vater habe ich schon gefunden«, erzähle ich weiter. »An Ostern fliege ich nach Sizilien, um ihn kennenzulernen.«

»Erst an Ostern?« Er starrt mich fassungslos an. »Warum nimmst du nicht ein paar Tage frei und fliegst sofort hin?«

Ich umklammere mein Glas. Jetzt fängt der auch noch damit an! »Hanna muss in die Schule ...«

»Deine Mutter kann doch auf sie aufpassen.«

»Und meine Vorlesungen?«

»Linda! Ich bitte dich!«

Zum Glück klingelt mein Handy. Silvo. Mein Herz macht einen Salto und ich fahre so schnell vom Stuhl hoch, dass er fast umfällt.

»Alles klar?«, fragt Mario.

»Ich komme gleich wieder.« Während ich nach draußen gehe, nehme ich den Anruf an. »*Pronto?*«

»*Ciao bella.* Wie geht's? Was machst du?«

»Alles gut, danke. Ich bin mit einem Kollegen was trinken. Und du?«

»Was für ein Kollege?«

»Aus der *gelateria*.«

»Mit ihm allein?« Silvos Stimme klingt plötzlich kalt. Was hat er denn? Ich trete hinaus in die kühle Luft, hier ist es nicht so laut.

»Na ja, allein kann man nicht gerade sagen. Das Lokal ist ziemlich voll.«

»Du weißt genau, was ich meine.«

»Bist du eifersüchtig?«

Schweigen.

»Ach komm, das ist nur ein Kollege, da ist doch nichts dabei. Erzähl mal, was machst *du* heute Abend?«

»Na, dann will ich nicht länger stören.«

»Du störst doch nicht ...«

Tut-tut-tut.

Ich starre mein Handy an. Der hat einfach aufgelegt. Ich fasse es nicht. War das jetzt eine original sizilianische Eifersuchtsszene? Eine Frau darf nicht mit anderen Männern reden, oder was?

Wut steigt in mir hoch. Dem werde ich was erzählen! Ich wähle seine Nummer und laufe vor der Bar hin und her. Es klingelt zwei Mal, dann wieder *tut-tut-tut*. Er hat meinen Anruf abgewiesen. Das gibt's doch nicht. Ich schalte das Handy aus. *Stronzo.*

So ist das also. Silvo ist ein richtiger Macho. Mitzi hatte doch recht. Alles Süßholzraspler, Hallodris und Schürzenjäger, diese Sizilianer. Aber nicht mit mir. Das habe ich nicht nötig. Besser, ich weiß gleich Bescheid, dass das mit uns nicht passt, bevor ich mich so richtig verliebe. Er ist schließlich nicht der einzige Mann auf diesem Planeten, der mich gut findet.

»Was ist?«, fragt Mario, als ich wieder zurück zum Tisch komme.

»Nichts.« Ich winke ab und nehme einen langen Zug von meinem *Mojito.* »Ich will noch einen.«

Er hebt mein Glas hoch, wartet bis die Kellnerin ihn anschaut und zeigt darauf. Dann fragt er mich: »Also?«

Ich schüttle den Kopf. »Will nicht drüber reden.«

»Im Nicht-Drüber-Reden-Wollen sind wir schon mal ein tolles Team, oder?« Er grinst. Hat wohl wieder den Gute-Laune-Knopf gedrückt. Dann versuche ich das jetzt eben auch mal und zwinge mich, ihn anzulächeln.

»Hast du eigentlich eine Freundin?«, frage ich.

Er hustet.

»Also nicht.«

Er wird schon wieder rot. Total süß. Ich mag ihn. Wirklich. Und er ist definitiv verknallt in mich. Warum kann es nicht auch bei mir funken? So ein ganz kleines bisschen? Das würde vieles leichter machen.

Die Kellnerin stellt den Cocktail vor mich hin und ich rühre, damit sich der Rum gut verteilt.

»Weißt du, was Frau Hirndobler heute bestellt hat?«, fragt Mario.

»Wieder Bruschetta mit *sch*?«

»Nein, *Pizza Tonno* ohne Pilze.«

»Aber auf einer *Tonno* sind doch gar keine Pilze ...«

»Eben.« Mario hebt die Hände. »Also ich so: Sie meinen eine Thunfischpizza ohne Zwiebeln? Und sie: Nein, ich esse keinen Thunfisch.«

»Leute gibt's.« Ich muss lachen und lege dabei meinen Kopf in den Nacken. »Und, was hast du ihr gebracht? Eine Margherita?«

»Ja. Und dazu wollte sie einen Cappuccino.« Er schüttelt sich.

Ich weiß, dass es nicht okay ist, wie ich an Marios Lippen hänge, dass ich ihn anstrahle, dass ich kichere wie ein Teenie, wenn er etwas Lustiges sagt. Aber ich kann nicht damit aufhören. Ich lege meine Hand auf seine, um auszuprobieren, wie sich das anfühlt. Eigentlich ganz nett. Ja, ich weiß, nett ist die kleine Schwester von scheiße. Ich ziehe meine Hand wieder zurück, doch jetzt greift Mario danach und hält sie fest.

Ist es gerade dunkler geworden? Ich sehe ein bisschen verschwommen, die Bar dreht sich. Linda, mach dir nicht immer so viele Gedanken, sage ich mir. Genieß doch mal den Augenblick. Mitzi würde jetzt sagen, du musst die Geschenke des Universums annehmen. Recht hat sie.

Mario winkt der Kellnerin und zahlt. »Lass uns gehen.« Er steckt den Geldbeutel weg, zieht mich hoch und bugsiert mich durch den Gang. Ich spüre seinen Körper, der mich vorwärts schiebt, seine Hände auf meinen Hüften.

Als wir draußen in der Dunkelheit stehen, dreht er mich um und küsst mich. Ich lasse es geschehen. Schließe die Augen, versuche mir Silvo vorzustellen, aber es funktioniert nicht. Marios Lippen fühlen sich anders an, und er schmeckt auch anders. Seine Hände wandern unter meinen Pulli, in meinen BH. Als er meine Brustwarze berührt, wache ich auf. Öffne die Augen, trete einen Schritt zurück.

»Was ist?« Seine Stimme ist heiser.

»Lass mal«, lalle ich.

Er zieht die Hände unter meinem Pulli hervor, streckt den rechten Arm aus und streichelt meine Wange.

Ich trete noch einen Schritt zurück. »Sorry. Hab zu viel getrunken. Bringst du mich nach Hause?«

Er schaut mich einfach nur an und seine Augen laufen über vor Traurigkeit. Dann sagt er: »Ich hätte dir das nicht erzählen dürfen.«

»Nein, nein, damit hat das gar nichts zu tun.«

»Mit was dann?«

Ich schweige. Schließlich kann ich ihm nicht sagen, dass ich gerade sauer auf meinen sizilianischen Lover bin, weil er mir eine Eifersuchtsszene gemacht hat.

»Siehst du.« Er zuckt die Schultern. »Komm, ich fahr dich heim.«

Das schlechte Gewissen springt mich an wie eine Hyäne. Was bin ich nur für eine blöde Kuh.

Der Anruf

Eine Woche später habe ich Gaetano noch immer nicht angerufen. Sein Brief liegt unberührt in der Schublade. Ich habe niemandem erzählt, dass mein Vater seine Telefonnummer auf die Rückseite geschrieben hat, weil kein Mensch verstehen würde, warum ich nicht zum Telefon greife. Ich kapiere es ja selbst nicht.

Ehrlich gesagt fühle ich mich mies. Ich stelle ihn mir mit hängenden Mundwinkeln und Falten auf der Stirn vor, weil ich mich nicht melde. Nie hätte ich gedacht, dass das so schwer wird. Sich etwas zu wünschen, davon zu träumen und es sich immer und immer wieder auszumalen ist das eine. Aber es dann Realität werden zu lassen, das andere. Und mit jedem Tag, der verstreicht, wird es schwieriger.

Ich starre auf mein Handy. Was kann schon passieren? Los, sage ich mir, ruf da jetzt an. Es ist genau wie damals, als ich im Freibad auf den Zehn-Meter-Turm geklettert bin. Erst war ich wild entschlossen zu springen, aber mit jeder Stufe wurden meine Knie weicher, mein Mund trockener und mein Mut durchsichtiger. Als ich schließlich oben stand, alle Augen auf mich gerichtet, legte ich mich auf den Bauch und robbte rückwärts wieder zurück zur Leiter. Auf dem Weg nach unten zitterten meine Hände so sehr, dass ich Angst hatte, zu fallen.

Der Blick auf mein Handy fühlt sich genauso an. Eine Mischung aus Feigheit, Scham und Versagen. Was für ein beschissenes Gefühl.

Spring jetzt, sage ich mir. Ruf ihn einfach an, du feige Nuss. Aber was soll ich sagen? Na, irgendwas halt. Und wenn ich heulen muss? Oder wenn er total bescheuert ist? Los jetzt!

Ich atme tief durch, hole den Brief aus der Schublade und tippe mit zitternden Fingern die Nummer in mein Handy. Ich schließe die Augen. Einatmen, *tuuut*, ausatmen, *tuuut*. Einatmen, *tuuut*, ausatmen, *tuuut*.

»Ciao, hier ist Gaetano Inguanta.«

Ich reiße die Augen auf, will etwas sagen, verschlucke mich, huste.

»Hinterlasst mir eine Nachricht auf meiner Mailbox.«

Ahhh! Ich schmeiße das Handy aufs Bett, als würde es glühen. Die ganze Anspannung weicht aus mir und zurück bleibt eine Leere, die noch trostloser ist als vorher.

Das Handy klingelt.

Ich bekomme fast einen Herzinfarkt. Das ist er. Bestimmt. Er ruft zurück, weil er die deutsche Nummer gesehen hat. Ich will das Telefon greifen, es fällt mir aus der Hand. Am liebsten würde ich schreien. Das Klingeln verstummt. Oh Gott, ich dreh noch durch. Endlich bekomme ich es zu fassen. Auf dem Display steht *Nunzia*.

Ich atme tief durch, reibe mir übers Gesicht und rufe zurück.

»Mein Vater hat es herausgefunden«, ruft sie ohne Begrüßung aus dem Hörer.

»Was?«

»Wo Lucia aufgewachsen ist.«

Ein Schlag durchfährt mich, als hätte ich an den Stromzaun einer Kuhweide gefasst. »Nein!«

»Doch!«

»Du weißt, bei welcher Familie sie lebt?« Das Adrenalin schießt in Wellen durch meinen Körper.

»*Yes*.« Sie seufzt. »Aber das ist genau der Punkt. Es ist die Familie von Don Vincenzo.«

»Und wer ist das?«

»Er war in den Achtzigern einer der ganz großen Bosse in Palermo. Anfang der Neunziger wurde er verhaftet und saß lange im Knast.«

»Okay ...« Ich schlucke. »Und warum?«

»Erpressung, Entführung, Prostitution, Drogen ...«

»Krass, ich hätte nicht gedacht ...«, stammle ich. »Fuck. Und Lucia?«

»Keine Ahnung. Seit er aus dem Knast raus ist, hat er sich aus den Geschäften zurückgezogen. Angeblich.« Sie schnauft demonstrativ. Dann senkt sie die Stimme. »Wenn du Lucia finden willst, musst du echt vorsichtig sein. Sie gehört zu denen.«

»Ja und? Ist ja nicht ihre Schuld.« Meine Stimme klingt patziger, als ich wollte.

»Natürlich nicht. Aber sie ist Teil dieser Welt. Und du bringst dich in Gefahr, wenn du sie betrittst.«

»Das bekomme ich schon irgendwie hin. Wenn du mir hilfst. Ich bin vorsichtig, versprochen.«

»Wenn Don Vincenzo merkt, dass du in seiner Dreckwäsche rumschnüffelst, hast du echt ein Problem.«

Ich schweige.

»Hast du das verstanden?«

»Ja.«

»Und willst du Lucia immer noch unbedingt finden?«

Ich räuspere mich. »Ja klar. Ich bin vorsichtig, ich verspreche es dir.«

»Du solltest es vor allem Hanna versprechen.«

»Ja.«

»Also, wann willst du kommen? In zwei Jahren?« Ich höre, dass sie grinst.

»Du bist so doof. Sofort natürlich. Also so bald wie möglich.«

»Linda!«

»Ich rede mit meiner Mutter, dann melde ich mich.«

»Okay. Ciao.« Sie legt auf.

Der Bildschirm meines Computers fährt hoch und ich tippe *Don Vincenzo* und *Palermo* in die Suchmaschine. Werbung für ein Ferienhaus. Ich füge *Mafia* und *Prozess* hinzu. Jetzt kommen jede Menge Infos über den Maxi-Prozess, den die beiden Richter Giovanni Falcone und Paolo Borsellino Ende der Achtziger, Anfang der Neunziger gegen die Mafia geführt haben, bis sie 1992 in die Luft gesprengt wurden. Ich schlucke. Dann versuche es mit *Prozess, Mafia, Don Vincenzo*. Da gibt es nur aktuelle Zeitungsartikel, in denen aber der Begriff *Vincenzo* nicht vorkommt. Mist. Ich brauche genauere Informationen.

Ich rufe Nunzia noch mal zurück. »Hey, ich bin gerade im Internet. Weißt du den richtigen Namen von Don Vincenzo? Oder das Jahr, in dem sein Prozess stattgefunden hat?«

»Ich glaube, er heißt Vincenzo Lo Giudice.«

»Der heißt mit Nachnamen Richter?« Ich lache auf. »Was für ein Hohn.« Ich tippe den Namen ein. Da. Ein

Zeitungsartikel über die Geschichte der Mafia in Palermo, in dem eine kurze Notiz zu ihm steht. »Nunzia, ich hab was.«

»Und?«

»Der Boss von Palermo wird wegen mehrfachen Mordes angeklagt.«

»Mord?«

»Ja. Hier steht: *Vincenzo Lo Giudice soll Auftraggeber mehrerer Morde gewesen sein.* Das war's. Scheiße. Warum findet man so wenig über ihn?«

»Keine Ahnung. Komm nach Palermo, sobald du kannst. Ich frage meinen Vater noch mal nach Don Vincenzo. Und ich kenne hier jemanden, der uns weiterhelfen kann.«

»Alles klar. Ciao.«

Ich laufe in meinem Zimmer hin und her, vom Bett zum Fenster, zum Schreibtisch und wieder zurück. Lucia ist bei einem Mörder aufgewachsen. Ich muss sie da rausholen, und zwar schnell. Oder ist sie eine richtige Mafiaprinzessin? Nein, das kann nicht sein. Nicht meine Schwester.

Das Telefon klingelt schon wieder. Ich erstarre. Eine italienische Nummer. Silvo? Wird auch Zeit. Nein, den habe ich ja mit seinem Namen eingespeichert. Mir wird heiß. Das ist er. Mein Vater. Ich höre mein Herz hämmern. Will schreien. Davonlaufen. In den eiskalten See springen.

Ich hebe ab.

»Hallo?«

»Linda?«

Ich schließe die Augen. »Ja?«

»Hier ist Gaetano.« Seine Stimme klingt voll und rau. Überhaupt nicht unsicher. »Dein Vater.«

»Ciao.« Mehr bekomme ich nicht raus.

»Ich bin so froh, dass du angerufen hast. Wie geht es dir? Wie geht es Hanna?« Er zögert kurz. »Und Mitzi?«

»Gut«, presse ich hervor. »Uns geht es gut. Und dir?«

»Ja ja, auch«, sagt er ungeduldig. »Also, wann kommt ihr? Ihr kommt doch, oder?«

Ein Lächeln schleicht sich auf mein Gesicht und vertreibt alle Zweifel. Er ist sich ganz sicher, dass wir uns genauso auf ihn freuen wie er sich auf uns. Plötzlich sprudeln die Worte von allein aus meinem Mund: »Ja, ich komme. Erst mal für ein paar Tage. Möglichst bald. Und in den Osterferien dann mit Hanna zusammen.«

»Du kannst natürlich bei mir wohnen.« Jetzt wird er doch unsicher. »Oder soll ich dir ein Hotel buchen?«

»Danke, aber ich schlafe bei Nunzia.« Weiß er überhaupt, wer das ist? Er kennt seine Nichte ja gar nicht. »Die Tochter von Calcedonio«, erkläre ich. »Sie studiert in Palermo.«

Kurze Stille. »*Bene, bene*«, sagt er dann. »Ich muss Schluss machen, ich habe gleich einen Auftritt. Ruf mich an, sobald du weißt, wann du kommst, ja?«

Was für einen Auftritt, will ich noch fragen, doch da legt er schon auf und ich stehe da wie gelähmt, das Handy schwer in meiner Hand. Ich starre es an. Es war ganz einfach. Ich habe mit meinem Vater telefoniert. Und es war gut.

Die Spannung in mir löst sich, ich lache, tanze einmal durch mein Zimmer, dann fällt mein Blick auf die Uhr. Verdammt, ich bin spät dran. Ich muss in die Eisdiele.

Ich schwebe zwischen den Tischen entlang, als würde ich auf Watte gehen. Das Zischen der Kaffeemaschine hört sich an wie Musik und ich habe ein Dauergrinsen im Gesicht.

»Alles okay mit dir?«, fragt Mario.

»Ja-ja«, flöte ich und muss noch mehr grinsen, weil ich mich anhöre wie meine Mutter, wenn sie sich mit dem Leoparden trifft. Aber heute macht mir nicht mal das etwas aus.

Dann sehe ich Marios Nachthimmelaugen und meine gute Laune bekommt schlagartig Risse, durch die das schlechte Gewissen sickert. Er tut mir leid. Mein Grinsen verschwindet und ich trete von einem Fuß auf den anderen. »Du, äh .... Was ich sagen wollte ... Es tut mir echt leid, dass ...«

»Zu viel Alkohol, ich weiß schon. Wäre ja auch ein Wunder gewesen, wenn du dich ausgerechnet für einen wie mich ...« Er winkt ab.

»Quatsch, wieso? Du bist doch ...«

»Hör einfach auf«, unterbricht er mich.

Ich nicke.

»Schau mal da drüben, dieser Typ ist wieder da. Er hat nach dir gefragt«, redet Mario weiter, als wäre nie etwas vorgefallen.

»Welcher Typ?«

»Mister Rolex. Der mit dem Kamerateam. Da.« Er zeigt auf den Tisch, der ganz vorne Richtung See liegt, nimmt mich am Arm und zieht mich mit, zwischen den Stühlen hindurch. »Komm.«

»Spinnst du?« Ich will mich losreißen, aber Mario hält meinen Ärmel fest und marschiert auf den Mann zu.

»Das ist doch peinlich«, zische ich und stemme die Beine in den Boden.

Die Gäste schauen sich schon nach uns um. Auch der Mann, der heute ein lachsfarbenes Poloshirt trägt, dreht sich um und glotzt mich an. Mein Gesicht wird heiß, ich gebe meinen Widerstand auf und lächle gequält.

»Das ist sie«, sagt Mario und zeigt auf mich, als wäre ich irgendeine Jagdtrophäe oder so was. Endlich lässt er mich los. »Das ist Linda Reimann, die Fotografin.«

Fünf Männer starren mich an. Und eine Blondine, die aussieht, als wäre sie gerade vom Cover einer Modezeitschrift gestiegen. Ich fühle mich so unscheinbar und minderwertig wie ein Silberfisch. Am liebsten würde ich unter irgendeinem Teppich verschwinden. Meine Schultern sacken ein, ich spüre es, aber ich schaffe es nicht, mich aufzurichten. Die sind alle so *fresh* und *nice* und *cool*, braungebrannt, gebügelt und frisch geföhnt.

Mario gibt mir einen Knuff in den Rücken.

»Äh, hallo«, sage ich und werde noch röter.

»Du hast also diese Fotos gemacht?«, fragt der Typ.

»Äh, ja?«

»Die sind mir schon letztes Mal aufgefallen.« Er zieht eine Visitenkarte aus seinem Geldbeutel und überreicht sie mir. »Stefan Gschwendtner. Ich bin Chefredakteur von *Your Secret Journey*. Kennst du sicher, oder?«

»Klar.« Nie gehört. Trotzdem nicke ich wie ein Wackeldackel. Bestimmt irgendein hippes Reisemagazin.

»Wir machen hier gerade eine Reportage über das Fünfseenland. Geile Location.« Er holt weit mit dem Arm aus und zeigt auf den See und das dunstige Bergpanorama, als würde das alles ihm gehören. »Wir suchen Geheim-

45

tipps. Uns interessiert nicht die Schickeria drüben in Starnberg. Wir wollen das Hauptquartier von Charles de Gaulle, die letzten Ammersee-Fischer und diesen maroden Sprungturm, verstehst du?« Er zeigt auf das zehn Meter hohe Holzgerippe, das aus dem See ragt.

Ich nicke. »Klar.«

»Deine Fotos ...«, er zeigt in Richtung Bar, »die sind irgendwie *special*. Für Juni steht eine Sizilien-Beilage auf dem Mediaplan, vielleicht können wir ein paar Bilder von dir unterbringen. Aber keine Touri-Attraktionen, sondern geheime Blicke hinter die Kulissen. *Behind the scenes*, verstehst du?« Die Blondine nickt zustimmend, und ich bin mir ziemlich sicher, dass sie kein Englisch kann. »Abgeplatzter Putz, abgemagerte Katzen, alte Frauen in schwarzen Kleidern, so was eben. Du hast einen Blick dafür.«

»Echt? Wow, danke«, stammle ich.

»Hast du noch mehr davon?«

»Ja, klar.«

»Schick mir mal eine Auswahl rüber, meine Mail steht auf der Visitenkarte.«

»Ja, mache ich. Cool, danke. Ich habe übrigens auch Fotos vom Ammersee«, sage ich noch, aber er hat sich schon wieder weggedreht und hört mir nicht mehr zu.

Egal. Ich schicke ihm einfach welche. Wahrscheinlich wird gar nichts aus seinem Angebot, aber allein die Tatsache, dass sich der Chefredakteur eines Reisemagazins für meine Fotos interessiert, ist der absolute Hammer.

»Na also!« Mario strahlt mich an, als wir wieder an der Bar sind. »Du bist viel zu schüchtern, sag ich doch immer. Sei mal stolz auf deine Fotos, die sind toll!«

Ich umarme ihn und gebe ihm ein Bussi auf die Wange, rein aus Reflex. »Danke dir.«

Er schlingt die Arme fest um mich.

Oh nein, das hätte ich nicht tun sollen. Ich mache mich los und trete einen Schritt zurück. »Ich glaube, da muss eine Bestellung raus.« Noch bevor Maria mit dem Glöckchen bimmeln kann, schnappe ich mir das Tablett, das sie gerade auf den Tresen gestellt hat. Mario steht da wie ein ausgesetzter Bernhardiner.

Ich seufze und verteile die Cappuccinos, Latte Macchiatos und Eisbecher auf einem der Tische. Ich bin so bescheuert. Mario ist genau so, wie man sich einen Freund wünschen würde. Warum kann es nicht auch bei mir zünden?

Als ich mit dem leeren Tablett zurück an die Bar komme, seufze ich noch lauter. Es hilft nichts. Wackelknie bekomme ich nur beim Gedanken an Silvo. Aber der ist über tausend Kilometer weit weg, und außerdem ein Arsch. Seit unserem missglückten Telefonat in der Bar hat er sich nicht gemeldet. Wartet wahrscheinlich darauf, dass ich anrufe. Aber ich werde einen Teufel tun, ihm hinterherzurennen. Ich seufze noch mal. Ich will nach Sizilien.

»Was schnaufst du denn die ganze Zeit?«, fragt Maria. »Das kann man ja nicht mit anhören.«

»Ich bräuchte bitte ein paar Tage Urlaub.«

»Liebeskummer?«

Ich schüttle den Kopf. »Schlimmer. Mein Vater hat sich gemeldet. Er will mich kennenlernen.«

»*O dio santo!*« Sie bekreuzigt sich. »Aber das ist doch nicht schlimm, Kindchen. Das ist fantastisch!«

»Ja?«

»*Certo.* Natürlich bekommst du dafür Urlaub.« Sie tätschelt mir den Oberarm. »Die Familie ist das Wichtigste auf der ganzen Welt, merk dir das. Wann, wie lange?«

»Nur ein paar Tage. Ich weiß noch nicht genau wann, ich muss erst mit meiner Mutter reden. Wegen Hanna und so. Ich geb dir dann Bescheid.«

Sie kommt hinter der Bar hervor, umarmt mich und drückt mich an ihren mächtigen Busen. Was für eine wundervolle Chefin, und was für ein wundervoller Kollege. Ich hab die beiden gar nicht verdient.

Am Spätnachmittag radle ich am Ufer entlang nach Hause. Die Berge sehen heute näher aus als sonst. Der Föhn hat die Luft aufgeheizt und mein T-Shirt klebt an mir. Sogar die Mücken sind bei diesen Temperaturen noch unterwegs, ein ganzer Schwarm hat sich über dem Weg zusammengeballt. Als ich hindurch fahre, fallen mich die Blutsauger regelrecht an. Der Schilfgürtel öffnet sich zu einer kleinen Bucht, der See glitzert. Am liebsten würde ich jetzt einfach reinspringen, aber das Wasser ist sicher eiskalt.

Was soll's. Ich bremse. Es gibt sogar Leute, die im Winter ein Loch ins Eis schlagen, um schwimmen zu gehen. Und so ein bisschen Abhärtung könnte mir nicht schaden.

Ich lehne mein Rad an einen Baum, ziehe mich bis auf die Unterwäsche aus und wate in den See. Schlamm quillt zwischen meinen Zehen hervor und das eisige Wasser prickelt auf meiner Haut. Es ist bräunlich und meine Beine schimmern darin golden.

Ich tauche ein, die Luft bleibt mir weg. Dann schwimme ich hechelnd los, um warm zu werden. Nach ein paar Sekunden geht es und ich tauche auch mit dem Kopf unter. Das Wasser schließt sich über mir. Was für ein krasser Tag.

Ich schwimme jetzt mit ruhigeren Zügen, meine Hände stoßen gegen Seerosenblätter. Gaetano, Lucia, Mario, der Chefredakteur ... Das ist mir alles zu viel. Am liebsten würde ich mich mit aller Kraft an mein altes Leben krallen, aber die Ereignisse überholen mich gerade. Sie ziehen an mir vorbei und reißen mich mit.

Neben mir schwimmt eine Blesshuhn-Familie aus dem Schilf. Mama, Papa und zwei Jungvögel. So hätte es für mich auch laufen sollen. Eine Welle der Sentimentalität überschwemmt mich. So wie bei der Musik von Flipper oder Nils Holgersson. *Nils Holgersson fliegt mit den Gänsen davon*, ertönt es in meinem Kopf, und sofort steigen mir Tränen in die Augen. So wie früher, als ich an den langen Nachmittagen, an denen Mitzi gearbeitet hat, allein vor dem Fernseher saß und immer heulen musste, wenn der Abspann lief, weil ich mich so elend einsam gefühlt habe. Ich wollte dort gemeinsam mit meiner Schwester sitzen.

Algen kitzeln mich am Bauch und ich strample vor Schreck. Ich ziehe die Nase hoch. Was für ein blöder Kitsch.

Jetzt reiß dich mal zusammen, sage ich mir und tauche meinen Kopf noch mal ins kalte Wasser. Verdammt, ich bin doch kein kleines Kind mehr. Ich ziehe das jetzt durch. Ich fliege nach Palermo. Vor was habe ich eigentlich so große Angst? Was soll schon passieren? Nunzia hat recht. Okay, vielleicht ist Gaetano ein Idiot. Vielleicht finde ich Lucia nicht. Aber dann habe ich es wenigstens versucht.

Ich schwimme zurück zum Ufer, trockne mich mit meinem T-Shirt ab und schlüpfe in meine Klamotten, auf denen sich sofort die nassen Spuren der Unterwäsche abzeichnen. Mein Magen kribbelt wie verrückt, als ich mich wieder aufs Rad schwinge und nach Hause fahre. In mir drin gibt es kein Zurück mehr.

Es wird das erste Mal sein, dass ich Hanna allein lasse. Und wenn sie abends nach mir weint? Ach was, bei ihrem Vater übernachtet sie ja auch problemlos. Sind ja nur ein paar Tage. Und Mitzi wird das schon hinbekommen, irgendwie.

Vielleicht verschlafen sie morgens oder bauen ein Tipi im Garten, statt die Hausaufgaben zu machen. Das wäre nicht so dramatisch. Zwei Dinge muss ich aber ernsthaft mit meiner Mutter klären.

Als ich nach Hause komme, sitzt Mitzi auf der Terrasse und meditiert. Wenn man sie dabei stört, wird sie immer grantig. Um sie nicht aufzuschrecken, schleiche ich, aber das trockene Laub raschelt unter meinen Schuhen.

Sie schnauft genervt.

»Du, ich müsste mal mit dir reden«, flüstere ich.

Sie blinzelt mit einem Auge. »Kann des nicht warten? Du siehst doch, dass ich gerade eine *connection* mit dem Universum habe.«

Jetzt ist es eh schon egal. »Nein, kann es nicht.«

Sie hält Daumen und Zeigefinger noch immer stur zusammengepresst auf ihren Knien. »Ist man in kleinen Dingen nicht geduldig, bringt man die großen Vorhaben zum Scheitern. Konfuzius.«

Ich hole tief Luft. »Mitzi, ich muss nach Sizilien.«

»Schon wieder?«

»Ich habe mit Gaetano telefoniert und Nunzia hat die Familie gefunden, in der Lucia aufgewachsen ist.«

»Geh, Schmarrn.«

»Erde an Mitzi, Erde an Mitzi.« Ich spreche laut und deutlich, als würde ich mit jemandem reden, der schlecht hört, und wiederhole: »Ich habe mit Gaetano telefoniert und Nunzia hat Lucias Familie gefunden.«

Sie reißt die Augen auf. »Fixsacklzementhallelujanochamal! Echt jetzt?«

»Ja-ha.«

»Da legst di nieder! Dieser damische Muhackl hat dich angerufen?«

»Eher ich ihn.«

»Und woher hast du seine Nummer?«

»Die stand hinten auf dem Brief.«

»So so.« Dann wird ihr Gesicht ganz weich. »Und die Lucia?«

»Nunzia weiß, bei welcher Familie sie lebt. Und die müssen wir finden. In Palermo. Und da werde ich hinfliegen, so bald es geht.«

Die Sturheit weicht aus Mitzis Gesicht und sie schaut mich so erstaunt an, als würde sie mich zum ersten Mal sehen. »Ja verreck.«

Ich grinse sie an. »Ich hab sie gefunden. Das hättest du mir nicht zugetraut, stimmt's? Es sind nur ein paar Tage. Passt du auf die Hanna auf?«

»Ja freilich. Wird ja auch Zeit, dass du endlich mal loslässt. Helikoptermütter sind eh nicht gut für die Entwicklung, weißt.«

Geht's noch? Ich öffne den Mund, klappe ihn wieder zu. Egal. Dann sage ich: »Sie muss aber jeden Morgen pünktlich in der Schule sein.«

»Ja ja.«

»Ja ja heißt leck mich am Arsch.«

Mitzi rollt die Augen. »*Du* willst doch nach Sizilien.«

»Und versprich mir, dass du sie abends nicht allein lässt, um mit Uwe auszugehen.«

»Mei, für wen hältst du mich denn.« Meine Mutter schnauft. »Aber zu mir kommen darf der Uwe schon, oder willst du mir jetzt auch noch Herrenbesuch verbieten? Des ist ja schlimmer als in den Siebzigern. Wenn's nach dir ginge, hätten wir immer noch den Kuppelparagrafen.«

»Ach komm, es sind doch nur ein paar Tage. Kannst du dich nicht ein bisschen ...«

»Lebe jeden Tag so, als wäre er dein letzter«, fällt sie mir ins Wort. »Des ist fei vom Alexis Sorbas.«

»Oder so, als würdest du ewig leben. Auch Sorbas«, kontere ich.

»Mei, du kannst halt nicht verstehen wie des ist mit der Liebe.« Sie schaut versonnen zum See.

»Was soll das heißen?«, fauche ich sie an.

»Jetzt sei halt nicht gleich wieder eingeschnappt. Jedenfalls lasse ich mir nicht von dir vorschreiben ...«

»Also gut«, unterbreche ich sie, »wenn der Uwe unbedingt kommen muss, dann wird wenigstens nicht gekifft. Ist das klar?«

»Mei, du bist so spießig.«

»Versprich es mir, sonst gebe ich die Hanna zum Erzeuger.«

»Zu ihrem Vater? Nein! Zu dem Schluchtenscheißer geht sie mir nicht. Der setzt sie den ganzen Tag vor den Fernseher, kocht ihr Industriefleisch und spielt ihr Rolf Zuckowski vor.«

»Sag es: Keine Drogen, solange du für die Hanna verantwortlich bist.«

Mitzi verdreht die Augen. »Also gut: keine Drogen.«

»Schwöre es beim Dalai Lama!«

»Obacht!«

»Schwöre!«

»Also gut, ich schwöre. Und jetzt buch endlich dein deppertes Flugticket.«

Als der Erzeuger Hanna nach Hause bringt, wähle ich gerade Fotos für Mister Rolex aus. Ich habe ein Ticket für morgen bekommen und bevor ich fliege, will ich hier noch alles fertigmachen.

Ich höre den Erzeuger hupen, wie immer. Er würde sich nie dazu herablassen, aus seinem blank geputzten SUV zu steigen und an der Tür zu klingeln. Er hat es verdient, dass ich ihn so nenne.

Mitzi macht unten die Tür auf, ich höre Flüstern, und dann schallt Hannas Stimme durchs Haus. »Au ja!« Schritte hasten die Treppe hoch und meine Tür wird aufgerissen. »Mama, Mama, ich mache Urlaub mit Oma.«

»Echt?« Ich schließe sie in die Arme und rieche an ihrem Haar, das nussig duftet.

»Hier im Garten«, plappert sie in meinen Pulli hinein. »Wir übernachten im Zelt und machen Lagerfeuer, wenn du weg bist.«

»Cool!«

»Ich darf sogar Marshmallows.«

»Wow! Also macht es dir nichts aus, wenn ich ein paar Tage bei Nunzia bin?«

»Nö. Die Oma Mitzi ist ja bei mir. Und der Hasi bleibt auch da.« Sie hält triumphierend ihren rosa Schmusehasen hoch, den sie immer noch zum Einschlafen braucht.

»Klar, der Hasi.« Ich bin erleichtert, wie gut Hanna es aufnimmt, dass ich ohne sie nach Palermo fliege. Ein winziger Teil meines Mutterherzens tut allerdings auch weh. Sie ist so schnell groß geworden. Aber manchmal ist sie eben doch noch ganz klein.

»Wie war's beim Papa?«, frage ich.

»Ganz gut. Wir waren in der Bavaria Filmstadt und ich bin auf Fuchur geritten.«

»Toll«, sage ich. Hat er also wieder den Supervater raushängen lassen. »Ich mach hier noch schnell ein paar Fotos fertig, dann komme ich runter, okay? Räumst du schon mal deine Tasche aus?«

»Ja ja«, sagt sie, und ich weiß genau, dass sie ihren Rucksack einfach in die Ecke pfeffern wird. Ich muss lächeln und schaue ihr hinterher, als sie durch die Tür läuft, die sie natürlich offen stehen lässt.

Nach einer halben Stunde ruft sie von unten: »Maaamaaa! Maaamaaa! Maaamaaa!«

»Ich komme gleich!«

»Essen ist fertig.«

»Ich muss nur noch ein paar Fotos raussuchen.«

»Oma sagt, das bringt eh nichts.«

Ich höre, wie Mitzi »Pscht!« macht und schüttle den Kopf. Sie wird schon noch sehen, wie ich eines Tages echtes Geld mit meinen Bildern verdiene.

Ich schicke dem Chefredakteur eine Mail mit der Fotoauswahl aus Sizilien und schreibe dazu, dass ich die nächsten Tage in Palermo fotografieren werde. Dann sende ich noch eine zweite Mail mit Ammersee-Bildern. Mein Lieblingsfoto ist eine Schwarz-Weiß-Aufnahme von einem Fischer, der von der Ladefläche einer Ape herab Renken verkauft. Das ist wie Sizilien am See.

Dann schreibe ich Maria, Nunzia und Gaetano Nachrichten. Soll ich auch Silvo Bescheid geben, dass ich nach Palermo komme? Eigentlich bin ich immer noch stinksauer. Er hat sich seit seiner affigen Eifersuchtsszene nicht mehr gemeldet. Manchmal bekomme ich Panik und bilde mir ein, er hätte irgendwie davon erfahren, dass ich Mario geküsst habe. Blödsinn. Kann ja gar nicht sein.

Jedenfalls habe ich mich genauso daneben benommen wie er. Eigentlich noch mehr. Trotzdem. Anrufen werde ich nicht. Ich schreibe ihm lieber eine SMS:

Komme morgen für ein paar Tage nach Palermo,
wohne bei Nunzia.

Kurz und knapp, kein *bacio* oder *abbraccio*, kein Smiley und auch kein Herz. Nur eine sachliche Information. Er soll ruhig merken, dass ich wütend bin. Als ich auf *Senden* tippe, zittert mein Finger.

Vucciria

Palermo hört sich an wie drei zu laut aufgedrehte Radios gleichzeitig. Vespas knattern, der Singsang der fliegenden Händler hallt durch die Gassen, Leute schreien im Laufen in ihre Handys und gestikulieren dabei. Irgendwie sind hier alle einen Ticken drüber.

Nunzia hat mich vom Flughafen abgeholt und wir sind mit dem Zug in die Innenstadt gefahren. Jetzt gehen wir zu Fuß vom Bahnhof zu ihrer Studentenbude. Ein paar Jungs ballern einen Fußball an die Hauswand. Als ich zusammenzucke, lachen sie. Bröselige *palazzi* ragen in den knallblauen Herbsthimmel, die Fahrbahn ist überfüllt mit Motorrollern, verbeulten Autos und Pferdekutschen.

Nunzia bleibt vor einer Holztür stehen, schließt auf und steigt die Treppe hoch. Es riecht leicht modrig, nach altem Haus. Und nach Tomatensoße. Ich atme tief ein und fühle mich sofort daheim.

»Gib mir doch die Tasche.« Ich greife nach dem Henkel.

»Nichts da.« Meine Cousine winkt ab und schleppt das unförmige Ding hoch bis in den vierten Stock.

Wir treten ins Wohnzimmer, Nunzia lässt meine Tasche fallen und ich blicke mich um. Hier sieht es überhaupt nicht studentisch aus, eher wie bei einer Oma. Also bei einer ziemlich alten Oma. Dunkelbraune Möbel mit

Schnörkeln, auf dem Tisch in der Wohnküche liegt eine karierte Plastiktischdecke, darüber hängt ein Jesuskreuz an der Wand.

»Der ist aber besonders blutig«, murmle ich.

Auf der Kommode steht ein Fernseher, daneben eine Statue von Padre Pio mit einer blinkenden Lichterkette über den Schultern. Nunzia schaltet den Kasten an und ein gut gelaunter Moderator plappert drauf los.

»Ich koche uns erst mal einen *caffè*.« Sie macht sich am Herd zu schaffen. Die Zündung knackt, es riecht nach Gas. Ich schaue aus dem Fenster über die Dächer von Palermo. Links ragen Wohnblocks vor einem Gebirgszug auf, rechts barocke Kirchtürme, sandfarbene und weiße Häuser in unterschiedlichen Größen und Formen, und ganz hinten leuchtet das Meer.

In der *bialetti*, die bestimmt voll eingebrannter, krebserregender Kaffeeschlieren ist, die kein Scheuermittel je entfernen kann, beginnt es zu sprozzeln. Der Duft nach Espresso erfüllt das Zimmer. Ich atme tief durch. Wahnsinn. Ich bin wirklich in Palermo.

Wir setzen uns an den Küchentisch, rühren Zucker in die Tassen und trinken in winzigen Schlucken.

»Also?« Nunzia sieht mich mit ihren verschiedenfarbigen Augen an. Das linke ist hellbraun, das rechte dunkelbraun. Ihr Nasenpiercing funkelt in der Herbstsonne, die zum Fenster hereinfällt.

»Also was?«

»Wann triffst du Gaetano?«

»Morgen Nachmittag auf der Piazza Garraffello. Ist das weit weg?«

»Nein, gleich um die Ecke. Zeige ich dir später.«

»Perfekt.« Ich kratze mit dem Löffel den Zucker aus der Tasse. »Und Lucia?«

»Immer mit der Tür ins Haus.« Nunzia lacht.

»Klar, deswegen bin ich ja hier.«

»Es gibt leider keine guten Nachrichten.«

Ich starre sie an.

»Mein Vater hat gesagt, dass Don Vincenzo mit den zwei Leichen im See in Verbindung gebracht wird.«

»Leichen?«

Nunzia nickt. »In einem ausgetrockneten See bei Enna wurden zwei Skelette gefunden, also eigentlich nur Knochenhaufen. Daneben ein Zementblock und ein Seil. Sie lagen wohl über zehn Jahre im Wasser und es konnten keine vernünftigen DNA-Spuren mehr analysiert werden. Es wird aber vermutet, dass es zwei Bauunternehmer waren, die in der Gegend verschwunden sind. Vater und Sohn.«

Ich schlucke. Bauunternehmer. Dass die Mafia ihre Finger in der Immobilienbranche drin hat, weiß jeder.

»Und dann gibt es da noch diese Sache mit dem Massengrab in den Bergen.«

»Massengrab?« Ich habe das Gefühl, dass es mich gleich ohnmächtig vom Stuhl haut.

»Ein Mann hat nach dem Tod eines Mafioso sein Gewissen erleichtert und der Polizei gemeldet, dass er schon vor Jahren in einer Karsthöhle ganz in der Nähe dieses Sees menschliche Knochen gefunden hat. Die Polizei hat die Überreste von vierzehn Menschen geborgen, darunter auch eine Frau und ein Kind. Zum Teil sind die Opfer erschlagen worden. Die DNA konnte aber nicht zugeordnet werden, der Fall wurde archiviert.«

»Scheiße.«

»Das kannst du laut sagen.«

»Und jetzt?«

»Jetzt gehen wir erst mal zu Beppe. Der kann uns vielleicht mehr über Don Vincenzos Privatleben und seine Familie erzählen.«

»War das nicht der Friedhofswärter, der in Santa Lucia den ganzen Tag in der Bar abhängt? Der Schlaffi, der den Messwein aus der Sakristei geklaut hat?«

»*Yes!* Genau der.«

»Und was soll der über Don Vincenzo wissen?«

Nunzia zwinkert mir zu. »In Santa Lucia ist er nur ein ehrenamtlicher Friedhofswärter. Aber hier in Palermo verwaltet er die Gelder der Diözese und kennt jeden, der Rang und Namen und vor allem Vermögen hat.«

»Und wie kann der an zwei Orten arbeiten?«

Nunzia lacht. »Beppe ist mal hier, mal da, und am liebsten kocht er sowieso für die Armen.«

Ist ja auch nicht so wichtig. Hauptsache, er weiß etwas über Lucia. Eine leichte Übelkeit breitet sich in meinem Magen aus. Vielleicht von dem starken Espresso. Oder vor Aufregung.

»Können wir da heute gleich hin?«

»Du mit deiner deutschen Eile.« Nunzia verdreht die Augen. »Komm doch erst mal an.«

»Hey, ich warte schon mein ganzes Leben auf diesen Tag, und ...«

»War ein Witz«, unterbricht sie mich, und ich fühle mich gleich noch deutscher. »Ich zeig dir nur schnell unser Zimmer. Also wenn das in deinen Zeitplan passt.«

»Blöde Kuh.« Ich muss grinsen.

Nunzia steht auf. »Komm, hier entlang.« Sie geht durch einen engen Flur zu einer Kammer mit zwei Betten, einem Schrank und einem Schreibtisch. Mehr Platz ist da nicht. Meine Tasche stellt sie auf dem Boden ab. »Tiziana ist diese Woche bei ihren Eltern. Du kannst ihr Bett haben.«

Dann zeigt sie mir im Schnelldurchlauf die restliche Wohnung. Noch ein Schlafzimmer für zwei Studentinnen und ein winziges Bad. Das war's. Ich schätze, das ganze Apartment ist ungefähr vierzig Quadratmeter groß.

»Ihr wohnt hier zu viert?«

»Genau.« Nunzia nickt. »Alle aus Santa Lucia. Jede zahlt fünfzig Euro im Monat.« Wir gehen zurück in die Küche. »Hast du Hunger?«

Mein Magen fühlt sich an wie ein Klumpen. Vor lauter Aufregung habe ich nicht gefrühstückt, bevor ich in München losgeflogen bin. Wäre schon gut, was zu essen. Nicht, dass ich irgendwann umkippe. »Ein bisschen.«

»Gut. Dann gehen wir jetzt zu Beppe, der kocht uns was Feines.«

Feucht-warmer Meerwind fegt durch die Gassen, es riecht nach Salz, Essensresten und rohem Fisch. Auf dem schwarzen Pflaster liegen vergorene Früchte und Styroporkisten, um die sich drei Hunde raufen.

»Dieses Viertel heißt *Vucciria*«, erklärt Nunzia. »Früher war es das Bankenviertel von Palermo, jetzt ist hier vormittags Wochenmarkt und nachts feiern die Studenten auf den Straßen.«

Wir kommen auf einen Platz mit einem antiken Brunnen, die Hauswände dahinter sind mit Graffiti besprüht und die Fenster eines halb verfallenen *palazzos* mit Bret-

60

tern vernagelt. Eine alte Leuchtschrift hängt schief herunter. BANCA NAZION... Der Rest fehlt. Es reißt mich. In großen roten Lettern steht da: UWE TI AMA. Das glaube ich jetzt nicht. Ist das eine Halluzination? Oder verfolgt mich der Leopard bis nach Palermo? Mit offenem Mund starre ich die Schrift an. *Uwe liebt dich.*

»Was ist das denn?«, frage ich und zeige nach oben.

Nunzia winkt ab. »Ach, das hat so ein österreichischer Künstler gemacht. Uwe Jäntsch.«

Ich atme auf. Doch nicht der Leopard.

»Der macht hier auf der Piazza total verrückte Sachen, um gegen den Verfall der antiken Monumente zu protestieren. Er hat die Zimmer eines eingestürzten Hauses mit Blumenmustern bemalt, eine Kathedrale aus Müll aufgeschichtet ... Da oben lebt er.« Sie zeigt auf ein Fenster. »Besucher können über eine Leiter hochsteigen und sich für zehn Euro mit ihm fotografieren lassen. Diesen verfallenen *palazzo* hat er in eine leere Bank verwandelt. Schau, das ist sein selbstgebauter Geldautomat.« Sie zeigt auf einen weißen Hocker mit der Aufschrift *bancomat*, der auf zwei Bierkisten steht.

»Wirklich total verrückt«, sage ich, mache ein Foto mit meinem Handy und schicke es per MMS an Mitzi.

»Das ist übrigens die Piazza, auf der du mit Gaetano verabredet bist.«

Ein Stich fährt durch meinen Magen.

Mein Handy piept. Mitzi hat geantwortet. Eine ganze Armada an hochgereckten Daumen und Smileys, am liebsten mag sie den mit Sonnenbrille. Seit sie die *emoticons* in ihrem Handy entdeckt hat, gibt es kein Halten mehr.

Wir gehen etwa zehn Minuten lang durch enge Gassen, vorbei an Ständen, an denen Straßenhändler Essen aus riesigen Töpfen fischen.

»Was verkaufen die?«, frage ich.

»*Panini colla meusa*«, sagt Nunzia auf Sizilianisch. »Frittierte Milz. Und da vorne gibt es *babaluci*. Schnecken. Willst du probieren?«

Ich verziehe angeekelt das Gesicht.

Vor einer Kirche bleibt Nunzia stehen. »Wir sind da.«

»Ich dachte, wir gehen zu Beppe?«

»Wir *sind* bei Beppe. Er kocht hier«, sagt sie. »Das ist die Mensa der Caritas, hier können die Bedürftigen von Palermo essen. Ich hab dir doch erzählt, dass er sich bei der Armenspeisung engagiert.«

Wir gehen die Treppe zum Haupteingang hoch und Nunzia stemmt sich gegen die Tür, die quietschend aufgeht. In einem Speisesaal sind lange Tische aufgereiht, Stimmengewirr erfüllt die Luft. Bei Armenspeisung hätte ich an ein paar zahnlose Greise und ungepflegte Obdachlose gedacht, aber hier ist es rappelvoll. Mütter in Jogginghosen stehen am Buffet an, ihre Kinder laufen zwischen den Tischen umher, weiter hinten sitzt eine Gruppe Afrikaner und daneben ein Pulk Studenten.

»Und die sind alle bedürftig?«, frage ich.

»Ja«, sagt Nunzia, als wäre es das Normalste der Welt.

»Und wir?«

»Wir sind Freunde von Beppe. Komm.« Sie geht vor zu einer Tür, die in eine Großküche führt.

Beppe hantiert zwischen dampfenden Töpfen und riesenhaften Pfannen herum und schwingt einen gigantischen Kochlöffel. »*Ehi, Avvocatessa!*«, ruft er und winkt uns zu. »Und Linda!« Er trägt den gleichen blau glänzenden Trainingsanzug mit weißem Seitenstreifen wie in Santa Lucia. Unter dem Bauchansatz hängt ein Hip-Bag. Er legt den Löffel ab und kommt mit ausgebreiteten Armen aus dem Essensdampf hervor. Auf seiner blassen Haut steht Schweiß. Er küsst uns links und rechts auf die Wangen. Ich rieche Frittierfett.

»Was gibt's heute?«, fragt Nunzia.

»Gebackene Auberginen und *panelle*«, sagt er. Und fügt mit Blick auf mich hinzu: »Eine palermitanische Spezialität. Sucht euch einen Platz, gleich ist eine neue Ladung fertig.«

»Was sind *panelle*?«, frage ich beunruhigt. Milz und Schnecken kriechen noch durch meine Gedanken und hinterlassen dort eine schleimige Spur. Vielleicht sollte ich einfach behaupten, ich sei Vegetarierin?

»Frittierte Fladen aus Kichererbsenmehl«, sagt Nunzia.

Ich atme auf. Das klingt lecker.

Nunzia geht die Tische entlang, grüßt hier und winkt da, und immer wieder sprechen die Leute sie mit *Avvocatessa* an. Schließlich findet sie am Ende des Saales eine freie Ecke und wir setzen uns.

»Du bist doch noch gar keine Anwältin, warum nennen die dich alle *Avvocatessa*?«, frage ich.

Sie lacht. »Hier wird jeder, der die Uni mit oder ohne Erfolg besucht hat, *Dottore* oder *Avvocato* genannt.«

Ich grinse. »Okay, *Avvocatessa* Nunzia.«

»Sehr erfreut, *Dottoressa* Linda.«

Beppe bringt einen Teller *panelle* und setzt sich zu uns. Ich nehme eines der frittierten Dinger und beiße hinein. Knusprig und würzig.

»Mhmmm«, mache ich und verdrehe die Augen zur Decke. »*Buonissimo.*«

Er nickt zufrieden.

»Was sind das für schwarze Punkte?«, frage ich. Nicht, dass doch noch etwas Ekliges drin versteckt ist. Pulverisierte Miesmuschelschale oder so.

»Fenchelsamen.«

Ich nehme noch eins.

Wir führen ein bisschen Small Talk, dann fragt Nunzia: »Sag mal Beppe, du kennst doch jeden in Palermo, der irgendwie wichtig ist.«

»Ach ja?« Er wiegt den Kopf geschmeichelt hin und her.

»Kannst du uns etwas über die Familie von Don Vincenzo erzählen?«

»Scht!«, macht er und sieht sich um. »Nicht so laut. Was wollt ihr denn von dem?«

Nunzia beugt sich vor und sagt leise: »Du weißt doch, dass Lindas Zwillingsschwester angeblich bei der Geburt gestorben ist.«

Beppe nickt.

»Wir haben aber rausbekommen, dass der Arzt sie bei der Geburt weggenommen und einer ehrenwerten Familie gegeben hat.« Wie immer vermeidet sie das böse M-Wort. »Mein Vater hat in Erfahrung gebracht, dass die Familie von Don Vincenzo im selben Jahr ein kleines Mädchen bekommen hat. Das muss sie sein.«

»Seid ihr sicher?«

Ich nicke. »Der Arzt hat es uns selbst erzählt, nur den Namen der Familie wollte er nicht sagen, weil er Angst hat, dass sie sich an ihm rächen. «

»Dazu hat er auch allen Grund«, knurrt Beppe.

»Wir wissen, dass er mit den beiden Leichen im See und dem Massengrab in der Höhle in Verbindung gebracht wurde«, sage ich. »Warum kam er so schnell wieder aus dem Knast raus?«

Beppe beugt sich noch weiter zu uns und flüstert: »Er wurde Anfang der Neunziger zu einer langen Haftstrafe verurteilt, wegen allem Möglichen. Aber die Morde konnten sie ihm nicht nachweisen. Außerdem hat er gegen ein paar kalabrische Bosse ausgesagt, mit denen er Drogengeschäfte laufen hatte. Deshalb hat er eine mildere Strafe bekommen. Seit er wieder raus ist, lebt er auf einem Landgut etwas außerhalb der Stadt, in das er angeblich all seine illegalen Einkünfte investiert hat.«

»Wurde das nicht enteignet?«, fragt Nunzia.

»Komischerweise nicht. Er hat eben mächtige Freunde.«

»Wieso enteignet?«, frage ich dazwischen.

»Eigentlich werden die Immobilien der Bosse verstaatlicht, wenn sie ins Gefängnis kommen«, erklärt Nunzia. »Sie werden von der Organisation *Libera Terra* verwaltet. Ökologische Landwirtschaft, Weingüter, Landhotels und so was.«

Ich nicke. »Und wo ist dieses Landgut genau?«

»Ihr wollt da doch nicht hin, oder?« Beppe schaut zwischen uns hin und her.

»Nein«, sagt Nunzia.

»Doch«, sage ich. »Nur mal vorbeifahren ...«

Beppe schüttelt den Kopf. »Ganz schlechte Idee.«

»Bitte.« Ich versuche, Hundeaugen hinzubekommen und ziehe die Stirn dramatisch in Falten. »Ich suche schon mein ganzes Leben nach meiner Schwester und vielleicht lebt sie dort.«

»Ich passe auf sie auf«, kommt mir Nunzia zur Hilfe.

»Na gut.« Er zuckt die Schultern. »Das müsst ihr selber wissen.« Er nennt ihr ein paar Straßen, Ortsnamen und Abzweigungen. »Aber seid vorsichtig. Offiziell ist er ausgestiegen. Man hört allerdings Gerüchte, dass er von seinem Landgut aus weiter Befehle gibt.«

Das hört sich immer beschissener an. »Weißt du etwas über seine Frau und seine Tochter?«

»Keine Ahnung. Don Vincenzo lebt sehr zurückgezogen, seit er aus dem Gefängnis entlassen wurde.«

»Hast du ihn je kennengelernt?«

Beppe schüttelt den Kopf. »Ich weiß, dass er viel an die Kirche und für wohltätige Zwecke spendet, aber ich habe ihn nie persönlich getroffen.«

Verwirrt schaue ich zwischen den beiden hin und her. »Wohltätige Zwecke? Kirche? Ein Mafioso?«

»Scht!« Beppe zieht die Augenbrauen hoch. »Das eine schließt das andere nicht aus, *cara*. Die neuen Familienmitglieder tropfen ihr Blut immerhin auf Heiligenbildchen und kirchliche Prozessionen halten vor den Häusern der Bosse an. Je länger der Stopp, desto größer der Respekt.«

So langsam wird mir klar, warum jemand, der Kirchengelder verwaltet, so gut über die ehrenwerte Gesellschaft Bescheid weiß.

Beppe stützt seine teigigen Finger auf die Tischplatte und steht auf. »Haltet euch besser von Don Vincenzo fern und schnüffelt nicht in seinen Angelegenheiten herum.«

»Aber ...«, sage ich, doch Nunzia tritt mich unter dem Tisch gegen das Schienbein. Ich klappe meinen Mund brav wieder zu.

Als wir draußen an der frischen Luft sind, würde ich am liebsten um Nunzia herumhüpfen, aber ich reiße mich zusammen.

»Weißt du, wo das ist? Können wir da hinfahren? Jetzt gleich?«

Sie bleibt stehen und schaut mich an. »Don Vincenzo ist echt richtig gefährlich.«

»Was soll das heißen?«

Sie hebt die Hände zum Himmel. »Du kannst nicht einfach in die Villa von so einem Boss reinspazieren.«

»Aber ich kann auch nicht abreisen, ohne Lucia zu sehen.« Ich verschränke die Arme vor der Brust. »Ich suche meine Schwester seit fünfundzwanzig Jahren. Endlich habe ich eine Spur und nur ein paar Tage Zeit. Ich muss da hin.«

Nunzia seufzt, schüttelt den Kopf, schweigt. Dann sagt sie: »Ich hab kein gutes Gefühl dabei.«

»Spinnst du?« Meine Stimme wird lauter. »Das geht nicht. Du kannst jetzt keinen Rückzieher machen. Deshalb bin ich doch hier.«

Sie schweigt wieder.

»Nunzia!« Am liebsten würde ich sie schütteln. »Du wusstest doch, dass Don Vincenzo gefährlich ist.«

Sie explodiert wie der Ätna. »Aber nicht, *wie* gefährlich«, schreit sie mich an und reißt die Augen dabei so weit auf, dass ich das Weiß ihrer Augäpfel sehe. »Mensch Linda, das ist vielleicht ein Massenmörder! Weißt du, wie viele Leute der abgemetzelt hat, ohne mit der Wimper zu zucken?«

»Ich bin sooo nah dran«, schreie ich zurück. Mit Daumen und Zeigefinger zeige ich an, wie nah. »Wir können ja zumindest mal mit dem Auto an diesem Landgut vorbeifahren.«

»Und was versprichst du dir davon? Dass du einen Hochsicherheitszaun siehst und auf seiner Videokamera drauf bist?«

»Hast du eine bessere Idee?«

Sie spielt an ihrem Piercing herum.

»Eben. Hast du nicht. Es ist die einzige Möglichkeit herauszufinden, ob Lucia dort lebt. Ich will sie wenigstens einmal sehen. Du hast versprochen, dass du mir hilfst.« Meine Stimme bricht. »Es geht um meine Schwester, verdammte Scheiße! Du kannst mich doch nicht nach Palermo bestellen und dann hängen lassen. Vielleicht ist sie nur ein paar Kilometer von mir entfernt. Da kann ich doch nicht so tun, als wäre nichts und einfach wieder abreisen.«

Nunzia schüttelt den Kopf und seufzt. »Also gut. Aber nur vorbeifahren.«

Ich umarme sie und schmatze ihr einen dicken Kuss auf die Wange.

Slow Motion

Die Straße schlängelt sich durch eine Orangenplantage, am Straßenrand liegen Pappkartons und Plastiktüten. Schwer und leuchtend hängen die Früchte in den Bäumen und ziehen die Äste herab. Am Ende der Plantage beginnt eine hohe Mauer, über die Palmen lugen, als würden sie uns Fremde beobachten.

»Hier muss es sein«, sagt Nunzia.

»Da vorne ist ein Tor.« Ich strecke den Kopf aus dem Seitenfenster, um besser zu sehen.

Im Schritttempo steuert Nunzia ihren roten Fiat 600 Sporting mit der Rolling-Stones-Zunge auf dem Kotflügel an einem schmiedeeisernen Tor entlang. Ich erhasche einen Blick auf eine Straße, die in eine Parkanlage führt, dann sind wir auch schon vorbei.

»Halt an.«

Nunzia tritt auf die Bremse und ich falle nach vorne, weil ich nicht angeschnallt bin. Niemand trägt hier Sicherheitsgurt, das war eine meiner ersten Lektionen in Sachen Sizilien. Sich anzuschnallen ist so was von deutsch, aber so was von.

Auf einem goldenen Schild steht *agriturismo* und darunter *allevamento cavalli*. Ich packe Nunzias Arm. »Eine Pferdezucht. Das ist es! Ich tue einfach so, als wollte ich ein Pferd kaufen.«

»Bist du bescheuert?«, zischt Nunzia, reißt ihren Arm weg und lässt den Motor aufheulen. »Wir haben abgemacht, dass wir nur ...«

»Aber irgendwas muss ich tun«, unterbreche ich sie.

Sie gibt Gas, ich werde in den Sitz gepresst und greife nach dem Haltegriff über der Tür.

»Jetzt fahr doch mal langsamer. Wenn der Pferde züchtet, ist das die ideale Tarnung, um da reinzukommen.«

Nunzia schüttelt den Kopf. »Der merkt sofort, dass du keine Ahnung von Pferden hast und wird misstrauisch.«

»Dann sag ich eben, ich will Reitunterricht nehmen.«

»Du bist verrückt.«

»Was hast du denn für einen Plan?«

Nunzia schweigt.

»Natürlich keinen!«

Wir fahren weiter an der Mauer entlang. Als sie endet, beginnt eine Olivenplantage und dahinter sehen wir ausgedörrte Weiden, auf denen Pferde grasen.

»Schau, es stimmt.« Ich stoße Nunzia mit dem Ellbogen an. »Die Idee ist doch genial.«

»Du bist wahnsinnig.«

Ein blauer Fiat Punto kommt uns entgegen, am Steuer sitzt eine Frau.

»Dreh um!« Ich schreie fast. »Fahr hinterher.«

Nunzia bleibt stur auf dem Gas und hält das Lenkrad mit beiden Händen fest, als würde ich es herumreißen wollen wie in einem Actionfilm. »Klar, total unauffällig!«, faucht sie. »Bist du eigentlich völlig bescheuert? Don Vincenzo hat eine Videokamera am Tor.«

»Ja und? Wir könnten uns doch verfahren haben und umdrehen. Was ist daran verdächtig?«

»Und morgen tauchen wir dann wieder hier auf? Was für ein Zufall. Du solltest echt mal ein paar Krimis im Fernsehen anschauen. So als Weiterbildung.« Sie schüttelt den Kopf.

Beleidigt presse ich die Lippen zusammen und zähle die Pferde. Es sind sieben Tiere. Nunzia fährt weiter, bis wir wieder auf eine größere Straße stoßen, auf der es links nach Palermo geht. Sie biegt ab.

Ich zeige in die andere Richtung. »Fahr da lang. Wollten wir nicht einmal um das ganze Landgut rumfahren? Ich dachte, wir beobachten noch ein bisschen das Haus oder so was?«

Nunzia presst die Lippen zusammen und schaltet hoch. Der Sporting rummst in ein Schlagloch, dass mein Kreuz nur so kracht, und Staub wirbelt auf.

»He! Falsche Richtung. Dreh um«, versuche ich es wieder.

»Ganz sicher nicht! Du bist ungefähr so unauffällig wie ein Erdbeben. Vergiss es. Ende. Aus. Amen. Mit dir fahre ich in Sachen Lucia nirgendwo mehr hin.«

Na toll. Ich verschränke die Arme und betrachte die Bergkette, die sich in der Herbstsonne scharf von der verbrannten Landschaft abhebt.

»Bei uns sagt man: *Fatti affari tuoi e campi cent'anni*«, murmelt sie vor sich hin.

»Kümmere dich um deinen eigenen Kram, und du wirst hundert Jahre alt? Tolles Motto für eine angehende Staatsanwältin.« Ich verdrehe die Augen. Na gut, dann muss ich das eben im Alleingang durchziehen. Ich versuche, mir den Weg einzuprägen. Aber das ist sinnlos, denn ohne Auto kommt man hier sowieso nicht hin. Es

71

hilft nichts. Ich brauche Nunzia und ihren Sporting, um weiterzukommen.

»Hätte nicht gedacht, dass du so feige bist«, sage ich.

»Feige? Ich?« Sie lacht auf. »Ich würde eher sagen vernünftig.«

»Das heißt, ich bin blöd, oder was?«

»Wenn du einfach an Don Vincenzos Tür klingeln willst, ja. Sorry.«

»Schönen Dank auch. Ich dachte, du hilfst mir.«

»Eben. Ich rette dich gerade vor der größten Dummheit deines Lebens.«

»Und was hast du für einen Plan?«

»Gar keinen. Ich bin raus.«

Ich starre sie an. »Du lässt mich im Stich? Ehrlich?«

Nunzia tritt auf die Bremse und ich knalle fast gegen das Armaturenbrett, kann mich gerade noch abstützen. Sie dreht sich zu mir und schreit mich an, so richtig aus vollem Hals: »Linda, du bist so bescheuert! Du führst dich gerade auf wie ein bockiger Teenager. Ich will, ich will, ich will. Ohne Hirn und Verstand.« Sie haut sich mit der flachen Hand gegen die Stirn. »Glaubst du wirklich, du kannst einfach bei einem Boss reinschlendern und sagen: Hey, ich möchte ein Pferd kaufen. Und ist das da zufällig meine verschwundene Schwester?« Ich habe Nunzia noch nie wütend erlebt. Ihre Worte fühlen sich an wie Ohrfeigen. »Das ist ein Schwerverbrecher«, schreit sie weiter und gestikuliert dabei so wild herum, dass ihre Hand ans Autodach stößt. »Kapierst du das? Der kennt keine Skrupel. Und er will auf keinen Fall zurück in den Knast. Wenn er Verdacht schöpft, lässt er dich von irgendeinem Stallburschen aus dem Weg räumen, bevor du überhaupt *Pferd* sagen kannst. Dann wirst du sein Landgut nicht mehr verlassen, verstehst du? Dann warst du nie hier. Und mich killt er gleich mit. Zwei junge Frauen verschwunden. Keine Zeugen. Nur ein verwaister Sporting im Olivenhain. Wie tragisch. Und als Nächster ist dieser Arzt dran. Aber das ist dir natürlich egal. Hauptsache du findest deine komische Schwester, von der wir nicht mal wissen, ob sie überhaupt existiert.« Sie schüttelt den Kopf, schaltet die Stereoanlage an und tritt wieder aufs Gas. *You can't always get what you want,* dröhnt es durchs Auto.

Ich kralle mich an den Haltegriff, blinzle und versuche, die Tränen zurückzuhalten. Am liebsten würde ich los-heulen. Der Sporting ächzt über aufgeplatzten Asphalt. Gibt es auf dieser Scheißinsel eigentlich irgendeine Straße, die heil ist?

Der Stadtrand von Palermo mit seinen hässlichen Hochhäusern taucht auf. Nunzia rast über alle Kreu-zungen, ohne anzuhalten. Ich hebe die Arme schützend vor mich, falls sie wieder eine Vollbremsung hinlegt. Die ganze Fahrt durch das Verkehrschaos hindurch schwei-gen wir uns an. Es ist ein schreckliches Schweigen, bodenlos und schwarz. Was will ich hier überhaupt noch? Ich starre aus dem Seitenfenster, damit sie mein Gesicht nicht sieht. Am besten ich hole gleich mein Ge-päck und suche mir irgendein Bed and Breakfast. Morgen treffe ich Gaetano und danach fliege ich wieder zurück. So mache ich es.

Ich wische mir möglichst unauffällig mit dem Hand-rücken über die Augen. Sie muss ja nicht wissen, wie sehr sie mich getroffen hat. Dabei hatte ich mich so darauf gefreut, mit ihr um die Häuser zu ziehen und ein bisschen Freiheit zu genießen. Studentenleben, Partys, Unbeschwertheit. Hatte ich ja noch nie, als Mutter mit neunzehn. Ich schlucke.

Als sie vor ihrer Studentenbude in eine winzige Parklücke einfädelt, fragt sie: »Wie läuft es eigentlich mit Silvo?« Ihre Stimme klingt wieder ganz normal, so als wäre nichts gewesen. Überrascht schaue ich sie an. Ihr Ärger hat sich in den Abgasen der Stadt aufgelöst.

»Weiß nicht.« Ich zucke die Schultern. Meine Stimme klingt bockig, aber in Wahrheit bin ich einfach nur erleichtert, dass das Donnerwetter vorübergezogen ist. »Er hat mir letzte Woche am Telefon eine Eifersuchtsszene gemacht, seitdem haben wir uns nicht mehr gehört.«

»Berechtigt?«

»Nein!«, rufe ich viel zu laut. Der Kuss mit Mario blitzt in meinem Kopf auf und ich werde rot.

»Wirklich?«

»Natürlich! Ich war nur mit einem Kollegen was trinken, das war alles.« Ich versuche, extra empört zu klingen, weil ich das Gefühl habe, Nunzia durchschaut mich bis ins Knochenmark.

Sie dockt an die Stoßstange des Autos vor ihr an.

»Nunzia!«

»Egal.«

Sie dockt hinten an, doch diesmal sage ich nichts.

»Weiß Silvo, dass du da bist?«

»Ja, aber er hat sich nicht gemeldet.«

»Ich hab dir ja immer gesagt ...«

»... dass er ein Arsch ist«, beende ich den Satz. »Ich weiß.« Jetzt bitte nicht noch eine Moralpredigt.

»Und du hast ihn nicht angerufen?«

»Ich ihn? Natürlich nicht. Ein bisschen Stolz habe ich ja auch noch. Immerhin hat *er* aufgelegt.«

»Ach so.« Sie schaut mich vielsagend an. »Und was ist das genau für ein Kollege?«

»Jetzt fang du nicht auch noch an.« Ich verdrehe die Augen, steige aus und knalle die Autotür hinter mir zu. Stocke. Taumle. Habe das Gefühl, jemand zieht mir die Pflastersteine unter den Füßen weg.

Da steht er. Im Hauseingang von Nunzias Studentenbude. Er grinst mich an, mit seinen Grübchen und den grünen Wahnsinnsaugen, und mein restliches Blickfeld wird unscharf. Ich fühle mich, als hätte mir jemand einen Tiefsee-Taucheranzug übergestülpt. Bin gleichzeitig hier, aber auch ganz weit weg, alle Geräusche sind gedämpft und ich kann mich nicht bewegen.

Silvo kommt auf mich zu wie in *slow motion*, in bester Rockstarmanier, mit einer Lederjacke über dem weißen T-Shirt. In seine Koteletten sind drei schräge Linien einrasiert und um seine Handgelenke schlingen sich Lederbänder.

Seine Umarmung fühlt sich an, wie nach Hause zu kommen. Ich versinke an seinem Hals, fühle das Kratzen seines Dreitagebartes an meiner Wange und rieche seinen zitronigen Duft. Es gibt keinen Zweifel. Ich bin total verknallt.

Nunzia lacht.

Ich tauche wieder auf und drehe mich zu ihr um. »Du wusstest das?«

»Klar. Silvo wollte dich überraschen.« Sie zwinkert mir zu. »Gelungen, oder?«

Mir wird heiß. Zum Glück habe ich ihr nichts von Mario erzählt.

Silvo strahlt, als wäre nie etwas zwischen uns vorgefallen. »Du glaubst doch nicht wirklich, dass ich mir die Chance entgehen lasse, meine *piccola tedesca* zu sehen?«

»Ich bin Halb-Sizilianerin«, sage ich. »Und außerdem: Letzte Woche klangst du nicht so, als ...«

Er winkt ab. »Das war doch nichts. Du bist immer so nachtragend.«

»Bitte was?«

»Und empfindlich. Aus allem machst du ein Drama.«

»Also wo er recht hat ...« Nunzia imitiert mich, wie ich gerade die ganze Fahrt mit verschränkten Armen demonstrativ zur Seite geschaut habe.

Ich blicke mit offenem Mund zwischen den beiden hin und her. Echt jetzt?

»Mach dich mal locker«, sagt Nunzia und zieht ein Schlüsselbund aus ihrer Tasche. »Kommt, wir gehen hoch.«

Wir steigen die Treppen hinauf und ich lasse mich auf einen Stuhl fallen. Ich bin völlig fertig. Kaum geschlafen, der Flug, das Chaos im Bauch dieser lärmenden Stadt, Don Vincenzo, der Streit und jetzt auch noch Silvo. Ich presse meine Hände auf die Schläfen. An die sizilianischen Gewitterwolken, die sich dunkelgrau auftürmen, ordentlich knallen und dann genau so schnell verschwinden, wie sie gekommen sind, muss ich mich erst noch gewöhnen.

Nunzia kocht ihren krebserregenden Espresso. Als sie mir eine Tasse hinstellt, schaut sie mich zweifelnd an. »Besser auch einen Grappa.« Sie holt ein Wasserglas und schüttet eine klare Flüssigkeit hinein, bis es zur Hälfte voll ist.

Ich trinke auf ex. Der Schnaps brennt mir die Speiseröhre weg und fließt dann heiß in meinen Magen. Ich schnappe nach Luft, verdammt, der muss direkt aus der Hölle kommen. Ein Hustenanfall schüttelt mich, Silvo klopft mir auf den Rücken.

»Selbstgebrannt, vom *Nonno*«, sagt Nunzia.

»Wie viel Prozent hat der denn?«, ächze ich und exe den Espresso hinterher.

»Eine Menge.« Silvo lacht. »Geht's wieder?«

Tatsächlich wird mein Kopf angenehm wattig und ich fühle mich deutlich entspannter als gerade eben noch. Ich nicke.

»Gut. Dann können wir ja ein bisschen Sightseeing machen und danach zum Essen gehen«, sagt Nunzia.

Gnade, will ich flehen. Ich würde mich so gerne hinlegen, kurz die Augen zumachen und einen Moment für mich allein sein, um das alles zu verdauen. Aber ich will nicht schon wieder die Spaßbremse vom Dienst sein, und außerdem bin ich ja nur einmal in Palermo. Also hole ich tief Luft und lächle beherzt.

»Klar. Ich würde nur gerne duschen.«

»Du weißt ja, wo das Bad ist.«

Wenig später stoßen meine Ellbogen gegen die Duschwände aus Plastik, die in den Schienen rappeln. Hoffentlich habe ich nichts kaputtgemacht. Ich versuche, meinen Kopf so zu halten, dass das Rinnsal aus dem Duschkopf ihn trifft, aber es dauert ewig, bis das Shampoo ausgewaschen ist. Als ich schließlich aus der Mini-Duschkabine steige, wird es auch nicht besser. Es fällt kaum Tageslicht

ins Bad, da es kein Fenster gibt, sondern nur einen Licht-
stein unter der Decke. Und eine schwächelnde Glüh-
birne. Aus dem Föhn kommt nur kalte Luft und es dauert
ewig, bis meine Haare trocken sind. An das Studentenleben muss ich mich definitiv noch gewöhnen.

Junge Leute drängen sich in den Gassen, die meisten
haben Plastikbecher und Zigaretten in der Hand. Vor den
Bars stehen Stühle, aber ich habe völlig den Überblick
verloren, welche Plätze zu welcher Bar gehören. Ist auch
egal. Ich hänge an Silvos Arm und lasse mich von Piazza
zu Piazza mitziehen, trinke Bier und schaue hinauf zu
den bunten Glühbirnen, die über den Gassen leuchten.
Sie tanzen und ihre Farben verschwimmen. Ich kneife die
Augen zusammen und muss kichern. Es ist drei Uhr
morgens, ich bin betrunken und glücklich.

Wir begleiten Silvo zu einer anderen Studentenbude,
wo er bei einem seiner Freunde übernachtet. Er küsst
mich zum Abschied, ich will mehr davon, halte mich an
ihm fest und rieche an seinem Hals.

Nunzia räuspert sich. »Carmelinda!«

Ich weiß, was es bedeutet, wenn sie mich mit meinem
Taufnamen anspricht. Nämlich, dass sie mal wieder den
Moralapostel raushängen lässt und Sorge um meinen
guten Ruf hat.

Ich seufze. »Bis morgen.«

»A domani.« Sein Atem kitzelt mich am Ohr.

Dann hakt Nunzia mich unter, zieht mich mit sich und
wir schwanken nach Hause.

»Apropos morgen«, sagt sie. »Ich muss in der Früh in
die Uni. Wahrscheinlich bin ich schon weg, wenn du auf-

wachst. Aber du kommst ja ohne mich klar. Gaetanos Nummer hast du, die Piazza findest du und Silvo gibt's zur Not auch noch.«

»Klar«, lalle ich.

Hauptsache, ich kann endlich schlafen.

Als ich später im Bett liege, lausche ich dem Lärm der *Vucciria* und Nunzias Schnarchen. Ich stelle mir vor, was Silvo und ich morgen alles anstellen werden, wenn wir allein sind. Ich würde so gerne einschlafen und mich meinen Träumen hingeben, aber sobald ich die Augen schließe, dreht sich alles. Und zwar verdammt schnell. Ich strecke den rechten Fuß aus dem Bett, bis ich den Boden berühre, und versuche, zu bremsen. Aber von Runde zu Runde wird das Ziehen in meinem Magen stärker. Das war der Grappa. Und das Bier. Und irgendwelche Cocktails.

Neinneinnein, ich schaffe es nicht. Mein Magen rumort, ich fahre hoch, schwanke ins Bad und hänge mich übers Klo. Ein Schwall Alkohol und Magenflüssigkeit ergießt sich in die Schüssel und sofort geht es mir besser.

In der Küche trinke ich ein Glas Wasser und schaue in den Kühlschrank. Ich brauche was, um den restlichen Alkohol zu beschäftigen. Italienische Salami. Lecker. Ich nehme mir auch Oliven und Käse, schneide ein großes Stück Weißbrot ab und setze mich an den Tisch.

Ich kaue langsam und beobachte das Blinken von Padre Pios Lichterkette. Draußen knattern immer noch Vespas herum, die Leute lachen und singen. Was für eine Stadt. Wie schön wäre es, wenn ich sie eines Tages zusammen mit Lucia genießen könnte.

Ich muss sie finden. Bloß wie?

Gaetano

Die Kirchenglocken bimmeln so wild, als stünde die Wiederauferstehung bevor. Oder die Apokalypse. Oder beides. Und genau so fühle ich mich auch. Marktschreier krakeelen, Autos hupen und mein Herz hämmert von innen gegen die Rippen wie ein Presslufthammer. In mir drin herrscht genau so ein Aufruhr wie um mich herum. Mindestens.

Ich kann nicht stillsitzen, rutsche hin und her, schlage die Beine ständig in die andere Richtung übereinander. Am liebsten würde ich aufspringen, herumschreien und davonlaufen. Jeder Mann, der auftaucht und von irgendwoher auf die Piazza kommt, jagt mir einen Adrenalinstoß durch den Körper. Aber er ist nicht dabei.

Ich schaue auf mein Handy. Schon eine Viertelstunde zu spät. Hat er kalte Füße bekommen? So ein Feigling. Die Enttäuschung schmeckt so bitter wie Radicchio. Ich hasse Radicchio.

Ich wusste es. Das wird der größte Reinfall meines Lebens. Und wenn ich erst mit gebrochenen Flügeln auf dem Boden liege, weil ich meine letzte Hoffnung verloren habe, werde ich nie wieder fliegen können. Ich blinzle, weil mir vor lauter Kitsch die Tränen in die Augen steigen. Linda, mach jetzt kein Fass auf, sage ich mir, du hattest echt schon genug Drama.

Ich atme tief durch und trinke einen langen Zug von meiner *Gazzosa*, in der ich eine Aspirin aufgelöst habe. Zehn Minuten gebe ich ihm noch, dann haue ich ab.

Bähm! Ein Feuerwerk explodiert in meinem Kopf. Aus einer Seitenstraße hastet er auf mich zu. Ich erkenne meinen Vater sofort, obwohl ich ihn noch nie gesehen habe. Jeans, schwarzes Hemd mit aufgekrempelten Ärmeln. Seine Glutaugen wandern über die Piazza und bleiben an mir hängen. Er winkt. Auch er hat mich sofort erkannt. Als er lächelt, bilden sich die Grübchen, von denen Mitzi mir erzählt hat. Er sieht gut aus. Schwarze Haare, die beim Laufen wippen, und Olivenhaut. Als er mich fast erreicht hat, sehe ich, dass er schon ein paar Falten und außerdem dunkle Ringe unter den Augen hat.

»Linda?«

Er steht vor mir, ich starre ihn an, meine Zunge klebt am Gaumen. Ich nicke, räuspere mich. Jetzt lächelt er nicht nur, sondern strahlt und lässt sich auf den Stuhl mir gegenüber fallen. Ich bin froh, dass er mich nicht gleich mit sizilianischer Nähe überfällt.

»Wie geht's dir? Endlich. Ich freue mich so«, redet er weiter.

Tausend Sonnen gehen auf.

Er mustert mich. »Du siehst ihr ähnlich.«

»Schau mal.« Ich schiebe ihm das Foto über den Tisch, das die *Nonna* mir geschenkt hat, und das ich seitdem in meinem Geldbeutel habe. Mitzi und Gaetano in jung, er hält mich als Baby auf dem Arm.

Er nimmt es mit spitzen Fingern an der Ecke, um keine Abdrücke darauf zu hinterlassen, und betrachtet es. Lächelt. Seufzt.

»Das hat mir deine Mutter geschenkt«, sage ich und meine Stimme krächzt.

Zwischen seinen Augenbrauen bildet sich eine Falte und er legt das Foto ab, schiebt es wieder zu mir zurück und verschränkt die Arme. Sieht so aus, als hätte auch er jede Menge alter Wunden zu lecken.

»Wie geht's euch? Erzähl mir von dir.« Er schaut mich an, lässt mir Zeit.

Endlich kommen Worte aus mir heraus, erst stockend, dann immer leichter. Ich erzähle ihm vom Erzeuger, der mich mit Hanna hat sitzen lassen, von der Wohngemeinschaft mit Mitzi, von dem abgebrochenen Studium, das ich endlich wieder aufgenommen habe, und von meiner ersten, na ja, Fotoausstellung in der *Gelateria al Lago*.

Er nickt, lächelt, wiegt den Kopf hin und her. Als ich von Mitzis Koch- und Putzplan erzähle, den sie immer zu ihrem eigenen Vorteil manipuliert, grinst er. »Wie früher in der Studenten-WG.«

»Studenten-WG? Jetzt erzähl du mal«, sage ich.

Der Kellner bringt uns Espresso und Wasser, die Tassen klappern, als er sie abstellt.

»Was weißt du denn?«

»Nicht viel.« Ich nippe. Der Espresso ist stark.

»Dann fange ich ganz von vorne an?«

Ich nicke und trinke einen Schluck Wasser.

»Wir haben uns Mitte der Sechziger in Utting am Ammersee kennengelernt. Mitzi kam eines Abends zusammen mit ihrer Freundin in unsere *gelateria*, um eine Eisbombe abzuholen. Damals war sie vierzehn und ich war sechzehn, gerade frisch aus Italien angekommen. Ich war sofort verknallt in sie.« Gaetano grinst und nippt an seinem Espresso. »Wir haben uns jahrelang heimlich getroffen. Damals waren wir noch die Spaghettifresser. Die Leute haben unser Essen gemocht, aber für ihre Töchter waren wir nicht gut genug.« Er lacht bitter auf. »Erst als Mitzi in München studiert hat, konnten wir ein richtiges Paar sein. Wir haben mit anderen Studenten in einer WG gewohnt. Tja. Und dann ist sie schwanger geworden.« Er macht eine Pause und seufzt. »*Vaffanculo*. Das war der schönste Moment meines Lebens. Ich weiß es noch genau. Sie hatte Angst, es mir zu sagen, und bevor sie überhaupt ein Wort herausgebracht hat, sind schon die Tränen über ihr Gesicht geflossen. Ich hatte es sowieso schon geahnt. Als sie dann gesagt hat: Wir bekommen ein Baby, habe ich nur geantwortet: Aber das ist doch kein Grund zu weinen. Das ist ein Grund, sich zu freuen.«

»Und Mitzi?«

»Sie hat gelacht und geweint und sich den Rotz von der Nase gewischt. Aber dann begannen die Probleme.« Er nimmt einen Bierdeckel und fängt an, ihn in winzige Schnipsel zu reißen. »Sie hatte solche Angst, es ihrer Mutter zu sagen. Also habe ich vorgeschlagen, dass wir nach Santa Lucia del Monte durchbrennen. Sie wollte schon immer das Meer sehen. Und ich hatte so eine glückliche Kindheit in Sizilien.« Die Falte zwischen seinen Augenbrauen wird tiefer. »Außerdem wollte ich kein Spaghettifresser mehr sein. Ich wollte ein stolzer Mann mit einer Familie sein.« Er trinkt sein Wasser in einem Zug aus.

»Aber?«, frage ich.

»Meine Mutter hat mir gleich gesagt, dass deutsche Frauen nicht für die Ehe taugen. Und sie hatte recht. Ich hätte auf sie hören sollen. Stattdessen habe ich Mitzi alles gegeben, was ich hatte. Mein Herz, meine Heimat, mein Leben. Und sie hat mir alles genommen. Mein Kind. Dich. Ist einfach abgehauen. Ohne ein Wort. Eines Tages kam ich nach Hause und ihr wart weg. Ich bin fast wahnsinnig geworden vor Angst, hab euch überall gesucht. Schließlich hat mir meine Mutter gesagt, dass Mitzi zurück nach Deutschland gegangen ist.«

Ich räuspere mich. »Hat sie dir auch gesagt warum?«

»Na, weil sie es sich anders überlegt hat. Weil sie mich nie wirklich geliebt hat.«

»Also ich kenne da eine andere Version.«

»Und zwar?« Der Bierdeckel ist schon zur Hälfte zerkrümelt.

»Deine Mutter hat ihr gesagt, dass Rosalba von dir schwanger ist.«

»Blödsinn.«

»Doch, ehrlich.« Ich schaue ihn an. »Sie wollte Mitzi dazu bringen, zurück nach Deutschland zu gehen und dich dann mit einem Mädchen aus dem Dorf verheiraten, um die Ehre der Familie zu retten. Hat sie mir selbst erzählt.«

Er lehnt sich zurück, verschränkt die Arme vor der Brust. »Schwachsinn.«

»*Nonna* hat auch gesagt, dass sie dich in ihren Plan eingeweiht hat.«

»Na gut, sie wollte, dass ich Rosalba heirate, das stimmt. Aber sie war nicht von mir schwanger, und das habe ich deiner Mutter auch immer wieder geschrieben.«

»Mitzi hat mir die Geschichte jedenfalls so erzählt: Sie hatte Heimweh, das ganze Dorf hat euch ausgegrenzt, sie hat unter Lucias Tod gelitten, eure Beziehung war wohl auch nicht mehr so toll ... Und dann kam deine Mutter mit dieser Rosalba um die Ecke.«

Seine Kiefer mahlen. »Und Mitzi hat das geglaubt.«

Ich nicke.

»Das ist fast noch schlimmer als meine Version.« Er schiebt die Papierfitzelchen zu einem kleinen Berg zusammen.

»Ich mach das auch immer«, sage ich.

»Was?« Er schaut auf.

»Bierdeckel zerkrümeln.«

In all dem Zorn, der sich in sein Gesicht gegraben hat, taucht ein kleines Lächeln auf. Ganz kurz.

»Kannst du sie nicht verstehen? Ein bisschen zumindest? Ich meine ...«

Gaetano fährt auf. »Verstehen? Was denn? Dass sie meiner Mutter mehr geglaubt hat als mir? Dass sie gedacht hat, ich würde sie betrügen? Dass sie keinen einzigen meiner Briefe beantwortet hat? Ach komm. Was soll ich daran verstehen? *Vaffanculo!*«

Puh. Das hätte ich mir einfacher vorgestellt. Er ist genauso verletzt und bockig wie Mitzi.

»*Scusa*, ich hab nicht dich gemeint.«

»Schon gut. Und wenn ihr euch mal trefft und miteinander redet?«, frage ich.

»Vergiss es.« Er schüttelt den Kopf. »Diese Frau hat mein Leben zerstört. Einen Teufel werd ich tun.« Er fegt die Überreste des Bierdeckels vom Tisch.

»Okay«, sage ich betreten. So viel zum Thema sizilianisches Sommergewitter.

»Entschuldige. Ich wollte mich nicht so aufregen.« Er schenkt sich Wasser nach und trinkt das zweite Glas auf ex. »Ich bin ja froh, dass du hier bist, und dass wir beide uns endlich kennenlernen. Das ist das Wichtigste. Lass uns nicht mehr von Mitzi reden, bitte.«

Ich nicke. »Ich habe auch eine gute Nachricht.«

Er schaut mich an.

»Weißt du, dass Lucia noch lebt?«

»Was?« Er starrt mich an. »Ist das dein Ernst?«

Ich nicke.

Seine Haut wird eine Nuance heller.

»Ehrlich. Es stimmt.«

Ich erzähle ihm die Geschichte von dem Arzt und Don Vincenzo, bis ich bei der Puppe angekommen bin, die wir in Lucias Grab gefunden haben. Je länger ich rede, desto bleicher wird er. Am Ende schnäuzt er sich und blinzelt ein paar Tränen weg.

»Dottor Scarano, diese Ratte. Er hat mir gesagt, Lucia sei tot.« Er schüttelt den Kopf. »Du kannst dir nicht vorstellen, wie das war, als dieser Arzt aus dem Zimmer kam und gesagt hat, nur ein Kind hätte überlebt. Es hat sich angefühlt, als hätte er mir ein Stück von meinem Herzen rausgerissen.« Er fasst sich an die Brust und sieht ganz klein und gekrümmt aus. »Ausgerechnet bei Don Vincenzo ist sie aufgewachsen. Mein Gott. Sie hat all die Jahre ganz in meiner Nähe gelebt.« Er brabbelt vor sich hin wie ein kleines Kind. Soll ich nach seiner Hand greifen? Nein, lieber nicht.

»Ich weiß, wie du dich fühlst. Mir haben sie auch mein ganzes Leben lang erzählt, sie sei tot. Aber ich habe es nie geglaubt.« Davon, dass mir Lucia seit meiner Kindheit im Traum und auch tagsüber erschienen ist, sage ich lieber nichts, sonst hält er mich noch für verrückt. Ich schaue

Gaetano ins Gesicht. »Ich werde sie finden. Hilfst du mir?«

»Natürlich.« Das kommt ganz selbstverständlich. Klar. Blöde Frage. Sicher helfe ich dir.

»Ich habe schon einen Plan«, rede ich weiter. »Don Vincenzo züchtet Pferde. Wir fahren zu seinem Landgut und ich sage, dass ich eine Touristin bin, die im Urlaub Reitunterricht nehmen oder einen Ausritt machen will oder irgendsowas.«

»Keine gute Idee.« Gaetano schüttelt den Kopf.

»Wieso? Wenn ich Glück habe, lässt er mich rein und ich sehe, ob Lucia da ist.«

»Weißt du überhaupt, wer das ist?«

Ich seufze. »Ja, verdammt. Aber wie sollte er jemals eine Verbindung zwischen irgendeiner Touristin und Lucia herstellen, selbst wenn er der superschlaueste und superbrutalste Mafioso mit den meisten Videokameras in ganz Palermo ist?«

»Scht!«, macht Gaetano und sieht sich um.

Mafia, Mafia, Mafia, will ich über den Platz schreien, aber ich reiße mich zusammen.

»Ihr seid Zwillingsschwestern. Dann seht ihr euch wahrscheinlich ziemlich ähnlich.«

»Ja klar. Ich setze mir eine Sonnenbrille auf und färbe mir die Haare blond.«

Er greift sich den nächsten Bierdeckel und fieselt daran herum. Dann sagt er: »Nein. *Ich* geh da rein. Immerhin ist sie meine Tochter.« Seine Stimme erstirbt. Er räuspert sich. »Ich konnte mich nie um sie kümmern. Zumindest jetzt werde ich ihr helfen und sie da raus holen. Die Frage ist nur, unter welchem Vorwand.«

Wir schauen uns an.

»Danke«, sage ich.

»Wofür?«

»Du bist der erste Mensch, der mir in Sachen Lucia wirklich hilft. Einfach so.«

Er greift nach meiner Hand. »Einfach so? Na hör mal! Ich bin schließlich euer Vater.«

Und jetzt muss ich doch heulen.

Die Friseurin

Die Grillen im Olivenhain zirpen, was das Zeug hält. Gaetano hat seinen grauen Fiat Punto auf einem Feldweg geparkt, von dem aus wir das Tor zu Don Vincenzos Villa von Weitem im Blick haben. Die Herbstsonne hat die Luft aufgeheizt, sie flirrt über der Erde. Zum Glück stehen wir im Schatten der knorrigen Bäume. Trotzdem haben wir die Fenster runtergekurbelt.

»Warum bist du damals aus Sizilien weggegangen?«, frage ich.

Gaetano trommelt mit den Fingern auf dem Lenkrad herum. »Ich habe natürlich auch gemerkt, dass meine Mutter versucht hat, uns auseinanderzubringen. Ich wusste zwar nicht, dass sie so weit geht, mir zu unterstellen, dass ich Mitzi mit Rosalba betrogen hätte. Aber sie hat ständig auf mich eingeredet, was ich denn mit einer Deutschen will, und dann noch unverheiratet. Ihr war das Ansehen unserer Familie im Dorf wichtiger als mein Glück. Dieses Scheißdorf ... *Vaffanculo!*« Er schaut aus dem Fenster und schüttelt den Kopf. »Es war ein Fehler, mit Mitzi dorthin zu gehen.«

»Kannst du wenigstens ein bisschen verstehen, dass sie dort nicht glücklich war?«

»Ich verstehe, dass sie vor dem Dorf und meiner Mutter weggelaufen ist. Aber nicht, dass sie vor mir abgehauen ist und mich allein dort zurückgelassen hat. Wir hätten zusammen nach Deutschland zurückgehen können.«

»Hast du ihr das mal gesagt?«

Er schüttelt den Kopf. »Wir hatten genug damit zu tun, Lucias Tod zu verkraften. Aber ich habe es ihr in meinen Briefen geschrieben. Immer und immer wieder.« Er schaut mich unsicher an. »Weißt du, ob sie überhaupt angekommen sind? Vielleicht hat ihre Mutter sie abgefangen?« In seiner Stimme schwingt Hoffnung mit.

Ich starre durch die Windschutzscheibe auf einen knorrigen Stamm. Wenn ich jetzt ehrlich bin, verschlimmere ich die Situation. Aber weiter schweigen und die Dinge verheimlichen geht gar nicht. Schließlich bin ich hier, um endlich die Wahrheit zu finden. Also muss ich auch selbst den Mut haben, sie auszusprechen.

»Ja«, sage ich leise. »Mitzi hat deine Briefe bekommen.«

»Aber warum ...« Er schüttelt den Kopf.

»Ich weiß es auch nicht. Ehrlich gesagt glaube ich, Mitzi weiß es selbst nicht.« Dann füge ich noch hinzu: »Es tut ihr jedenfalls leid.«

»Davon kommt mein Leben auch nicht mehr zurück.«

»Warum bist du denn nie zu uns nach Utting gekommen, wenn wir dir so wichtig waren?«

Er schaut mich an und seine Augen sind noch dunkler als sonst. »Ich *war* in Utting.«

»Waaas?«

»Aber Mitzis Mutter hat mich davongejagt wie einen räudigen Hund. Lebt die eigentlich noch?«

Ich schüttle den Kopf.

»Sie hat schlimmer geflucht als Mitzi und geschrien, ich Spaghettifresser soll dahin zurückgehen, woher ich gekommen bin. Dass ich dreckiger Katzlmacher ihre Tochter entehrt und Schande über ihre gesamte Familie gebracht habe.«

»Puh, das ist heftig.«

Er lacht bitter auf. »So ein bayerisches Dorf war damals auch nicht viel besser als ein sizilianisches.«

»Und Mitzi?«

»Die war nicht da. Sie hat damals in München gearbeitet und deine Oma wollte mir um keinen Preis verraten, wo. Sie hat gesagt, dass Mitzi mich nie wieder sehen will.« Dann schaut er mich an und lächelt. »Aber zumindest habe ich dich kurz gesehen.«

»Echt?«

»Du hast bei deiner Oma gewohnt und bist zum Zaun gekommen, als sie so geschrien hat.«

Vielleicht habe ich meinen Vater auf der Piazza deshalb sofort erkannt?

»Ich wollte dir ein Bonbon schenken, aber sie hat dich weggezogen und gesagt, du darfst nie etwas von Fremden annehmen. Das war dann noch die letzte Ohrfeige. Ich, ein Fremder.«

»Das tut mir leid.« Ich schlucke. »Ich wusste das nicht. Und Mitzi bestimmt auch nicht.«

Er zuckt die Schultern. »Wahrscheinlich hat es sogar gestimmt.«

»Was?«

»Dass sie mich nicht hätte sehen wollen.«

Dazu sage ich jetzt lieber nichts. Stattdessen frage ich: »Hast du eine neue Frau?«

Er schüttelt wieder den Kopf. »Ich lebe allein. Ist mir lieber so. Und Mitzi?«

»Nein.« Den Leoparden unterschlage ich, der gilt nicht. Der ist es wirklich nicht wert, die Fronten weiter zu verhärten. Ich wage einen neuen Vorstoß: »Vielleicht könntet ihr ja doch mal miteinander ...«

»Nein!«

Mitzi und Gaetano zu einer Aussprache zu bringen, wird echt ein hartes Stück Arbeit. Ich wechsle besser das Thema. »Warum hast du den Kontakt zur ganzen Familie abgebrochen?«

»Hab ich doch gar nicht.«

»Waaas?«

»Mit meinem Bruder hatte ich immer Kontakt.«

»Mit Calcedonio?«

Er nickt. »Ich bin in die Schweiz gegangen, möglichst weit weg von diesem verdammten Dorf und seinen engstirnigen Bewohnern. Die haben sich alle von meiner Mutter gegen uns aufhetzen lassen. Oder zumindest haben sie geschwiegen.« Seine Stimme klingt bitter. »Und weggeschaut. Elende Feiglinge. Dieses Dorf ist schlecht.«

»Das sagt Mitzi auch.«

»Aber dann habe ich doch Heimweh nach Sizilien bekommen. Ich hatte einfach nicht die Kraft, wieder bei null anzufangen. Also bin ich nach Palermo gezogen und habe angefangen, in einer Werkstatt für Marionetten zu arbeiten.«

»Diese typischen sizilianischen Puppen?«

»Ja, die *pupi*. Ein alter Freund von mir hat ein Theater betrieben und Hilfe gebraucht, also hat er mich angestellt.«

»Du bist Puppenspieler?«

»Genau.« Er lächelt. »Das wirft nicht viel ab, aber immerhin bringe ich Erwachsene zum Staunen und Kinder zum Lachen.«

»Das ist schön.« Das metallische Zirpen der Grillen sägt in meinem Kopf und hinter meinen Schläfen beginnt es zu ziehen. Eine Frage habe ich noch. »Warum hat Calcedonio nie was gesagt? Weißt du, wie sehr eure Mutter gelitten hat?«

Sofort verschwindet das Lächeln aus Gaetanos Gesicht. »Weißt du, wie sehr ich wegen ihr gelitten habe?«

»Trotzdem ...«

»Calcedonio war der Einzige, den es interessiert hat, wie es mir geht.«

»Und warum hat er mir nichts gesagt, als ich letztes Jahr angefangen habe, nach dir zu suchen?«

Gaetano zupft an einem Hemdknopf herum. »Das war meine Schuld. Er hat mir erzählt, dass du aufgetaucht bist.« Er schaut aus dem Fenster. Dann sagt er leise: »Aber ich war nicht sicher, ob ich es aushalte, die alten Wunden wieder aufzureißen.«

Seine Worte sind Stiche in mein Herz.

»Ich habe einfach ein bisschen Zeit gebraucht, mich darauf vorzubereiten.«

Ich schlucke. Weiß nicht, was ich sagen soll. Es tut weh. Aber ich wollte die Wahrheit.

Um mich abzulenken, versuche ich mir vorzustellen, wie Lucia aussieht und welche Gemeinsamkeiten wir haben. Es gibt so viele verrückte Geschichten über eineiige Zwillinge, die kurz nach der Geburt getrennt werden, sich erst nach Jahrzehnten wiedersehen und trotzdem die irrsten Übereinstimmungen haben. Vielleicht ist sie ja auch Fotografin und hat eine Tochter?

»Schau!« Gaetanos Stimme reißt mich aus meinen Gedanken. Ein blauer Fiat Punto fährt an uns vorbei und hält am Tor zu Don Vincenzos Villa. Ist das derselbe Wagen, der gestern an uns vorbeigefahren ist?

»Da sitzt eine Frau am Steuer.« Gaetanos Stimme klingt aufgeregt. »Hast du sie gesehen?«

Ich schüttle meinen schmerzenden Kopf. Das Tor öffnet sich, der Wagen fährt hinein, das Tor schließt sich. Endlich ist meine Stimme wieder da. »Glaubst du, das war Lucia?«

»Keine Ahnung. *Vaffanculo.* Ich muss da irgendwie rein.« Gaetano sieht aus, als würde er am liebsten durch das Seitenfenster hechten, die Mauer entern und im Superman-Anzug seine Tochter retten. Fast muss ich grinsen.

»Können wir nicht an irgendwen rankommen, der dort arbeitet oder die Familie kennt?«, schlage ich vor.

»Zu gefährlich.« Er schüttelt den Kopf. »Das sind alles Vertraute von Don Vincenzo, die informieren ihn sofort, wenn irgendwer nach ihm oder seiner Tochter fragt.«

»Das gibt's doch nicht. Wir sind nur ein paar Meter von Lucia entfernt und kommen nicht an sie ran.« Ich presse meine Hände gegen die Schläfen.

»Wer rein geht, muss ja irgendwann wieder rauskommen, und dann fahren wir ihr hinterher.« Gaetano schaut auf die Uhr. »Ich habe noch zwei Stunden Zeit. Wenn sie bis dahin nicht rauskommt, beschatte ich die Villa eben immer wieder, so lange, bis ich sie erwische.«

»Und dann?«

»Keine Ahnung. Ich will sie nur sehen.«

»Ich auch.«

»Dich habe ich sofort erkannt. Du siehst Mitzi so ähnlich. Bei Lucia ist es bestimmt genauso.«

»Ich kann jedenfalls nicht zurück nach München fliegen, ohne sie zumindest zu sehen.«

Wir nicken beide, schweigen und hängen unseren Gedanken nach. Wenn wir hier noch lange stehen, werde ich taub von dem Scheißgezirpe. Ich hätte mir eine zweite Aspirin einpacken sollen. Oder zumindest eine Flasche Wasser. Mein Körper ist von gestern Abend völlig ausgedörrt und ich habe einen Geschmack im Mund, als hätte ich eine tote Eidechse gegessen. Ich schließe die Augen und versuche, mich zu entspannen. Das Zirpen wird dumpf.

»Das Tor!«

Ich reiße die Augen wieder auf. Bin ich eingenickt? Ich sehe, wie sich das Tor öffnet und der blaue Punto herausfährt. Mit der Frau am Steuer. Sofort stehe ich unter Strom.

Gaetano dreht den Zündschlüssel um.

»Warte noch«, flüstere ich. »Sie darf nichts merken.«

Als der Wagen um die nächste Kurve verschwunden ist, fährt Gaetano rückwärts aus dem Feldweg. Seine Finger trommeln auf der Gangschaltung herum und ein Schweißfilm steht auf seiner Oberlippe. Er tritt aufs Gas, bis der Punto in Sicht kommt.

»Halte Abstand.« Keine Ahnung, warum ich flüstere, sie kann uns ja eh nicht hören.

An der Abzweigung Richtung Palermo biegt der Wagen nach links. Das ist der gleiche Weg, den ich mit Nunzia gefahren bin. Im Ghetto am Stadtrand wird der Punto langsamer und parkt in zweiter Reihe vor einer Bar.

»Fahr vorbei«, sage ich, als Gaetano ebenfalls bremst. »Um die nächste Ecke.«

Er parkt in einer Seitenstraße und wir schlendern möglichst unauffällig zur Bar.

»Ich mach mir gleich in die Hose«, flüstere ich.

Gaetano antwortet nicht. Er ist blass und knetet an seinen Händen herum. Wir betreten die Bar, eine Wolke aus Mandelduft und Espresso hüllt uns ein.

»*Buona sera*«, krächzt Gaetano.

Die Frau an der Bar wirft aus dem Augenwinkel einen kurzen Blick auf uns und wendet sich dann wieder ihrem *caffè* zu. Ich kann ihr Gesicht nicht sehen, starre stattdessen ihren Rücken an. Trendige Klamotten, teure Handtasche, waghalsige Frisur, schicke Sonnenbrille.

Wir stellen uns neben sie und Gaetano bestellt bei der Frau hinterm Tresen zwei *aranciate*. Meine Güte, wer trinkt schon Orangenlimo? Er ist als verdeckter Ermittler noch unbegabter als ich. Zumindest ist die Limo eiskalt und hat ordentlich Kohlensäure.

»Und, wie war's heute bei der *signora*?«, fragt die Frau hinterm Tresen.

»Wie immer«, sagt unser Zielobjekt, und ich glaube, sie rollt hinter der Sonnenbrille mit den Augen. »Jede Woche das gleiche depressive Gerede. Ich frage mich, warum ich ihr überhaupt die Haare machen soll, sie geht ja doch nie aus dem Haus.«

»Aber die Kohle stimmt, also jammer nicht.« Die Frau lacht meckernd. »Ich wäre froh über so einen Arbeitgeber.«

»Hast ja recht.« Sie schaut auf die Uhr. »Ich hab jetzt noch einen Termin, danach komme ich zum *aperitivo*.« Sie klettert vom Barhocker.

»*Arrivederci*«, sage ich laut.

Sie dreht sich irritiert zu mir und lächelt unsicher. »*Ciao*.« Dann geht sie raus.

Ich schüttle den Kopf. Das ist sie nicht. Das Alter kommt hin, aber sie sieht mir überhaupt nicht ähnlich.

»Kanntest du die?«, fragt Gaetano etwas zu laut und zwinkert mir mehrmals zu.

Ich werfe einen schnellen Blick auf die Dame hinterm Tresen. »Vielleicht ... War das nicht Maria? Die Friseurin?«

Sizilianische Barbesitzerinnen sind besser als Fernsehen und Radio zusammen. Sie wissen alles, kennen jeden und können nichts für sich behalten. Das habe ich von Silvos Mutter gelernt.

Die Frau schaut mich an. »Friseurin stimmt, aber sie heißt nicht Maria, sondern Giusy. Brauchst du einen Termin?«

Es hat funktioniert! »Ja, unbedingt. Ich bin Studentin und mache ein Erasmus-Jahr in Palermo. Ich kenne noch fast niemanden.« Ich wusste gar nicht, dass ich so gut lügen kann.

»Giusy schneidet super. Sie kommt zu dir nach Hause. Kostet nur zehn Euro.«

»Toll! Kommt sie auch in die *Vucciria*?«

»Ja, da hat sie ein paar Kundinnen. Soll ich dir ihre Nummer geben?«

»Ja bitte, das wäre toll.« Ich beuge mich über den Tresen.

Die Frau kritzelt Zahlen auf ihren Block, reißt das Blatt ab und schiebt es mir rüber. »Sag ihr, dass du die Nummer von Angela hast, dann bekommst du beim ersten Mal Rabatt.«

»*Grazie*.« Ich stecke den Zettel in meine Jeanstasche und trinke die pappige Limo aus. Dann sage ich zu Gaetano: »Gehen wir?«

Er starrt mich an, als hätte ich soeben einen Fallschirmsprung gemacht, schiebt der Dame fünf Euro über den Tresen und folgt mir nach draußen.

»Nicht schlecht«, sagt er. »Mir wäre das nicht eingefallen, so auf die Schnelle.«

Ich lache. »Mir eigentlich auch nicht. Das kam einfach so aus mir raus. Aber du hattest die Idee mit der Barbesitzerin. Wir sind ein gutes Team.«

»Stimmt.« Er legt mir den Arm um die Schultern, zieht ihn dann aber wieder zurück.

»Jedenfalls werde ich mir jetzt wirklich die Haare schneiden und blondieren lassen, und zwar bei dir.«

»Bei mir?«

»Klar. Nunzia kann ich wohl kaum erklären, warum ich für die paar Tage Palermo eine Friseurin brauche, die ich in ihre Studentenbude bestelle. Vor allem, weil sie selber Haare schneidet.«

»Stimmt.« Gaetano schaut auf die Uhr. »Ich muss jetzt zu einem Auftritt. Wo soll ich dich rauslassen?«

»Einfach wieder an der Piazza. Das ist gleich bei Nunzia um die Ecke.«

Als wir zum Auto gehen, fragt er: »Glaubst du, Lucia geht es schlecht?«

»Warum?«

»Weil diese Friseurin gesagt hat, dass die *signora* jede Woche depressives Zeug redet.«

»Ach so. Nein, ich glaube, die *signora* ist Don Vincenzos Frau. Der Arzt hat mir erzählt, dass sie keine Kinder bekommen konnte und darüber schwermütig geworden ist. Deswegen hat der Don ein Baby für sie besorgt.«

»*Vaffanculo!*« Gaetano kickt einen Stein weg, der gegen die Hauswand prallt. »So ein Drecksack. Und ich habe ihn noch geschmiert, damit er mir Lucias Leichnam übergibt. Dabei lag nur eine Puppe in der Kiste! Ich würde sie am liebsten bei lebendigem Leib häuten. Alle beide.« Er versenkt die Hände in die Taschen und geht mit krummem Rücken und gesenktem Kopf weiter. »Wir müssen Lucia finden.«

»Genau.« Ich eile neben ihm her. »Und die Friseurin ist dabei unser direkter Draht ins Hause Don Vincenzo. Du glaubst gar nicht, was Friseurinnen so alles erzählen, wenn der Tag lang ist. Das gehört zum Beruf. Ich ruf sie gleich an, und sobald ich einen Termin habe, gebe ich dir Bescheid.«

Dass ich auch Silvo treffen will, erzähle ich ihm nicht. Keine Ahnung, was mein sizilianischer Vater davon hält, dass ich hier einen Lover habe. Na ja, Lover ist übertrieben. Genau genommen haben wir uns ja nur einmal geküsst. Trotzdem. Gaetano muss ja nicht gleich am ersten Tag alles über mich erfahren. Vor allem aber sollte er nichts von meinem Plan B wissen.

Palermo Shooting

Ich lasse mich auf einen Stuhl sinken, bestelle ein großes Mineralwasser und rufe Mitzi an. Es klingelt durch, keiner hebt ab. Ich schaue aufs Display. Fünf Uhr nachmittags. Bestimmt sind sie im Garten. Ich probiere es noch mal. Nach dem siebten Klingeln geht sie dran und schnauft mir ins Ohr wie ein Blasebalg.

»Wo hab ich dich denn hergeholt?«, frage ich.

»Aus dem Indianerlager.«

»Okay ... Und wie geht's euch?«

»Ja mei, wie soll's uns schon gehen. Der Uwe ist am Marterpfahl festgebunden, der Hanna ist schlecht von den Marshmallows und wenn ich nicht gleich zurückgehe, stürzt womöglich das Tipi ein.«

»Ich wollte nur kurz hören, wie's euch geht.«

»Hast ja jetzt gehört. Alles *roger*.«

Stille. Sie holt Luft. Ich höre, dass sie etwas sagen will, und ich weiß auch, was. Aber sie bringt es nicht über sich, mich nach Gaetano zu fragen.

Ich grinse. »Willst du gar nicht wissen, ob ich ihn kennengelernt habe?«

»Wen? Den Himbeertoni?« Sie versucht, beiläufig zu klingen, aber ihre Stimme zittert.

»Er ist echt nett.«

»Aha.«

»Er arbeitet als Puppenspieler.«

»So so.«

»Und seine Version der Geschichte ist ziemlich anders als deine. Wusstest du, dass er in Utting war?«

Stille.

»Ihr solltet wirklich mal miteinander ...«

»Und die Lucia?«, unterbricht sie mich. »Habt ihr die Familie schon ausfindig gemacht?«

»Wir wissen, wo dieser Don Vincenzo lebt, aber von Lucia keine Spur.«

»Du findest sie schon, ich glaub an dich.«

Habe ich das richtig gehört? Ungläubig starre ich mein Handy an. Das hat sie noch nie zu mir gesagt. »Eher ans Universum, oder?«, antworte ich.

»Also, ich muss jetzt wieder raus zur Hanna. Tipi und so. Servus.« Sie legt auf.

Ich trinke so viel Wasser, wie ich kann, dann tippe ich die Nummer der Friseurin ein. Sie meldet sich gleich nach dem zweiten Klingeln.

»*Pronto?*«

»Ciao, mein Name ist Linda. Ich habe deine Nummer von Angela.«

»Ja?«

»Ich lebe seit Kurzem in Palermo und brauche dringend einen Termin zum Haareschneiden.« Ich nenne ihr Gaetanos Adresse.

»Wie dringend ist es?«

»Seeehr dringend.«

»Warte.« Ich höre sie atmen, wahrscheinlich schaut sie in ihren Kalender. »Morgen ist jemand abgesprungen. Am Vormittag. Um zwölf?«

Zwölf? Vormittag? Ach, wir sind ja in Sizilien. »Super! Also bis morgen.«

Das läuft ja wie am Schnürchen. Ich schicke Gaetano eine SMS mit der Uhrzeit, dann suche ich Silvos Nummer in meinen Kontakten.

Ich fühle mich toll, wie eine richtige Karrierefrau, die in der Bar in Palermo ihre Termine managt. Daran könnte ich mich gewöhnen. Von Fototermin zu Bar, und von Bar zu Fototermin. Immer auf dem Sprung und total hip.

Apropos Fototermin. Ich checke meine Mails. Mister Rolex hat sich noch nicht gemeldet. Ich muss unbedingt neue Bilder machen, also rufe ich Silvo an und frage ihn, ob er Lust hat, mitzukommen. Außerdem brauche ich dringend eine Sonnenbrille.

Wir schlendern durch die Gassen und suchen nach Motiven. Silvo lässt keine Gelegenheit aus, mir über den Arm zu streicheln, mich um die Hüfte zu fassen und nach meiner Hand zu greifen, wenn ich gerade nicht an den Objektiven herumschraube. Am Anfang finde ich es noch toll, aber irgendwann geht es mir auf den Senkel, dass er ständig nach mir grapscht, während ich mich auf meine Fotos konzentrieren will.

»Wie läuft es eigentlich mit dem Bestattungsinstitut?«, frage ich ihn.

Treffer. Sofort zieht er die Hände zurück, als hätte er einen Stromschlag bekommen. »Ach, am liebsten würde ich aufhören.«

»Echt? Warum? Du warst doch so begeistert von der Geschäftsidee.«

»Zu viele Leichen.« Er versucht, lustig zu klingen.

»Irre, was man da so alles erlebt. Letzte Woche mussten wir eine Frau hochkant aus dem Haus tragen, weil die Leichenstarre schon eingesetzt hatte und das Treppenhaus zu eng war, um sie im Liegen zu transportieren.«

Ich verziehe das Gesicht. »Wie eklig.«

»Und einer Frau, die an Lungenkrebs gestorben ist, haben die Verwandten eine Schachtel MS in den Sarg gelegt, stell dir vor.«

»MS?«

»Eine Zigarettenmarke. *Morte sicura.*«

»Sicherer Tod? Ist ja witzig. Aber warum in den Sarg? Ich kenne das eher mit Kinderbildern oder Abschiedsbotschaften.«

Er zuckt die Schultern. »So nach dem Motto: Sie ist doch eh schon tot. Und man weiß ja nie, ob im Paradies Raucherverbot herrscht ... Du glaubst gar nicht, wie komisch manche Leute werden, wenn einer stirbt.«

Er lacht, aber ich höre das Grauen dahinter, denn ich kenne die Geschichte, die ihn am meisten umtreibt.

Wir sind am alten Hafen angekommen, Jachten und Segelboote schaukeln dicht an dicht auf dem Wasser und ihre Masten ragen in den knallblauen Himmel.

»Das ist *La Cala*«, sagt Silvo und starrt auf die Mole, die aus Felsbrocken aufgeschichtet ist, um die Boote vor dem offenen Meer zu schützen. Ich weiß genau, welche Mole er gerade vor Augen hat.

»Denkst du noch manchmal an den Flüchtling, der angespült wurde?«, frage ich.

Er schaut weg. Räuspert sich. Seine Stimme klingt trotzdem noch belegt, als er sagt: »Nachts kommen die Bilder zurück. Immer wieder.«

Ich denke daran, wie er mir letzten Sommer von dem Gesicht des Mannes erzählt hat, das man nicht mehr erkennen konnte, weil die Fische der Leiche die Nase, Lippen und Ohren abgenagt hatten. Ich greife nach seiner Hand und drücke sie.

»Hier geht's weiter zum Fährhafen«, sagt Silvo, um vom Thema abzulenken.

Immer mehr alte *palazzi* werden von Hochhäusern abgelöst, es stinkt nach Brake und Motoröl. Kräne ragen zwischen Containerschiffen in den Himmel und vor uns liegen riesenhafte Parkplätze für die Autos, die auf ihre Fähre warten. Ein Meer aus Asphalt.

»Aber ich habe schon eine andere Idee«, sagt Silvo. »Ich will in ein *villaggio turistico* einsteigen.« Seine Stimme klingt wieder normal.

»In ein Hotel?«

»Sogar eine richtige kleine Bungalow-Anlage mit Pool und Tennisplätzen.«

»In Santa Lucia? Wer will denn da Urlaub machen?«, rutscht es mir heraus.

»Unten am Meer natürlich. Ganz in der Nähe von deinem Haus. Das ist eine total sichere Sache. Wenn das *villaggio* fünf Jahre läuft, bekommen wir Subventionen von der EU. Tourismusförderung. Danach melden wir Insolvenz an, funktionieren die Anlage in ein Alten-Wohnheim um und kassieren dafür noch mal eine Finanzhilfe vom italienischen Staat. Und danach verkaufen wir die Bungalows als einzelne Ferienhäuschen.« Er strahlt.

»Aber ist das nicht Betrug?«

Silvo glotzt mich an, als hätte ich gefragt, ob die Erde nicht doch eine Scheibe ist.

»Ich meine, wenn ihr das extra so plant, um dreifach abzukassieren?«

»Ja und?« Er hebt die Hände zum Himmel. »Dann greift die EU wenigstens endlich mal uns Sizilianern ein bisschen unter die Arme, nachdem wir uns ganz allein um halb Afrika kümmern müssen.« Er zeigt auf einen rostigen Kahn, der vor der Einfahrt zum Hafen liegt.

Ich schaue durch meine Kamera, zoome das Schiff heran. Rücken, Köpfe, Arme. Auf dem Deck sitzen zusammengekauerte Menschen. Dunkle Gesichter. Ich schlucke und drücke auf den Auslöser.

»Über zehntausend Flüchtlinge sind dieses Jahr schon angekommen«, redet Silvo weiter. »Und die anderen EU-Länder nehmen keinen einzigen davon auf, obwohl sie viel reicher sind als wir.«

Ich lasse die Kamera sinken und starre ihn an. »Verstehe ich das richtig? Du findest es gerecht, die EU um Tourismus-Subventionen zu betrügen, weil du nicht mit der Flüchtlingspolitik einverstanden bist?«

»Oh, stimmt!« Er langt sich an die Stirn. »Ich habe ganz vergessen, dass du hauptberuflich Weltverbesserin bist.«

So ein Idiot! Am liebsten würde ich jetzt kontern: *Immer noch besser als ein verkappter Rassist, der sich in die Hosen macht, wenn er einen toten Flüchtling vor sich hat*, aber ich verkneife es mir. Das wäre nicht fair.

Auf dem Kai schwenken ungefähr zwanzig Leute Transparente und schreien irgendetwas. Daneben steht eine Gruppe Polizisten herum. »Demonstrieren die gegen die Flüchtlinge?«, frage ich.

Silvo nickt. »Für die Sizilianer kommt alles Schlechte übers Meer.«

»Wie meinst du das?«

»Früher waren es die Piraten, dann die Eroberer, und jetzt sind es eben die Flüchtlinge.«

Schweigend beobachten wir, wie ein Polizist in einer Bar Espresso in kleinen Plastikbechern holt und seinen Kollegen bringt.

»Warum fährt das Schiff nicht in den Hafen?«, frage ich.

»Wahrscheinlich warten sie auf das Ärzteteam zur Erstversorgung.« Er lacht trocken auf. »Palermo hat verdammt viel Erfahrung mit Erstversorgung. Und Zweitversorgung. Und Drittversorgung.«

Dieser zynische Unterton nervt mich sowas von. Ich kneife die Lippen zusammen.

»Weißt du, wie das läuft? Die kommen jetzt alle in Lager. Über die Hälfte der Asylanträge wird abgelehnt und die Flüchtlinge werden aufgefordert, Italien auf eigene Kosten wieder zu verlassen.«

»Echt?«

»Macht natürlich keiner.«

»Ich dachte, die werden ins Flugzeug gesetzt?«

Silvo lacht auf. »Und von welchem Geld? Etwa von den Schulden, die wir an die EU abzahlen müssen?«

»Und dann?«, frage ich, damit er nicht schon wieder in Richtung Europa abdriftet.

»Es gibt Schlafplätze in Kirchen und ein paar illegale Camps am Stadtrand.«

»Und essen können sie bei Beppe in der Caritas.«

»Genau. Viele heuern als Erntehelfer an ...«

»... und nehmen den Sizilianern auch noch ihre letzten Jobs weg«, beende ich den Satz und denke an die Diskussion, die wir mit Zio Calzone geführt haben, als er endlich wieder eine Arbeit gefunden hatte, um Nunzias Studium zu finanzieren.

»So langsam kapierst du, wo das Problem liegt, das ihr in eurem reichen Deutschland gerne ignoriert.«

»Klar. Jetzt ist wieder Deutschland schuld. Oh Mann, Silvo, hörst du dir eigentlich selber zu?«

Er zuckt die Schultern. »Ist doch so. Egal. Lass uns umkehren. Hier gibt es keine guten Fotomotive.«

Schweigend gehen wir an den Kais entlang, die Hände in den Hosentaschen vergraben. Mein Handy piept. Ich schaue auf das Display. Mario.

Ciao Linda, wie geht's dir? Alles klar in Palermo?

Wenigstens einer, der sich für mich interessiert.

»Wer ist das?« Silvo linst auf mein Display.

»Niemand.«

»Und wie heißt der niemand?«

Ich schnaufe genervt. »Es ist nur mein Kollege. Er will wissen, wie es in Palermo ist.« Ich halte ihm das Handy unter die Nase.

»*Der* Kollege?«

»Echt Silvo, du nervst!«

»Willst du gar nicht antworten?«

Ich stecke das Handy wieder ein und stiefle weiter.

Endlich sind wir zurück im alten Teil von Palermo und ich habe wieder den maroden Charme vor der Linse, den Mister Rolex sucht. Eine verbeulte Vespa, auf der Tauben nisten. Ein barocker Balkon, auf dem eine Kaktee aus einem Mauerriss wächst. Eine Horde magerer Katzen, die sich um Essensreste auf einem Plastikteller raufen.

Die schlechte Stimmung verraucht langsam. Ich habe keine Lust, mir die paar Tage mit politischen Diskussionen und Eifersüchteleien zu verderben. Außerdem wird es Zeit für meinen Masterplan.

»Bist du morgen auch noch in Palermo?«, frage ich.

»Solange du willst, *bella tedesca*.«

»Weißt du, was ich mir sooo sehr wünschen würde?«

Seine Augen beginnen sofort zu funkeln. »Was denn?«

»Es gibt etwas außerhalb der Stadt einen Reiterhof. Da bin ich gestern mit Nunzia vorbeigefahren. Ich würde total gerne ausreiten.«

»Ausreiten? Kein Problem.«

Dass es das Landgut von Don Vincenzo ist, erwähne ich nicht, sonst springt mir Silvo auch gleich wieder ab. Und je natürlicher er sich morgen verhält, umso unauffälliger.

»Bist du schon mal geritten?«, frage ich.

»Mein zweiter Name ist Winnetou.«

»Hört, hört.« Ich grinse. »Es gibt nur ein Problem. Man braucht ein Auto, um hinzukommen.«

»Kein Problem. Kann ich mir von meinem Freund ausleihen.«

»Du bist ein Schatz.« Ich hauche ihm ein Küsschen auf die Wange. »Und bitte kein Wort zu niemandem. Auch nicht zu Nunzia.« Ich zwinkere ihm zu. »Ich wär so gerne mal ganz allein mit dir.«

Oh Gott, bin ich berechnend. Ein Hauch von schlechtem Gewissen streift mich. Andererseits komme ich mir vor wie Miss Undercover. So *clever* und *tough* auf dem Weg zu ihrem Ziel, von dem sie sich entgegen aller Warnungen und Widerstände nicht abbringen lässt. Irgendwie toll.

Zumindest war das mit dem Alleinsein nicht gelogen. Unter Nunzias Fuchtel komme ich mir vor wie eine Austauschschülerin, die von ihrer Gastmutter kontrolliert wird. Wie auf Kommando klingelt mein Handy, natürlich ist sie es. Immerhin war ich schon den ganzen Tag ohne Aufsicht unterwegs.

»Wie war's, wo bist du, was machst du?«, ruft sie in den Hörer.

»Bin in der Altstadt und fotografiere.«

»Allein?«

»Mit Silvo.«

»Ich dachte, du triffst Gaetano?«

»Hab ich ja. War super. Und jetzt bin ich mit Silvo unterwegs.«

Kurzes Schweigen.

»Ist das ein Problem, *mamma*?«

»Wo genau?«

Ich schaue mich um. »Keine Ahnung. Ich glaube wieder in der Nähe von dieser Piazza mit *Uwe ti ama*.«

»Setzt euch einfach in die Bar, ich komme gleich.«

Wir bestellen einen *aperitivo* und der Kellner stellt Schüsselchen voller Chips, Oliven, Erdnüsse und Salamiwürfel auf den Tisch. Ich nippe an meinem orangefarbenen Getränk, es heißt *Crodino* und ist gleichzeitig süß und bitter, wie so vieles in Sizilien.

»Und, wie war es mit Gaetano?«, fragt Nunzia.

»Super. Er ist total nett.« Ich erzähle ihr von unserem Treffen auf der Piazza. Den Teil mit Don Vincenzos Villa und der Friseurin lasse ich aus.

»Na also.« Sie strahlt mich an. »Das mit den Wurzeln und den Flügeln wird schon noch.«

»Morgen Vormittag besuche ich ihn.«

Ist auch nicht gelogen. Nur gekürzt.

Nunzia hebt ihr Glas. »*Salute.* Auf die Zusammenführung der Familie Inguanta.«

Die Piazza füllt sich. Silvo und Nunzia kennen hier jeden. Ständig bleiben irgendwelche jungen Leute an unserem Tisch stehen, die aussehen wie Unterwäschemodels. Eine Frau mit wilden Locken und dunkelrotem Lippenstift schaut mir zuerst auf die Schuhe und danach erst ins Gesicht. Meine alten Sneaker bekommen unter ihrem Blick plötzlich etwas Orthopädisches, als wären es Birkenstock-Sandalen. Mit Socken. Ich versuche, die Turnschuhe unter meinem Stuhl zu verstecken.

»Sie ist Deutsche«, sagt Nunzia entschuldigend.

»Verstehe.« Das Gesicht unter der Lockenmähne hellt sich auf. »Woher aus Deutschland kommst du?«

»Monaco di Baviera«, sage ich.

Sie klatscht in die Hände. »Oktoberfest! Da wollte ich immer schon mal hin.«

Sie wendet sich Silvo und Nunzia zu, erzählt irgendwas, gestikuliert und schreit im übelsten Sizilianisch herum. Ich verstehe kein Wort.

»Ist was passiert?«, flüstere ich Nunzia zu.

»Warum?«

»Na ja, sie schreit so.«

»Sie erzählt von ihrem letzten Examen.«

»Ach so.« Ich sag's ja: Alle einen Ticken drüber.

So geht das den ganzen Abend. Erst nicke und lächle ich noch höflich, nehme Komplimente für deutsches Bier und deutschen Fußball entgegen, aber irgendwann wird es mir zu langweilig, immer dieselben Fragen zu beantworten. Ich esse lieber Oliven. Und wundere mich, wie diese perfekt gestylten Diven aus palermitanischen Mini-bädern hervorgehen können.

Ich schaue auf mein Handy. Mist, ich habe Mario noch gar nicht geantwortet. Aber der Gedanke an ihn passt hier gar nicht wirklich her.

Ich stecke das Telefon wieder weg und greife unterm Tisch nach Silvos Hand. Mein Plan steht fest. Ich werde morgen irgendwie in dieses Mafia-Landgut kommen. Ich kann unmöglich abreisen, ohne Lucia zu sehen. Ich darf nur keinen Fehler machen.

Kaltes Wasser

»Okay, das ist wirklich dringend.« Die Friseurin schaut mich mit hochgezogenen Augenbrauen an. »Mal sehen, was ich da überhaupt noch machen kann.«

Blöde Kuh.

»Bitte so blond wie möglich«, sage ich und zeige auf meinen Bob, der irgendwo zwischen Maus und Straßenköter rangiert.

Sie krempelt die Ärmel ihrer Bluse hoch. »Blond ist immer gut. Wir brauchen wahrscheinlich zwei Durchgänge, aber das bekomme ich hin.«

Sehr gut. Zwei Durchgänge bedeutet viel Zeit.

Wir sind in Gaetanos Werkstatt in einem Hinterzimmer. Jede Menge Marionetten hängen an Regalbrettern und Metallstangen. An der Wand lehnt ein hölzernes Rad, bestimmt von einem *carro siciliano*. Das sind diese zweirädrigen, knallbunt bemalten Kutschen, mit denen sich die Touristen ablichten lassen. Am Boden liegt ein Fischernetz und auf der gegenüberliegenden Seite steht sogar eine türkise Vespa.

Gaetano sieht meinen Blick und zuckt die Schultern. »Ich verdiene mir mit allen möglichen Reparaturen noch etwas dazu.«

Ich spüre einen Stich im Herzen. »Tolle Vespa«, sage ich, um abzulenken.

Er dreht sich weg. »Ich geh mal hoch und mache uns einen Espresso.«

Kaum ist er aus der Tür, beugt sich Giusy zu mir runter und flüstert: »Ist er ... Also seid ihr ...«

»Nein!«, rufe ich empört. »Er ist mein Vater.«

Sie atmet auf. »Ich dachte schon. Bei euch Deutschen weiß man ja nie ...«

»Was soll denn das heißen?«

Statt einer Antwort stellt sie mir eine Gegenfrage: »Wie kommt es, dass du einen sizilianischen Vater hast?«

»Meine Mutter war früher mit ihm zusammen.«

»War?«

»Ja.«

»Verheiratet?«

»Nein. Sie haben sich getrennt.«

»Siehst du ...«

Ich schnaufe. »Sizilianerinnen trennen sich doch wohl auch manchmal von ihren Männern.«

»Nein«, sagt sie. »Bis dass der Tod euch scheidet. Die Ehe ist ein Versprechen vor Gott.«

Echt jetzt? Die ist doch höchstens ein paar Jahre älter als ich. Am liebsten würde ich ihr meine Meinung zu den verlorenen Leben einer ganzen Frauenwelt geigen, die sich bis an ihr Lebensende mit unglücklichen Ehen arrangieren muss, aber ich reiße mich zusammen. Schließlich will ich ja was von ihr.

»Ist dein Vater Puppenspieler?«, fragt sie und zeigt auf die Marionetten, die von einer Stange an der Wand hängen. Sie tragen fein verzierte Blechpanzer, auf ihren Schilden prangen Sonnen, Kreuze und Raubvögel, und von ihren Helmen ragen bunte Federn in die Höhe.

»Da sind ja Prinzessin Angelica und Karl der Große.«
Sie deutet auf eine Frau in einem orangefarbenen Kleid
und einen König. »Und Orlando!« Über den viel zu roten
Lippen eines Ritters ist ein Schnurrbart aufgemalt. Das ist
der rasende Roland, Held aller sizilianischen Mario-
netten-Theater. Hat mir Gaetano erklärt. Ich muss unbedingt noch Fotos für Mister Rolex machen.

In diesem Moment kommt er mit unseren Espresso-
Tassen rein. Nein, nicht Mister Rolex. Gaetano natürlich.
Die erste Schicht Blondierung ist fertig aufgetragen, die
Friseurin legt den Pinsel ab und der kühle Brei beginnt
auf meiner Kopfhaut zu kribbeln. Giusy fragt Gaetano
über die *pupi* aus, ihre Stimme überschlägt sich vor Be-
geisterung und sie klatscht immer wieder in die Hände.
Sie ist voll in Fahrt.

»Palermo ist sooo toll!«, rufe ich.

Sie nickt. »Die schönste Stadt der Welt.«

»Ich fotografiere viel. Was würdest du mir denn emp-
fehlen? So als Insiderin?«

Ihre Augen funkeln. Sie beginnt, mir Sehenswürdig-
keiten und antike *palazzi* aufzuzählen, den botanischen
Garten und die Wallfahrtskirche der Heiligen Rosalia. Ich
rufe immer mal wieder dazwischen »Super! Das muss ich
sehen!« Und: »*Fantastico!*«

Sie beugt sich vertraulich vor. »Eine Freundin von
Angela ist in einem Kloster aufgewachsen und hatte dort
Kontakt mit einer Nonne, die vor 300 Jahren gestorben
ist. Wenn du willst, kann ich dir eine Privatführung mit
Filomena organisieren.«

»Gestorben? Kontakt?« Das toppt jetzt sogar die Ehe
vor Gott.

»Ja, wirklich. Filomena wurde mit sieben Jahren ins Klosterinternat gebracht und ist da drin aufgewachsen. Als das Internat geschlossen wurde, ist sie als einziges Kind zurückgeblieben und hat sich mit dem Geist der Nonne angefreundet, die dort auch als kleines Mädchen eingesperrt wurde.«

»Ach Quatsch«, entfährt es mir.

»Glaubst du mir nicht?« Auf ihrer Stirn bilden sich vier Querfalten.

»Doch, doch, klar, das ist nur ... äh ... ziemlich unheimlich.«

»Das kannst du laut sagen. Die Leiche der alten Nonne wird noch im Kloster aufbewahrt. Sie hat früher Teufelserscheinungen gehabt.«

»Ach, ist das die mit dem Brief des Teufels?«, frage ich.

»Genau! Woher weißt du das?«

»Meine Familie lebt in dem Ort, in dem das Kloster steht. Meine Cousine hat mir die Geschichte erzählt.«

»Du musst Filomena unbedingt kennenlernen.«

Die Pampe auf meinem Kopf brennt inzwischen. Es ist Zeit, einen Gang höher zu schalten. »Ich glaube, es ist göttliche Fügung, dass wir uns getroffen haben.« Eigentlich wollte ich Schicksal sagen. Aber wenn sie es so mit Religion hat, ist der liebe Gott vielleicht besser.

»Ach ja?« Sie lächelt geschmeichelt.

»Ja. Als wir uns in der Bar begegnet sind, war das schon das zweite Mal.«

»Echt?«

»Ich hab dich auch bei dem Landgut mit den Pferden gesehen.« Den Namen Don Vincenzo erwähne ich lieber nicht. Sie soll mich ja für eine ahnungslose Austausch-

Studentin halten. »Wir haben einen Ausflug gemacht und dort angehalten, weil ich Pferde so gerne mag. Weißt du, ob man da reiten kann?«

Ihr Lächeln wird zu einer Maske. »Keine Ahnung. Ich schneide dort nur der *signora* die Haare.«

»Und der gehören die Pferde?«

»Nein. Die sind vom Don.«

Jetzt nur nicht nachlassen. »Hast du eine Nummer oder so für mich? Dann könnte ich mal anrufen ...«

»Nein.«

»Ach so, kann ich da einfach klingeln und fragen?«

»Nein.«

»Wäre ja auch total interessant, so ein altes Landgut zu besichtigen.«

»Die *signora* möchte keinen Besuch.«

»Echt? Ich dachte, die Sizilianer sind so gastfreund-lich?«

»Die *signora* ist unpässlich.«

»Das tut mir leid. Was hat sie denn?«

Das Gesicht der Friseurin wandelt sich von Maske zu Mauer. Sie stellt die Espressotasse klackernd ab. »So. Du kannst die Blondierung auswaschen. Dann sehen wir, wie hell die Haare schon sind.«

Scheiße. So komme ich nicht weiter. Ich gehe hoch in Gaetanos Bad, das genauso winzig ist, wie das in Nunzi-as Studentenbude. Ich schiebe meinen Kopf zwischen Wasserhahn und Waschbecken und wasche die Creme aus. Meine Gedanken rattern wie verrückt, aber irgend-wie befinden sie sich im Leerlauf, drehen einfach durch, ohne irgendwo einzuhaken. Mistmistmist. Ich sitze an der Quelle, aber mir fällt nichts mehr ein, womit ich die

Friseurin aus der Reserve locken könnte. Aua! Jetzt habe ich mir auch noch den Kopf am Wasserhahn angehauen.

»Das ist zu gelb«, sagt sie, als ich aus dem Bad zurückkomme. »Wir brauchen noch eine Runde.«

Sie pinselt mir wieder Kribbelpampe auf den Kopf. Ich hasse blond. Mit Grauen erinnere ich mich daran, wie mir Nunzia für die Hochzeit im Sommer Püppchen-Locken verpasst hat. Ich seufze. Das ist echt ein hartes Opfer, das ich da für Lucia bringe.

»Und meinst du nicht, der Don könnte mir mal seine Pferde zeigen?«, versuche ich es wieder. »Das wäre echt sooo toll.«

»Keine Ahnung. Ich habe mit dem Don gar nichts zu tun. Die beiden leben sehr zurückgezogen.«

»Sind die nur zu zweit?«

Sie hält inne.

»Ich meine auf diesem riesigen Anwesen ...«

»Warum interessiert dich das eigentlich so?«

Shitshitshit. »Äh ... Ich dachte nur, vielleicht gibt es sonst irgendwen, der mir die Pferde zeigen könnte. Einen Reitlehrer oder so.« Puh, das ist mir jetzt gerade noch so eingefallen.

»Ich weiß es wirklich nicht. Ich kenne bloß die *signora* und ihre Hausdame. Tiere und Ställe und Mist und Gestank interessieren mich echt null.« Sie verzieht angewidert das Gesicht. »Aber du kannst zur *Tourist Information* gehen, die haben eine Liste mit Landgütern, die man besichtigen kann, und sicher auch eine mit Reitställen.«

Ich nicke. »Gute Idee. Das werde ich machen.«

Die Tür ist zu. Wenn ich jetzt noch mal mit dem Don anfange, wird es wirklich zu auffällig. Wir quatschen über die besten Bars, die Wochenmärkte und den Strand. Nachdem ich auch die zweite Blondierungscreme ausgewaschen habe, stuft sie meinen Bob durch, dann bin ich fertig.

»Toll, oder?«, fragt sie, als ich das Ergebnis im Spiegel betrachte.

»Ja, toll.« Ich seufze ein bisschen, weil ich gar nicht mehr ich bin. Aber das war ja auch Sinn der Sache. Hauptsache, der Don erkennt mich nicht.

»Du bist so ... blond.« Silvo schaut mich von der Seite an. »Ich dachte, du magst lieber dunkle Haare?«

»Ach, ab und zu brauche ich eine Veränderung«, sage ich vage und setze meine neue Sonnenbrille auf. Ich habe die größte genommen, die ich finden konnte, und sehe damit aus wie die Fliege Puck. Egal. Sie verdeckt mein halbes Gesicht. Total inkognito. »Fahren wir?«

Silvo nickt. Er verscheucht einen Afrikaner, der versucht, die Windschutzscheibe zu putzen, und lässt die Kupplung kommen.

Während der Fahrt legt er die Hand auf mein Knie. Die Orangen- und Olivenplantagen fliegen vorbei, der Himmel strahlt knallblau über uns. Silvo dreht am Radioknopf herum, ein Moderator plappert, Eros Ramazotti schmachtet *grazie d'esistere*. Mein schöner Rockstar presst sich die Hand auf die Brust und singt mit. Ich muss lachen und vergesse meine Undercover-Mission. Aber nur kurz, denn schon taucht die Mauer von Don Vincenzos Landsitz auf und mein Puls fährt hoch.

Wir stehen vor dem Schild mit dem Pferdekopf drauf. Als ich den Klingelknopf drücke, ist meine Hand feucht.

118

Nichts.

»Los, klingel noch mal«, sagt Silvo.

Ich drücke wieder auf den goldenen Knopf.

Die Kamera richtet sich auf uns und eine blecherne Männerstimme ertönt aus der Gegensprechanlage: »*Chi è?*« Ziemlich unfreundlich.

»*Buongiorno*, Linda mein Name.« Ich lächle unter der Riesensonnenbrille hervor in die Kamera. »Ich komme aus Deutschland und habe dieses Schild hier gesehen und wollte fragen, ob man bei Ihnen reiten kann?«

»*No.*«

»Und vielleicht das antike Landgut besichtigen?« Ich halte meinen Fotoapparat in die Kamera. »Ich bin Fotografin, wissen Sie?«

»*No. ArrivederLa.*«

Es knackt in der Gegensprechanlage.

Stille.

Scheiße.

»Schade«, sagt Silvo, aber er klingt erleichtert. Wohl doch kein Winnetou.

»Ich würde das Landgut so gerne sehen. Sollen wir versuchen, über die Weiden zu gehen? Vielleicht sieht man von dort was.«

»Bist du irre?« Silvo tippt sich mit dem Zeigefinger an die Stirn. »Hast du nicht gehört? Da kann man nicht reiten. Wenn du da trotzdem reingehst, schießt dich am Ende noch einer mit der *lupara* über den Haufen.« Er nimmt mich am Arm und zieht mich zurück zum Auto.

»*Lupara?*«

Er hebt die Hände zum Himmel. »Abgeschnittene Schrotflinte. Traditionelle sizilianische Waffe.«

»Ist ja schon gut.«

Ich lasse mich auf den Beifahrersitz fallen und fühle mich wie ein verschrumpelter Luftballon, aus dem jemand die Luft rausgelassen hat. So eine Scheiße. All meine Pläne laufen ins Leere. Ich könnte heulen, aber ich versuche, mir nichts anmerken zu lassen. Wie bescheuert bin ich eigentlich? Habe ich wirklich gedacht, ich kann mit meinen hässlichen blonden Haaren und der Riesensonnenbrille einfach so bei einem Mafiaboss reinspazieren? Miss Undercover hat voll verkackt.

»Was machen wir mit dem angebrochenen Tag?«, fragt Silvo.

Das Einzige, was mich jetzt trösten kann, ist das Meer. »Fahren wir an einen Strand?«

»Gute Idee.« Silvo lässt den Motor an.

Wir biegen Richtung Trapani ab und fahren auf einer Ausfallstraße an Palermo vorbei. Waghalsige Über- und Unterführungen sehen aus wie eine Achterbahn aus Beton. Am Straßenrand liegen ausrangierte Matratzen und alte Kühlschränke. Hinter der nächsten Kurve tauchen Zelte auf.

»Was ist denn das?«, frage ich.

»Ein illegales Flüchtlingscamp.«

Als wir vorbeifahren, sehe ich Zelte aus Plastikplanen und Hütten aus Pappe. Dazwischen hocken Frauen und kochen über offenem Feuer. Kinder spielen im Müll. An der Straße steht eine Gruppe Männer, die irgendwie staubig aussehen.

»Erntehelfer«, sagt Silvo. »Die warten auf ihren *caporale*.« Und weil ich ihn fragend anschaue, erklärt er: »Illegale Arbeitsvermittler, die den Flüchtlingen von den fünfzig Cent, die sie pro Kiste bekommen, auch noch etwas abzwacken.«

»Wahnsinn.« Ich schüttle den Kopf. »Gibt es auf dieser Insel eigentlich irgendwas, das legal ist?«

Silvo schaut mich von der Seite an. »Brauchst gar nicht so überheblich tun, *piccola tedesca*.«

»Ich bin nicht klein.«

»Wusstest du, dass dieses ganze Obst und Gemüse, das die Männer pflücken, an eure deutschen Billig-Supermärkte verkauft wird?«

»Blödsinn!«

»Die drücken seit Jahren die Preise, und unsere Landwirte müssen die Löhne senken, damit sie noch von ihrer Arbeit leben können.«

Ich lache auf. »Und die armen *caporali* natürlich auch.«

»Ohne die gäbe es gar keine Jobs für die Flüchtlinge.«

»Also ist jetzt wieder Deutschland Schuld daran, dass hier illegal Flüchtlinge ausgebeutet werden?« Ich tippe mir mit dem Zeigefinger an die Stirn. »Es ist verdammt einfach, anderen die Schuld für das eigene politische und wirtschaftliche Versagen in die Schuhe zu schieben.«

Silvo zuckt die Schultern. »Ist aber so.«

Ich presse die Lippen zusammen und schweige. Bitte nicht schon wieder Streit über Politik. Die Straße führt in Serpentinen in die Berge hinauf und der Übergang von Armut und Müll zur malerischsten Küstenlandschaft ever fühlt sich an, als würden wir aus Dantes Inferno direkt ins Paradies auffahren. Immer wieder öffnet sich der Blick auf kleine Buchten. Zwischen Zwergpalmen und karstigen Kalkfelsen blitzt das Meer auf, das an der

Küste türkisfarben leuchtet und in Richtung Horizont in immer dunkler werdende Blautöne verläuft.

»Wow, ist das schön«, murmle ich.

»Der *Zingaro* ist ein Naturschutzgebiet«, sagt Silvo. »Im Sommer ist es hier ziemlich voll, aber jetzt sind die Strände einsam.« Er nimmt eine Stichstraße zu einer kleinen Bucht, das Auto rumpelt über einen Feldweg, der an einer Böschung endet. Silvo macht den Motor aus und plötzlich ist es ganz ruhig. Als sich meine Ohren an die Stille gewöhnt haben, höre ich einen Raubvogel kreischen. Wir steigen aus und gehen runter zum Strand. Zwischen den Felsen ist das Meer so klar, dass ich die Steine auf dem Grund sehen kann. Da schwimmt ein Schwarm Fische.

Ich ziehe die Schuhe aus, laufe durch den Sand, der meine Fußsohlen wärmt. Dann halte ich einen Fuß ins Wasser. »Ist gar nicht so kalt.«

»Kannst ja schwimmen gehen.«

»Ich hab aber keinen Bikini dabei.«

Silvo grinst und seine Grübchen machen mir Wackelknie. »Ist doch egal.«

Ich schaue mich um. Kein Mensch weit und breit. Mein Herz beginnt zu puckern. Ich hole tief Luft. »Aber nur, wenn du mitkommst.«

Er zieht sich Schuhe und Socken aus. »Jetzt du.«

»Wie beim Strip-Poker, oder was? Ich lasse dir den Vortritt.« Ich muss lachen. Ehrlich gesagt hört es sich eher an wie hysterisches Kichern. Ich fühle mich, als wäre ich fünfzehn und hätte noch nie einen nackten Mann gesehen. Na ja, ein paar Jahre ist es tatsächlich her. Seit der Erzeuger mich hat sitzen lassen. Er hat mal gesagt, in der

Schwangerschaft hätten sich meine Brüste von Birnen in Auberginen verwandelt. Geht's noch? Ich werde jetzt verdammt noch mal nicht an meinen Ex denken!

Silvo zieht sein T-Shirt aus und ich sehe den Streifen Haare, der von seinem Bauchnabel abwärts führt. Mir wird heiß. Zum Glück kann ich gleich ins kalte Wasser springen. Ich hoffe, es zischt nicht.

»Jetzt bist aber wirklich du dran«, sagt er und schaut mich an.

Ich hole tief Luft und schmeiße mein T-Shirt mitsamt BH in den Sand. Egal. Meinen Busen hat er letztes Mal eh schon gesehen.

Silvo öffnet seinen Gürtel, lässt die Hose fallen und steht in Boxershorts da. Sie sind weit, aber ich glaube, ich sehe eine Wölbung. Ich schaue weg, werde rot. Dann drehe ich mich zum Meer, reiße mir meine Jeans und Unterwäsche runter – fast bleibe ich in der Unterhose hängen – und renne, so schnell ich kann, ins Wasser. Es bremst meine Beine aus und ich falle nach vorne, ungefähr so elegant wie ein Albatros, aber immerhin bin ich jetzt verdeckt.

Ich traue mich nicht, zum Strand zu schauen, wo Silvo sich bestimmt gerade auszieht. Stattdessen tauche ich zwischen den Felsen herum, bis ich ihn hinter mir platschen höre.

»He, ich hätte nicht gedacht, dass du dich so genierst«, ruft er. »Dafür gibt's doch gar keinen Grund.«

Oh Gott, ist das peinlich. Er hat mich natürlich nackt gesehen, egal wie schnell ich war und wie sehr ich weggeschaut habe. Ich komme mir vor wie ein kleines Kind, das sich die Hände vor die Augen hält und denkt, keiner sieht es. Im kristallklaren Wasser sieht man allerdings so einiges. Genau genommen alles. Ich will im Meer versinken, aber ich will auch, dass Silvo mich jetzt küsst und anfasst, und ...

Seine Hände nehmen mich um die Hüften, er küsst mich und endlich, endlich spüre ich seine Haut.

»Melde dich doch krank und bleib noch ein bisschen«, schlägt Silvo vor, als wir später im warmen Sand liegen. Immer noch nackt. Aber jetzt fühlt es sich gut an.

»Das geht doch nicht. «

Er verdreht die Augen.

»Ich habe mein Studium gerade wieder aufgenommen«, rechtfertige ich mich. »Ich muss das jetzt durchziehen.«

»Ach, komm schon. Was sind die paar Vorlesungen gegen mich?« Er grinst.

»Außerdem muss ich zurück zu Hanna. Ich habe sie noch nie vier Tage am Stück allein gelassen.«

»Okay, das verstehe ich«, lenkt er ein. Kinder gehen in Sizilien immer. »Aber du kommst wieder? Und dann mit Hanna, damit du länger bleiben kannst?«

Ich nicke. »Klar.«

»Bald?«

»An Ostern.«

»Das sind aber noch fünf Monate. Wie soll ich das nur aushalten?« Er küsst mich auf die Schulter. Dann sagt er: »Ich werde auf dich warten, *piccola tedesca*«, und fuchtelt dabei in der Luft herum wie Romeo persönlich.

Ich lache. »Okay. Aber zuerst müssen wir den ganzen Sand wieder losbekommen.« Denn gerade stelle ich fest, dass es überhaupt nicht romantisch ist, nackt im Sand zu liegen, sondern kratzig und pieksig. Und dass die Körner an Stellen vordringen, an denen man sie definitiv nicht haben will.

»Du hast keinen Sinn für Romantik.« Silvo schüttelt den Kopf und grinst.

Wir rennen ins Wasser und waschen uns den Sand ab. Dann gehen wir nackt am Strand entlang, Hand in Hand, wie Adam und Eva im Paradies oder so, bis die sizilianische Sonne uns trocknet.

Ich habe Watte im Kopf und meine Zunge klebt trocken am Gaumen. Wir haben die ganze Nacht in der *Vucciria* gefeiert, keine Ahnung, wie viel ich schon wieder getrunken habe. Dieses Studentenleben macht mich fertig. Gaetano ist auch noch gekommen, um sich zu verabschieden, und irgendwann habe ich sogar *babaluci* gegessen. Schnecken in Knoblauch gebraten. Als ich daran denke, beginnt es in meinem Magen zu rumoren. Hoffentlich wird mir im Flugzeug nicht schlecht.

»Hier ist der Check-in«, sagt Nunzia und stellt meine Tasche ab. Ihr sieht man die wilde Nacht gar nicht an. Ist eben besser im Training.

»Danke für alles«, sage ich und meine Stimme kiekst. Ich umarme sie, damit sie nicht sieht, wie ich ein paar Tränen wegblinzle.

»Heul ruhig«, sagt sie und lacht. »Es war schön, dass du da warst. Komm bald wieder.« Sie drückt mir einen Kuss auf die Wange.

Ich nicke, schlucke, presse die Lippen zusammen, mein Kinn zittert. Was ist bloß los mit mir? War wohl alles ein bisschen viel. Ich habe jetzt einen Vater. Von Lucia hingegen noch immer keine Spur ...

»*Santo cielo*, Silvo hat es dir ganz schön angetan. Aber du weißt, ich hab dir schon öfter gesagt, dass er ...«

»Ja, *mamma*«, unterbreche ich sie und lächle durch die Tränen hindurch. »Eigentlich bin ich wegen ...«

»Wir finden Lucia schon, keine Sorge.«

Sie kann Gedanken lesen.

»Ich bleib dran, versprochen.«

»Aber ich dachte ...«

»Du denkst zu viel. Hör mal, du kannst nicht einfach bei einem Boss reinspazieren, das ist zu gefährlich. Du solltest dankbar sein, dass ich dich davon abgehalten habe.«

Mir wird heiß. Wenn sie wüsste.

»Aber es gibt ja noch andere Wege, etwas herauszufinden. Du musst nur ein wenig Geduld haben.«

»Also ...«

»Ich weiß, dass es schwer ist, abzuwarten.« Sie lässt mich einfach nicht zu Wort kommen. »Aber deine blöden Aktionen führen zu nichts. Damit bringst du nur dich und alle anderen in Gefahr.«

Mein Gesicht ist bestimmt schon ganz rot. Zum Glück weiß Nunzia nichts von meinem Ausflug zum Landgut. Und den Friseurtermin habe ich damit erklärt, dass sie in der Uni war und ich mich für Silvo schick machen wollte. Sie hat es geglaubt, aber es ist schrecklich, sie ständig anzulügen. Ich fühle mich elend.

Zum Glück bin ich jetzt an der Reihe. Die Frau vom Check-in kontrolliert meinen Ausweis und das Ticket. Ich hebe die Tasche aufs Gepäckband.

Während wir zum Sicherheitscheck gehen, sagt Nunzia: »Ich verspreche dir, dass ich dranbleibe. Aber du musst mir Zeit geben. Hier in Sizilien geht das nicht so mit der Tür ins Haus. Da muss man beobachten, seine Fühler ausstrecken, die richtigen Kontakte finden und denen dann vorsichtig die passenden Fragen stellen. Betonung auf vorsichtig. Nach und nach. Mit Feingefühl. *Capito?* Und das dauert halt.«

Ich nicke und versuche ein Lächeln. »War das dein Abschluss-Plädoyer, *Avvocatessa?*«

Sie grinst und klopft mir auf die Schulter. »Ja, *Dottoressa*. Guten Flug. Und denk immer dran: Wir warten hier alle auf euch, okay?«

Jetzt muss ich wirklich gleich heulen. Ich drehe mich um, damit Nunzia mein Gesicht nicht sieht, hebe den Arm zum Gruß und gehe zur Sicherheitskontrolle. Es ist ein verdammt schönes Gefühl, wenn jemand auf dich wartet.

Das Angebot

Uwe und Hanna sitzen vor einem schiefen Tipi auf der anderen Seite des Gartens, direkt am Bach. Sie haben mich noch nicht bemerkt. Ich bleibe stehen, um meine Tochter anzusehen. Sie singt und ihr Gesicht ist dabei völlig in sich gekehrt, sie ist ganz bei sich und ihrem Lied. Ich spüre, wie sehr ich sie vermisst habe. Sie ist ein Teil von mir. Nur Uwe stört das Bild, wie ein Fleck auf der Brille, den man nicht wegbekommt. Er klatscht im Takt mit. Auf die Entfernung kann ich nicht hören, welches Lied Hanna singt.

»Jessas Maria, wie schaust denn du aus?«, sagt Mitzi und ich fahre zusammen. Sie ist von hinten an mich herangetreten. »Haben sie dich da drunten wieder zwangsblondiert? Des ist doch immer dasselbe, mit diesen ... diesen ... Sizilianern.«

»Das war freiwillig. Undercover und so«, sage ich. »Geht's euch gut?«

»Bestens. Warum undercover?«

»Erzähl ich dir später. Hat mit der Schule alles geklappt?«

»Schule, Schule«, äfft mich Mitzi nach. »Es gibt auch Wichtigeres im Leben.«

»Aha.«

Wir gehen gemeinsam auf das Indianerlager zu und als wir näher kommen, hören wir Hannas Stimme: »Alle machen Fehler, alle machen Fehler ...«

Mitzi wird blass.

»... keiner ist ein Supermann.«

»Ja spinnt der!«

Ich muss grinsen. »Rolf Zuckowski. Wie schön.«

»Himmelarschundzwirn!«, schreit Mitzi in Uwes Richtung. »Infiltriere nicht das Kind mit diesem weichgespülten superpädagogischen Scheißdreck!«

»Mama, Mama!«, ruft Hanna, springt auf und rennt in ihren gelben Gummistiefeln auf mich zu. Sie bremst kurz vor mir ab und schaut mich irritiert an. »Du siehst komisch aus.«

Ich breite die Arme aus, sie lässt sich hineinfallen und ich vergrabe meine Nase in ihrem Haar. »Und du riechst nach Lagerfeuer. War's schön?«

»Jaaa.«

Über ihren Kopf hinweg sehe ich, wie meine Mutter ihren Leoparden zusammenstaucht und seine mageren Schultern immer mehr einsinken. »Kannst du nicht einen John Lennon oder einen Cat Stevens mit dem Kind singen, des sind wenigstens noch echte Werte!«

Ich grinse in Hannas Haare hinein. »Ich hab dich vermisst, Mucki«, sage ich.

Sie zögert. »Ich dich auch. Ein bisschen.«

»Was habt ihr alles gemacht?«

»Wir waren Indianer.«

»Und wie war's in der Schule?«

Sie verdreht die Augen. »Indianer brauchen keine Schule. Die lernen das Wichtigste ja von der Natur und vom Universum, hat die Oma gesagt. Aber das darfst du nicht dem Uwe sagen, weil der ist ja Lehrer.«

»Aha.« Ich wusste es. Na ja, egal. Die paar Tage schwänzen werden schon nicht sooo dramatisch sein. Spricht da etwa die Sizilianerin in mir? »Weißt du was? Ich habe deinen Opa kennengelernt«, erzähle ich Hanna.

»Echt?« Sie schaut mich mit großen Augen an. »Ist der nett?«

»Ja, total. Willst du ihn auch kennenlernen?«

Sie nickt.

»Wir fliegen in den Osterferien nach Sizilien, okay?«

Hanna macht sich von mir los, hüpft um mich herum wie eine kleine Indianerin und ruft: »Au ja, au ja, au ja«, bis sie außer Atem ist. Dann bleibt sie stehen und streicht sich die Haare aus der Stirn. »Und machst du mir jetzt Spaghetti?«

»Klar.« Ich nehme sie an der Hand und wir gehen zusammen rein.

Nach dem Abendessen bringt Mitzi Hanna ins Bett. Eigentlich wollte ich das machen, aber meine Tochter hat andere Vorstellungen.

»Die Oma liest mir gerade Ronja Räubertochter vor. Ich will das nächste Kapitel hören.«

»Soll ich es dir vorlesen?«

»Nein. Die Oma kann die Wildtruden besser als du. Und die Rumpelwichte.«

»Okay.«

Einen Moment bin ich enttäuscht, weil Hanna sich gar nicht darauf freut, wieder von mir ins Bett gebracht zu werden. Aber eigentlich passt es mir ganz gut, wenn

Mitzi das übernimmt. Dann habe ich Zeit, die Fotos von meiner Kamera auf den Computer zu laden, um eine Auswahl für Mister Rolex zusammenzustellen. Eine Ape mit Orangen-Pyramide auf der Ladefläche. Graffiti auf abgeplatztem Putz. Ein Marktschreier mit fleckiger Schürze, der einen Oktopus schwenkt. Ich habe so viele Motive, dass ich die Bilder nicht per Mail verschicken kann, sondern sie in die Dropbox hochlade.

Als ich fertig bin, gehe ich runter in unsere Wohnküche. Mitzi sitzt vor einem Glas Rotwein, sie sieht irgendwie einsamer aus als sonst.

»Und?«, fragt sie.

Ich setze mich ihr gegenüber. »Und was?«

»Du hast ihn also getroffen?« Sie schiebt ihr Glas hin und her.

»Ja.«

»Herrschaftszeiten, dann erzähl halt.«

»Nett ist er.«

»Des kann gar nicht sein.«

»Und genauso stur wie du.«

»Ich bin doch nicht stur!«

»Nein, natürlich nicht.« Ich schenke mir auch Wein ein und trinke einen Schluck. »Jedenfalls solltest du dir unbedingt mal seine Version anhören. Hast du gewusst, dass er nach Utting gekommen ist, um uns zu sehen? Und dass die Oma ihn vertrieben hat?«

»Schmarrn!«

»Doch, du warst nicht da, weil du in München gearbeitet hast, und sie hat ihn mit den übelsten Schimpfwörtern verjagt.«

»Wer weiß, ob des stimmt.«

»Vielleicht solltet ihr doch mal miteinander ...«

»Niemals. Des kannst du vergessen. Mit dem bin ich fertig.«

»Siehst du, und genau dasselbe sagt er auch.«

»Freilich, weil er sich nämlich schämt, für alles, was er mir angetan hat, und weil er halt ein elendes Weichei ist. Des mit Utting sagt er doch nur, um nicht ganz so deppert dazustehen. Der hat doch keine Eier in der Hosen.«

»Dann zeig ihm halt mal, wie man das macht.«

»Was jetzt?«

»Das mit den Eiern in der Hose. Einen Fehler zugeben, sich aussprechen, verzeihen und so. Wie war das mit der Eigenschaft der Starken?«

»In diesem Fall gilt das nicht.«

Ich seufze. »Dann halt nicht. Jedenfalls fliege ich mit Hanna an Ostern wieder nach Sizilien. Kannst ja mitkommen.«

Sie schweigt und schwenkt die rote Flüssigkeit in ihrem Glas herum.

»Zumindest ins Haus am Meer«, schlage ich vor.

»Vielleicht. Und Lucia?«

»Da gibt es leider nichts Neues.« Ich erzähle ihr die ganze Geschichte, diesmal inklusive Friseur und Reiten. Zwischendurch habe ich fast den Eindruck, ein wenig Stolz über ihre Undercover-Tochter in ihrem Gesicht zu lesen. Aber vielleicht wünsche ich mir das nur. »Nunzia bleibt weiter dran und Gaetano beschattet regelmäßig den Landsitz von Don Vincenzo.«

Gewitterwolken ziehen über Mitzis Gesicht. »So so. Der Gaetano?«

»Ist ja auch seine Tochter.«

»Ha!« Mitzi haut mit der flachen Hand auf die Tischplatte. »Der gamsige Büxnmacher, der verreckte!«

»Mitzi!«

»Ist doch wahr!«

»Er bemüht sich wenigstens, sie zu finden. Ganz im Gegensatz zu dir.« Ist mir jetzt so rausgerutscht.

Mitzi trinkt ihr Glas auf ex und steht auf. »Ich geh ins Bett.« Dann rauscht sie aus der Küche und knallt die Tür hinter sich zu, als wäre das alles meine Schuld.

Das Scheppern der Tür hallt in der Stille nach, im jahrzehntelangen Schweigen, das sich hier in dieser Küche festgesetzt hat wie der Gestank nach altem Frittierfett. Wir bräuchten so dringend einen Großputz in unserer Familie.

Mein Handy klingelt schon zum dritten Mal, seit ich in der *Gelateria al Lago* angekommen bin. Ich stelle das Tablett ab und gehe in den Flur vor die Klos. Eigentlich darf ich während der Arbeitszeit nicht telefonieren, aber jetzt ziehe ich doch das Handy aus der Schürzentasche. Nicht, dass was mit Hanna ist.

»Linda Reimann hier.«

»Endlich!«, ruft eine Männerstimme.

»Ist was passiert?«

»Das kann man so sagen.« Der Mann lacht und Adrenalin schieß durch meinen Körper.

»Wer sind Sie?«

»Stefan Gschwendtner. Von *Your Secret Journey.*«

Zum Glück! Nichts mit Hanna. Nur Mister Rolex. Aber was heißt hier nur? Meine Knie werden wackelig. »Oh, hallo.«

»Ich habe deine Bilder bekommen.«

»Ja?« Ich kneife die Augen zusammen und sende *bitte-bittebitte* ans Universum. Vielleicht nehmen sie ja wirklich ein Foto von mir.

»In unserer Ammersee-Strecke könnten wir zwei Fotos von dir unterbringen. Das mit der Ape und dem Räucherfisch. Und den Sprungturm mit Kloster Andechs im Hintergrund.«

Am liebsten würde ich schreien und hüpfen. Sogar zwei Bilder! »Ja toll«, versuche ich, möglichst cool zu sagen.

»Und dann Sizilien.«

Bittebittebitte.

»Fantastisch! Genau das wollte ich.«

»Echt?« Bittebittebitte.

»Du bekommst die ganze Special-Strecke.«

»Waaas?« Ich reiße die Augen auf.

»Und den Titel.«

»Nein!«

»Doch. Da kommt dieser schmuddelige Typ vom Markt mit der Krake drauf. Wahnsinnsbild.«

Ich lasse mich an der Wand herabgleiten und setze mich auf den Boden.

»Und der Aufmacher wird das Foto von den Flüchtlingen auf dem Boot. Unser Reporter ist schon dran. *Das echte Palermo: Pasta, Putten und Piraten*. Wie findest du das?«

»Ganz toll«, stottere ich. »Nur ... äh ... das sind gar keine Piraten.«

Er lacht wieder. »Weiß ich doch, weiß ich doch. Aber deine Bildinfo, dass für die Sizilianer alles Schlechte übers Meer kommt, früher die Piraten, und jetzt die Flüchtlinge, die hat mich *getouched*. Da spannen wir einen Bogen. Damit *catchen* wir die Emotionen der Leser, verstehst du?«

»Ach so.«

»Du bekommst heute noch eine Mail vom Verlag, mit den Honorarbedingungen. Weiter so, Mädchen.«

»Danke.«

»Unser Reporter fliegt demnächst nach Palermo. Wann bist du wieder dort? Falls er noch etwas Bestimmtes braucht.«

»An Ostern.«

»Hmmm.«

»Ich kann jederzeit hinfliegen«, sage ich schnell.

»Das klingt schon besser. Wir zahlen dir natürlich den Flug. Also dann. Ciao ciao.« Er legt auf.

Ich sitze auf dem Boden, den Rücken an die kalte Wand gelehnt und starre mein Telefon an.

»Alles in Ordnung?«, fragt Mario und geht vor mir in die Knie. »Ist was passiert? Du bist ganz blass.«

»Das war der Porsche-Typ. Mister Rolex, du weißt schon. Sie bebildern das gesamte Sizilien-Special mit meinen Fotos. Und ich bekomme den Titel.«

Mario strahlt. »Ich wusste es!«

Der Flur dreht sich. Das muss ein Traum sein. Bestimmt wache ich gleich auf.

»Das müssen wir feiern.« Mario schüttelt mich ein bisschen an den Schultern und ruft über die Schulter: »Maria, mach eine Flasche Sekt auf.« Er schaut mir tief in die Augen. »Ich hol dich heute Abend ab, okay? Wir gehen essen, zur Feier des Tages.«

Ich nicke wie ferngesteuert.

Er hilft mir auf, zieht mich direkt in seine Arme und drückt mich. »Ich bin so stolz auf dich«, flüstert er mir ins Ohr. Das hat noch nie jemand zu mir gesagt.

Wir sitzen uns gegenüber und stoßen mit Champagner an. Mario hat richtig dick aufgetragen und mich in das schickste Lokal am See ausgeführt. Pianomusik dudelt, die Gäste sprechen gedämpft, die Kellner tragen Fliege.

»Das Essen geht auf mich«, sage ich. »Ohne dich wäre das mit den Fotos nie zustande gekommen. Du hast Maria auf die Idee gebracht, meine Bilder in der Eisdiele aufzuhängen.«

»Nichts da. Ich lade dich ein.«

»Weißt du, wie viel Honorar ich bekomme? Sechzig Euro pro Foto und dreihundert für den Titel.«

»Und wie viele Fotos nehmen sie?«

»Weiß noch nicht, der Artikel erscheint erst im Juni. Aber ich habe im Internet geschaut, die anderen Beilagen haben immer so zehn bis fünfzehn Bilder.«

»Toll.«

»Das werden um die tausend Euro. Mit meinen eigenen Fotos verdient.« Ich halte ihm mein Champagnerglas entgegen und wir stoßen an. »Danke.« In meinem Bauch steigen genauso viele Perlen auf wie in meinem Glas.

Er nippt an seinem Champagner und schaut mich über den Rand seines Glases hinweg an. »Und, wie war es in Palermo?«

Ich werde rot. »Sorry, ich habe ganz vergessen, auf deine Nachricht zu antworten.«

»War bestimmt viel los. Mit deinem Vater und so ...«

»Ja genau.« Ich erzähle ihm die vier Tage im Schnelldurchlauf, nur Silvo verschweige ich. Muss ja nicht sein.

Mario nimmt meine Hand. »Linda, du musst auf dich aufpassen. Lass diese Sache mit Lucia doch deinen Vater regeln. Bitte.«

Unsere gegrillten Scampi kommen. Mit dem Griff zur Gabel kann ich meine Hand zurückziehen, ohne ihn zu verletzen. Ich schaue auf den Teller. Viel Deko, genau drei Garnelen.

»Ich glaube, Gaetano braucht das auch, so als Wiedergutmachung für alles, was passiert ist«, redet Mario weiter.

»Meinst du?« Daran habe ich noch gar nicht gedacht. Ich löse den Kopf und den Schwanz einer Garnele ab und schneide den Rest in ganz kleine Stücke, damit ich ein bisschen länger daran essen kann.

»Außerdem kennt er die Mentalität und die Regeln und überhaupt.« Er schüttelt den Kopf. »Du bist ja irre, einfach bei einem Mafiaboss zu klingeln.«

Ich seufze. Jetzt fängt der auch noch damit an. Um zu entdramatisieren, grinse ich und frage: »Machst du dir etwa Sorgen um mich?«

»Natürlich.« Hat nicht funktioniert. Er schaut mich ernst an. Viel zu ernst. »Hör mal. Ich muss dir was sagen.«

»Ja?«

»Ich hab dir doch erzählt, aus was für einer Familie ich stamme. Ich darf da aber eigentlich nicht drüber reden.«

Sofort sind alle meine Antennen auf Empfang. »Mir kannst du es sagen. Ich habe dir schließlich auch von meiner Schwester erzählt.«

Marios Kiefermuskeln treten hervor. »Ich hab dir doch gesagt, dass bei uns die Bosse das Leben der Kinder bestimmen. Ich hatte auch so einen Boss. Willst du wissen, wer das war?«

Ich nicke.

»Mein Vater.«

Meine Gabel bleibt auf halbem Weg zwischen Teller und Gesicht stehen, mein Mund klappt auf und wieder zu. Schockstarre. »Dein Vater? Das heißt, du bist ...«

Mario nickt.

»Und wo ist er jetzt?«

»Im Gefängnis.«

»Scheiße.« Ich starre ihn an. Mario ist der Sohn eines 'Ndrangheta-Bosses, der im Knast sitzt. Ich fasse es nicht.

»So, jetzt ist es raus.« Er atmet auf. »Ich muss dir nämlich noch was sagen, aber das andere wollte ich vorher loswerden.« Er legt das Besteck ab, nimmt meine Hand wieder fest in seine.

Ich schlucke ein Stück Garnele runter, aber es passt fast nicht mehr durch meinen Hals. »Ja?«

Mario schaut mich mit seinen Nachthimmelaugen an, dass mir ganz flau wird. *»Mi sono innamorato di te.«*

Mein Gesicht wird heiß. Ich starre ihn an, habe das Gefühl, ich muss schreien. Das gibt's doch nicht. Erst interessiert sich jahrelang kein einziger Mann für mich, und plötzlich sind da zwei, und sie sind beide toll, und ich weiß nicht, was ich machen soll.

»Du musst jetzt nichts sagen«, redet Mario weiter. »Ich wollte nur, dass du es weißt.«

Ich nicke. Blinzle ein bisschen. Meine Hand in seiner fühlt sich gut an. Und Silvo ist so verdammt weit weg.

Mario zieht seine Hand zurück und isst weiter, schaltet einfach wieder um auf locker und fröhlich, plaudert über die Gäste, die letzte Woche in der Eisdiele waren. Und ich bin unendlich erleichtert, dass er jetzt kein Statement von mir hören will. Sogar darin ist er perfekt.

»Kommst du mit auf den Christkindlmarkt?« Es kostet mich Überwindung, Mario das zu fragen. Nicht, dass er sich falsche Hoffnungen macht. Andererseits haben wir ein paar Wochen zusammen gearbeitet wie immer, als wäre nie etwas gewesen. Und irgendwie habe ich Lust darauf, mit ihm zusammenzusein.

Er strahlt mich an. »Klar, gerne.«

»Meine neuen Freundinnen aus der Uni sind auch da.«

Kurz huscht Enttäuschung über sein Gesicht, aber er versucht, sich nichts anmerken zu lassen.

»Sie tun mir gut«, erkläre ich. »Weißt du, die anderen Mütter, mit denen ich seit Hannas Geburt Kontakt hatte, sind alle zehn Jahre älter als ich.« Es hört sich an wie eine Rechtfertigung.

»Kein Problem, ich freu mich drauf, deine neuen Freundinnen kennenzulernen.«

Die Studenten, mit denen ich jetzt unterwegs bin, sind zwar alle fünf Jahre jünger als ich, aber das macht nichts. Mit ihnen atme ich Leben, fülle die Leerräume in mir mit dem auf, was ich nie hatte: feiern, um die Häuser ziehen, jung sein. Ich bin glücklich.

Nur Lucia fehlt.

»Und wie läuft dein Studium?«

»Puh, ich bin es nicht mehr gewohnt, stundenlang über komplizierten Texten zu hängen und mir auch noch zu merken, was da alles steht.« Ich lache. »Aber wenn ich ein neues Kapitel durch habe, bin ich schon stolz.«

»Das kannst du auch sein.« Mario schaut mich mit seinen Nachthimmelaugen an und mir wird schon wieder ganz flau im Magen.

Am nächsten Samstag stehen wir zwischen den Holzbuden und meine Nase ist schon ganz rot vor Kälte.

»Wie läuft es mit Gaetano?«, fragt Mario.

»Gut. Wir telefonieren jede Woche. Es ist noch immer ungewohnt, dass ich jetzt einen Vater habe, aber es ist auch schön.«

»Das freut mich. Dir ist kalt, oder? Ich hole uns Glühwein.« Mario drängelt sich durch die Weihnachtsmarkt-Besucher.

»Und? Wie findest du ihn?«, flüstere ich meiner neuen Freundin Marie zu. Ich will unbedingt wissen, was sie von ihm hält.

»Echt süß.« Sie zwinkert mir zu. »Ihr passt total gut zusammen.«

Ich muss grinsen und irgendwie bin ich sogar richtig stolz.

Mario kommt mit dem Glühwein zurück, die Tasse wärmt meine Hände, Atemwölkchen steigen vor unseren Gesichtern auf. Er steht dicht neben mir, ab und zu berührt er mich beiläufig am Arm. Ich mag das. Immer mehr.

Am selben Abend ruft Silvo an, als hätte er gespürt, dass es zwischen Mario und mir bizzelt. »Ich wollte dir sagen, dass mit dem Haus am Meer alles gut ist. Ich war heute dort und habe nach dem Rechten gesehen.«

Es ist wie verhext. Sobald ich seine raue Stimme höre, schließe ich die Augen und spüre das kalte Meerwasser, das mich umspült hat, als wir miteinander geschlafen haben.

Wir quatschen noch ein bisschen und nachdem wir aufgelegt haben, lausche ich in mich hinein. Feuer, das lodert, oder eine Glut zum Wärmen? Silvo ist so weit weg, er verblasst immer mehr.

Am nächsten Wochenende lädt Mario mich ins Kino ein. Spätvorstellung. So anstrengend Mitzi manchmal ist – wenn ich abends ausgehen will, sagt sie sogar Uwe ab, um auf Hanna aufzupassen. »Des ist auch besser so. Mir scheint, du hast ein bisserl Spaß dringend nötig«, grantelt sie dann, aber ich weiß, dass sie sich für mich freut. Oma-Luxus.

»Sag mal, was machst du eigentlich an Weihnachten?«, frage ich Mario, als wir nach dem Film wieder raus in die kalte Winterluft treten. Über uns funkelt der Sternenhimmel.

Er zuckt die Schultern. »Fernsehen.«

»Feierst du nicht?«

»Mit wem denn?«

»Komm doch zu uns«, sage ich, ohne auch nur eine Sekunde zu zögern.

Er winkt ab. »Ihr wollt sicher unter euch sein.«

»Unter uns? Quatsch. Wir sind doch total verpatchworked. Uwe kommt auch.«

»Wer ist Uwe?« Er schaut alarmiert.

»Der Lover meiner Mutter.«

»Ach so.«

Dass Uwe zwanzig Jahre jünger ist als Mitzi, erwähne ich besser nicht.

»Also, abgemacht. Du kommst am Nachmittag zu uns. Wir machen immer einen Spaziergang, abends gibt es Essen und Geschenke.«

»Geschenke?«

»Nur für Hanna. Wir Großen schenken uns nichts. Meine Mutter will kein Konsumweihnachten.«

»Und ich störe sicher nicht?«

»Im Gegenteil.«

»Okay. Dann komme ich.« Er versucht, cool zu wirken, aber seine Augen strahlen mit den Sternen um die Wette.

Hoffentlich ist unsere Familie nicht zu viel für ihn.

Der Kuss

»Findest du den Baum nicht ein bisschen mickrig?« Ich betrachte die kümmerliche Fichte, die Mitzi seit vier Jahren in einem Topf auf der Terrasse zieht. Uwe musste sie heute Vormittag hereinschleppen und presst sich seitdem immer wieder vorwurfsvoll die rechte Hand auf die Bandscheiben.

»Mickrig? Ein bisserl Bescheidenheit würde dir fei guttun. Es geht schließlich nicht immer nur darum, wer den größten Stamm hat, gell Uwe?« Sie kichert.

»Mitzi!«, zische ich.

»Mei, bist du spießig.« Sie verdreht die Augen. »Wegen mir wird jedenfalls kein gesunder Baum gefällt und dann weggeschmissen. Des wär ja noch schöner.«

Sie holt die Kiste mit den roten Kugeln und den hölzernen Engeln aus dem Schrank. »Hanna? Auf geht's! Jetzt zeigen wir der Mama mal, wie schön unsere kleine Weihnachtsfichte wird, gell?«

Hanna streift so viele Anhänger über die Äste, dass sie sich nach unten biegen. Dabei lugt ihre Zungenspitze zwischen den Lippen hervor. Ich muss lächeln und atme tief ein. Das ganze Haus riecht nach Plätzchen. Mitzi und Hanna haben die letzten drei Nachmittage gebacken. Und jetzt segeln vor dem Fenster auch noch dicke weiße Flocken herab. Kitsch pur. Ich liebe Weihnachten.

»Es schneit, es schneit«, ruft Hanna und hüpft indianermäßig durchs Wohnzimmer.

Es klingelt an der Tür. Bestimmt ist das Mario. »Ich mache auf«, rufe ich und eile durch den Flur. Mein Magen zieht sich verdächtig zusammen. Beamt mich gerade Weihnachten voll in die Familien-Galaxie? Mitten rein in den Kuschelmodus? Nest bauen und so?

Ich öffne die Tür. Mario strahlt mich an, irgendwie heller als sonst. Er trägt ein Geschenk unterm Arm und Schneeflocken schmelzen auf seinen Haaren. Bussi links, Bussi rechts, ich atme seinen *Fahrenheit*-Duft ein.

»Ist das für Hanna?«, frage ich.

Er nickt.

»Das lassen wir hier in der Abstellkammer«, flüstere ich. »Sie glaubt noch ans Christkind.«

»Ja klar«, flüstert er zurück. Dann zieht er einen Schoko-Nikolaus aus der Tasche. »Der ist für dich.«

»Wie süß, danke dir.«

Wir sitzen auf dem Sofa am Kamin, essen Plätzchen und Mitzi kocht Yogi-Tee für alle. »Mögt ihr Harmonie und Gelassenheit oder lieber Frauenbalance?«

Uwe wackelt mit seinem Oberlehrer-Zeigefinger. »Der Mario mag sicher einen Expresso.«

»Espresso.« Ich kann es mir nicht verkneifen. »Es heißt Espresso mit s.«

»Den trinken die Italiener doch immer, oder? Wusstet ihr, dass es eine bessere *crema* gibt, wenn der Anteil der Robustabohnen höher ist, als der Anteil der Arabicabohnen?«

Mario winkt ab. »Keine Umstände, Tee ist super.«

Meine Mutter grinst. »Dir koche ich glühende Liebe.«

»Mitzi!«

Sie kichert.

Uwe setzt sich im Schneidersitz vor die Fuzzifichte und schlägt versonnen mit einem Klöppel auf seiner Klangschale herum. »Wusstet ihr, dass australische Astronomen zu dem Ergebnis gekommen sind, dass wir Heiligabend eigentlich im Sommer feiern müssten? Sie haben errechnet, wie vor zweitausend Jahren die Sterne über dem Heiligen Land standen. Ihre Daten haben sie mit entsprechenden Angaben aus der Bibel verglichen. Demnach müsste Maria das Jesuskind am siebzehnten Juni zur Welt gebracht haben.«

Mario schaut mich ratlos an und ich zucke die Schultern. Sieht so aus, als würde Weihnachten dieses Jahr etwas anders laufen.

»So! Und jetzt raus mit euch.« Mitzi klatscht in die Hände. Es ist schon dunkel, als wir in unsere Klamotten schlüpfen. Wir gehen durch den Garten und der Schnee knirscht unter unseren Sohlen. »Dieses Jahr gibt's Indianerweihnachten.«

»Au ja, au ja, au ja!« Hanna hüpft durch den Schnee.

»Indianerweihnachten?«, frage ich.

»Mei, ab und zu muss man halt offen für was Neues sein. Du vor allem.«

»Was soll denn das schon wieder heißen?«

Mario grinst und ich schäme mich. Vor allem ärgere ich mich darüber, dass es mir so wichtig ist, was er über mich denkt.

Mitzi hat am Vormittag Holz am Lagerfeuerplatz aufgeschichtet, das jetzt mit einer dünnen Schneedecke überzogen ist. »Macht nix«, sagt sie und schüttet ein biss-

chen Benzin aus einem Kanister mitten in ihren Holz-
haufen. »So, alle einen Schritt zurück!« Sie lässt ein
Streichholz fallen und eine Stichflamme schießt in den
Himmel.

»Spinnst du?«, entfährt es mir.

»Mei, jetzt sei halt nicht immer so ängstlich.«

Die Flammen beruhigen sich, die Scheite fangen Feuer
und wir schenken uns Glühwein aus einer Thermos-
kanne ein. Ich lehne mich an Mario, wir stehen Schulter
an Schulter und schauen ins Feuer. Es knistert und
knackt und wir singen alle zusammen *Ihr Kinderlein
kommet* und *Alle Jahre wieder* und *Schneeflöckchen Weißröck-
chen*. Immer nur die erste Strophe. Mitzi und Hanna
tanzen dazu ums Feuer.

»Ist das ein deutscher Brauch?«, flüstert Mario mir zu.

»Nein.« Ich lache. »Das ist meine Mutter.«

Nach dem siebten Weihnachtslied ext Mitzi ihren restlichen Glühwein und zwinkert Mario zu. »So, ich geh
dann mal aufs Klo-ho.« Dabei flötet sie so komisch.

»Was?« Er schaut mich mit großen Augen an.

Ich nicke mit dem Kinn Richtung Hanna und flüstere
ihm ins Ohr: »Keine Sorge. Sie ist nur das Christkind.«

Er atmet auf. »Ach so.«

Als das Glöckchen bimmelt, hält Uwe sich die Hand
hinters Ohr: »Ich glaube, ich höre da was.«

»Das Christkind war da, das Christkind war da«, ruft
Hanna.

Wir gehen rein und fast erwarte ich, Mitzi als psychedelischen Engel durchs Wohnzimmer fliegen zu sehen, oder
irgendetwas in der Art, aber mit Hannas Geschenken hat
sie sich zum Glück ans Drehbuch gehalten. Keine *special*

effects. Unter der Minifichte liegt ein Stapel Päckchen, Kerzen brennen, Weihnachtsmusik dudelt.

»Sind die alle für mich?« Hanna lässt sich auf die Knie nieder, ihre Strumpfhosen hängen viel zu lang von den Füßen.

»Sappralot, die reichen ja bis nach Amerika«, ruft Mitzi und schlägt die Hände überm Kopf zusammen.

Hanna lacht. Sie packt ein Päckchen nach dem anderen aus. Neue Schlittschuhe von mir, Erstlesebücher von Uwe und ein Fingerfarben-Set von Mitzi.

»Wusstet ihr, dass die Tradition der Weihnachtsgeschenke bis zu den alten Römern zurückreicht?«, sagt Uwe. »Sie erhofften sich durch die Gaben Glück fürs nächste Jahr.«

»Pscht!« Mitzi schaut ihn strafend an und sagt zu Hanna: »Mei, da hat dir des Christkindl fei schöne Geschenke gebracht.« Dabei zwinkert sie mir zu.

Ich zwinkere zurück und wünsche mir, dass Hanna noch möglichst lange ans Christkind glaubt. Sie reißt das vorletzte Päckchen auf und hält es fragend in die Luft. »Was ist das?«

Ich erstarre.

»Obacht!« Mitzi springt auf und reißt ihr die Plüsch-Handschellen mit Leoparden-Muster aus der Hand. »Des ist doch für den Uwe!«

Uwe zwinkert ihr zu. »Ich bin dein Untertan.«

»Mitzi! Uwe!« Ich spüre, wie mein Gesicht heiß wird.

Mario starrt mich mit offenem Mund an. Jetzt steht er bestimmt gleich auf und geht.

»Mei, jetzt machts euch halt mal locker.« Mitzi kichert. »Ihr könnt sie euch fei gern mal ausleihen.«

Ich verberge mein Gesicht in den Händen. Das glaube ich einfach nicht. Am liebsten würde ich mich unter dem Teppich verstecken.

»Was ist ein Untertan?«, fragt Hanna.

»Nichts«, sage ich gequält. »Schau, das letzte Geschenk. Das ist für dich.«

Hanna nimmt Marios Paket.

Er rutscht unruhig hin und her. »Ich hoffe, es ist das Richtige«, flüstert er mir zu.

»Bestimmt.« Gespannt beuge ich mich vor. Was er wohl ausgesucht hat?

Hanna reißt das Papier auf und kreischt vor Begeisterung. »Ein Prinzessinnencomputer!«

»Was ist jetzt des?«, fragt Mitzi.

Hanna klappt ein herzförmiges, pinkes Plastikteil auf, drückt auf einen Knopf und eine Melodie ertönt. Lichter blinken und eine blecherne Frauenstimme sagt: »Hallo, ich bin Samira. Deine neue Freundin.«

»Neue Freundin?« Mitzis Gesicht verdunkelt sich.

»Ja, eine Prinzessin! Den Computer hat die Lisa auch«, ruft Hanna begeistert und drückt weiter Knöpfchen, ihr Gesicht erstrahlt im Takt der blinkenden Lichter in Lila und Rosa.

»Ja verreck!« Mitzi holt Luft. Sicher hebt sie gleich zu einem Vortrag über wahre Freundschaft, Konsum und pädagogisch wertvolles Kinderspielzeug an. Ich trete sie prophylaktisch unterm Couchtisch gegen das Schienbein.

»Aua!«

»Wir haben einen Gast«, zische ich.

»Ich mein ja nur«, grummelt sie.

»Hab ich was Falsches gekauft?«, flüstert mir Mario zu.

»Nein, nein«, sage ich schnell. »Schau, Hanna freut sich total. Das ist super.« Ich lege meine Hand auf sein Knie, ziehe sie dann aber wieder zurück.

Der Computer ist eindeutig Hanna Lieblingsgeschenk. Sie klettert zu uns aufs Sofa, kuschelt sich auf Marios andere Seite und die Prinzessin dudelt noch lauter. Mitzi steht auf und dreht die Weihnachtsmusik hoch.

Hanna drückt weiter Knöpfchen, Samira stellt ihr Fragen: »Wie heißt du?«

Hanna tippt die Antwort ein.

»Hallo Hanna.«

»Es funktioniert!«

»Also, ich geh jetzt jedenfalls kochen«, grummelt Mitzi. »Und es gibt fei was Analoges zu essen, nur damit ihr's wisst.« Damit rauscht sie zur Tür hinaus.

Mario schaut ihr hinterher. »Ich wollte nicht ...«

»Einfach ignorieren. Die ist immer so.« Ich tätschle ihm beruhigend den Arm und lasse dann meine Hand darauf liegen. Das fühlt sich gut an und ich hätte seine Wärme gerne noch länger durch den Pulli gespürt. Damit es nicht zu auffällig wird, schenke ich ihm Yogi-Tee nach. Diesmal lieber Harmonie und Gelassenheit.

»Das Geschenk ist von dir, gell?«, flüstert Hanna Mario ins Ohr.

Ich schaue unbeteiligt in die andere Richtung, damit sie nicht merkt, dass ich sie höre.

»Das ist sooo toll, danke. Aber jetzt *pscht*. Die Mama glaubt noch ans Christkind, das wollen wir ihr nicht verderben, okay?«

»Okay«, flüstert Mario zurück und ich höre, dass er ein Lachen unterdrückt.

»Essen ist fertig«, ruft Mitzi aus der Küche. Sie hat indisch gekocht und der Duft nach Curry mischt sich mit dem der Plätzchen. Passt aber eigentlich ganz gut zusammen. Mario löffelt das scharfe Gemüse, obwohl ihm schon der Schweiß auf der Stirn steht.

»Hättest du nicht was Normales machen können?«, zische ich Mitzi zu. »Raclette oder Fondue oder so?«

»Des ist doch lecker«, sagt Mitzi. »Gell, Mario?«

Er nickt und tupft sich mit der Serviette die Stirn. »Total super.«

»Siehst du«, sagt Mitzi. »Dem Mario schmeckt's.« Sie gibt ihm noch eine Kelle auf seinen Teller und schmeißt eine Handvoll Koriander obendrauf.

»Der schmeckt nach Seife«, sage ich.

»Schmarrn, der gehört dazu. Sonst ist es doch gar nicht richtig indisch.« Sie ext den nächsten Glühwein.

»Du musst nicht aufessen, wenn es dir zu viel ist«, sage ich zu Mario.

»Doch, doch, sehr lecker.« Er schiebt sich einen Löffel in den Mund und macht »Mhhhm«.

Mitzi nickt zufrieden. Jetzt hat er sich endgültig rehabilitiert. Wenn die Computerprinzessin indisch isst, ist die Welt meiner Mutter wieder in Ordnung.

»Vielleicht einen Cappuccino?«, fragt Uwe.

Mario hustet. »Nein, danke«, presst er hervor.

Alles hat seine Grenzen. Yogi-Tee und indisches Curry geht gerade noch. Aber Cappuccino nach dem Essen ist eine Todsünde.

Wir gehen zurück ins Wohnzimmer. Mario steht unentschlossen herum, schaut auf die Uhr. »Ich glaube, ich muss dann mal ...«

»Halt, erst noch der Mistelzweig.« Mitzi lallt mittlerweile und schiebt Mario unter die Tür zum Flur. Das waren wohl ein paar Glühwein zu viel.

Mario schaut mich hilfesuchend an.

»Los, küssen«, sagt Mitzi.

»Was?« Er tritt einen Schritt zurück.

Mitzi kichert. »Nein, nicht mich. Obwohl du ein ganz ein fescher Bub bist.« Dann schiebt sie mich zu ihm hin. »Die Linda.«

Ich hebe entschuldigend die Arme, aber in Wirklichkeit dreht mein Herz gerade voll auf. »Das ist so ein Brauch bei uns.«

Uwe hebt seinen Oberlehrer-Zeigefinger. »Nordische Göttersage. Der Mistelzweig war die heilige Pflanze der Liebesgöttin Frigg. Doch ihr Sohn wurde ausgerechnet mit einem Pfeil aus dieser Pflanze getötet. Sie konnte ihn nur mit Mühe ins Leben zurückholen und aus Freude ...«

»Du hältst jetzt mal deine Bappen«, unterbricht Mitzi ihn. »Los, küssen.«

Ich drücke Mario ein Bussi auf den Mund. Obwohl es nur eine Sekunde dauert, fährt ein Stromstoß durch meinen Körper.

»Iiih!«, ruft Hanna.

»Na also. Geht doch.« Mitzi applaudiert.

Mario wird rot. »Also, ich glaube, ich muss jetzt wirklich los.«

»Nein«, ruft Hanna. »Nur noch eine Runde *Mensch ärgere dich nicht*. Bitte.«

Er schaut mich unsicher an.

Ich nicke. »Ja, bleib doch noch.«

»Freilich bleibt der noch«, sagt Mitzi.

»Na gut.« Er versucht, beiläufig zu klingen, aber ich sehe genau, dass er sich freut.

Wir setzen uns um den Tisch und bauen das Spielbrett auf. Meine Lippen kribbeln, ich spüre den Kuss noch immer. Wir verfolgen uns auf dem Spielfeld, schmeißen uns gegenseitig kurz vor dem Häuschen raus, fluchen, lachen, schummeln. Es fühlt sich an, als wären wir eine richtige Familie. Sogar Uwe lässt im Weihnachts-Spirit den Lehrer einfach mal Lehrer sein und ruft: »Ich mach dich fertig, du rote Socke.«

Nur Gaetano fehlt.

Und Lucia.

Mitzi ist die Erste, die ihr Häuschen voll hat. Sie klatscht in die Hände und lehnt sich zufrieden zurück.

»Jetzt muss ich aber wirklich.« Mario steht auf.

Ich begleite ihn zur Tür und er schlüpft in seine Jacke. Draußen leuchtet der Schnee und die Oberfläche des Sees funkelt im Mondlicht.

»Ich hoffe, meine Mutter war nicht zu viel für dich«, sage ich.

Er schüttelt den Kopf. »Deine Mutter ist der Knaller.« Dann schaut er mich an. »Danke. Es war ein toller Abend.« Nachthimmelaugen. Sein Blick verweilt zu lange in meinem.

Ich schlucke. »Fand ich auch.« Eigentlich will ich, dass er mich jetzt küsst. Auch ohne Mistelzweig.

»Also dann. Bis die Tage.« Er hebt die Hand und geht zu seinem Auto. In einem Hollywood-Schinken würde er sich im letzten Moment umdrehen, zurückrennen und die Frau seines Lebens in die Arme schließen. Ich halte die Luft an. Mario steigt ein. Soll ich ihm hinterherrufen?

Er schlägt die Tür zu und lässt den Motor an. Zum ersten Mal tut es mir richtig leid, dass er fährt.

Wir sehen uns erst an Silvester wieder. Bei Marie steigt eine Party und ich nehme ihn mit. Wir tanzen den ganzen Abend zwischen den Studenten, als wären wir selbst Anfang zwanzig.

Um Mitternacht stehen wir verschwitzt auf der Straße, das Lachen noch auf den Gesichtern. Die Nachtluft kühlt meine Haut. Mario legt den Arm um mich und mein Herz dreht voll auf, es hämmert wie der Techno-Bass von vorhin. Über uns platzen bunte Blumen.

»Buon anno«, sagt Mario, sein Gesicht ist ganz nah an meinem. Wenn ich ihn anschaue, wird er mich küssen. Ich weiß es. Es fehlen nur ein paar Zentimeter. Ich höre einfach auf zu denken, mache die Augen zu, spüre seine Lippen, seine Zunge. Es fühlt sich warm und richtig an, und so, als wären wir schon ewig zusammen. Der längste Kuss meines Lebens. So kann das Jahr zweitausendneun weitergehen. Wir stehen still beieinander, beobachten, wie das Feuerwerk im Nachthimmel explodiert und Mario atmet in mein Haar.

»Ich bin glücklich«, flüstert er.

»Ich auch.« Es ist ehrlich gemeint.

Am nächsten Morgen klingelt mich mein Handy aus dem Schlaf. Silvo. Am liebsten würde ich gar nicht drangehen, aber irgendwann muss ich ihm ja sagen, dass ich jetzt mit Mario ... Ja was eigentlich? Sind wir zusammen?

»Buon anno«, ruft er, und Bähm! Von wegen verblasst. Wie immer löst seine Stimme eine Kettenreaktion in meinem Körper aus, die an Stellen endet, über die ich lieber nicht sprechen will. Warum kann ich das nicht abstellen?

»Dir auch ein gutes neues Jahr«, sage ich heiser.

»Wie hast du Silvester gefeiert?«

»Auf einer Party. Mit Freundinnen. Und Kollegen. Also genauer gesagt mit ...«

»Ich habe eine Neujahrsüberraschung für dich«, unterbricht mich Silvo, und irgendwie bin ich froh darüber, dass ich die Karten doch noch nicht auf den Tisch legen muss. »Ich komme dich besuchen.«

»Waaas?« Ich huste.

»Du fehlst mir. Ich halte es nicht mehr aus.«

»Also äh ... eigentlich ...«, stottere ich.

»Freust du dich gar nicht?«

»Äh ... doch, klar, total. Aber ...«

»Super. Ich freue mich auf dich, *piccola tedesca*.«

Klick.

Ich starre mein Handy an. Unten ertönt die Türglocke. Nein. Das glaube ich jetzt nicht.

»Maaamaaa!«, höre ich Hanna durchs Haus schreien. »Der Silvo ist da!«

Ich werde gleich ohnmächtig. Wie zur Hölle soll ich aus der Nummer rauskommen?

Der Besuch

Ich renne ins Bad, um Zähne zu putzen, und erschrecke vor meinem eigenen Spiegelbild. Mir schaut eine Art Rumpelwicht entgegen. Oder so etwas Ähnliches. Ich schaufle mir Wasser ins Gesicht und versuche, meine Haare irgendwie glatt zu bekommen. Es klopft an der Badezimmertür.

»Maaamaaa!«

»Jetzt wart halt kurz.« Ich wische mir einen Rest Zahnpasta vom Kinn.

»Ich hab Silvo schon mal dein Zimmer gezeigt.«

Oh nein. Ich habe noch nicht gelüftet. Und ich stehe hier im Schlafanzug. Genau genommen in einem sehr alten Schlafanzug, mit Einhorn drauf, der am Hintern völlig ausgeleiert ist. Vielleicht wäre es jetzt sogar die beste Option, wirklich in Ohnmacht zu fallen.

»Maaamaaa!«

Okay. Hilft alles nichts. Ich atme tief durch, öffne die Tür und gehe rüber zu meinem Zimmer. Da steht er, neben meinem zerwühlten Bett, entert braungebrannt und strahlend meine deutsche Welt, als würde er im Scheinwerferlicht auf einer Bühne stehen.

Er kommt auf mich zu und umarmt mich. Es ist komisch, dass er hier ist. Er riecht ganz anders als in Italien. Dann gibt er mir einen Kuss und meine guten Vorsätze

155

verbrennen in der Hitze, die sich in meinem Bauch aus-
breitet.

»Aber Mama, warum küsst du jetzt den Silvo?«, fragt
Hanna. »An Weihnachten war doch ...«

»Pscht!«, mache ich und sie verstummt. Das war knapp.
»Geh mal runter zur Oma.«

Sie stemmt die Hände in die Hüften. »Ihr könnt gleich
mitkommen, das Essen ist eh schon fertig.«

Mitzi hat Weißwürste gekocht, die essen wir immer an
Neujahr. Sie beugt sich zu mir rüber und flüstert: »Ich
bringe die Hanna nach dem Essen zum Erzeuger und ich
mach mir Ohropax rein.« Sie zwinkert mir zu. »*Feel free*,
verstehst?«

»Mitzi!«

»Was denn?«

»Und der Mario?«

Meine Mutter winkt ab. »Monogamie ist so, als müsste
man jeden Tag Pommes essen.«

»Das ist jetzt aber nicht von Gandhi, oder?«

»Nein, von Henry Miller.« Sie kichert.

»*Tutto bene?*«, fragt Silvo.

Mein Gesicht glüht. »*Sì, sì, tutto bene.*«

Mitzi fischt mit der Gabel eine der blassen Weißwürste
aus dem Topf und legt sie auf Silvos Teller. »Des hast du
jetzt gerade noch vorm Zwölf-Uhr-Läuten geschafft.«

»Was ist denn das?« Silvo verzieht den Mund.

»*Wurstel. Buono. Mangiare, mangiare.*« Mitzi nimmt ihre
Weißwurst in die Hand. »Die sind fei bio, aus artgerech-
ter Tierhaltung.« Sie steckt das Ende in den Mund und
lutscht daran. Als sie die angegessene Wurst wieder aus
dem Mund nimmt, hängt die Haut schrumpelig herunter.

»Des musst du zuzeln«, erklärt sie Silvo, der Messer und Gabel in der Hand hält. »*No, No.*« Sie nimmt ihm das Besteck ab. »Zuzeln, verstehst? Herrschaftszeiten, wie heißt jetzt des auf Italienisch?« Dann steckt sie die Weißwurst wieder in den Mund und lutscht genüsslich weiter.

Silvo wirft mir einen verzweifelten Blick zu.

»Du kannst auch Besteck verwenden. Schau.« Ich schneide die Haut der Länge nach auf und das Innere der Weißwurst quillt hervor.

Silvo macht es mir nach und probiert ein winziges Stück. Er nickt. »Besser, als es aussieht.«

»Dazu gehören aber noch eine Brezn und ein süßer Senf«, sagt Mitzi. »Ich meine, so ein bisserl eine Integration braucht's fei schon, gell?«

In die Breze beißt Silvo noch rein, aber als Mitzi ihm einen Löffel grobkörnigen, süßen Senf auf den Teller schaufeln will, hält er schützend die Hand darüber.

Als wir später in meinem Zimmer sind, kramt Silvo in seiner Tasche herum. »Ich habe dir was mitgebracht.« Er zieht einen Dekoteller aus Plastik zwischen seinen Socken hervor. Als er sich nach vorne beugt, rutscht seine Jeans so weit herunter, dass ich seine *Armani*-Unterhose sehen kann. Am liebsten würde ich mich direkt auf ihn stürzen, doch ich reiße meinen Blick los und betrachte den Teller, der jede Lust im Keim erstickt. Er ist kackbraun und zeigt eine Kutsche mit einem ungenau gemalten, gelb-orangen Muster. Das Pferd trägt einen roten Puschel auf dem Kopf.

»Ein *carretto siciliano*«, erklärt Silvo stolz.

»Wow.«

Am Rand des Tellers sind Trauben und Orangen drapiert. Es ist der kitschigste und hässlichste Dekoteller, den ich je gesehen habe.

»Gefällt er dir?« Silvo strahlt mich an.

»Toll, danke.«

»Da würde er gut hinpassen.« Er nimmt mir den Teller aus der Hand und stellt ihn auf das Fensterbrett, direkt hinein in meinen Seeblick.

»Gehen wir ein bisschen spazieren? Ich zeig dir den Ammersee«, schlage ich vor.

»Bei der Kälte?«

»Soll ich dir eine Jacke leihen?«

»Nein nein, geht schon.«

»Wenn du meinst ...«

Wir schlendern am Ufer entlang, der See leuchtet grün unter den Regenwolken. Der Wind fegt durch mein Haar und die Bäume rauschen. Ich atme tief durch. Was für eine klare Luft.

Silvo zittert in seiner dünnen Lederjacke. Seine Nase leuchtet rot unter seiner Sonnenbrille hervor und er schnieft die ganze Zeit. Ich reiche ihm ein Taschentuch und umfasse seine Hüfte, damit ihm ein bisschen wärmer wird. Er legt den Arm um meine Schulter und ich schmiege mich an ihn.

»Schau, siehst du das Kloster?« Ich zeige auf das gegenüberliegende Ufer, wo sich Hügel wie Wellen in verschiedenen Grüntönen erheben. Auf dem höchsten und dunkelsten Kamm steht Andechs. »Schön, oder?«

»Die armen Mönche. Bei der Kälte.« Er zieht mich noch ein bisschen näher heran. »Und dann dieser Gestank.« Er rümpft die Nase.

»Was für ein Gestank?«

»Nach Schlamm und Fisch und ... Ich weiß nicht. Es riecht hier nach Tod.«

»Seen riechen eben so. Aber schön ist das Panorama doch trotzdem, oder?«

»Kein Vergleich zum Meer.« Sein Gesicht hellt sich auf. »Oh, da vorne ist eine Bar.«

Scheiße. Die *Gelateria al Lago*. Oh nein. Alarmglocken schrillen in meinem Kopf. Ohrenbetäubende, kreischende Kopfweh-Alarmglocken. Wie kann man nur so blöd sein? Wir hätten das Ufer nach rechts entlang gehen sollen, nicht nach links.

»Äh ... Da ist geschlossen«, sage ich schnell und versuche, ihn in die andere Richtung zu lenken. »Wenn du einen Kaffee trinken willst, können wir umdrehen und mit dem Auto nach Dießen fahren.«

»Nein, da brennt Licht, schau doch. Sieht Italienisch aus. Vielleicht bekomme ich da was Normales zu essen.«

»Aber wir haben doch gerade ...«

Er lacht auf. »Das war ja wohl kein Essen. Ich brauche einen Teller Pasta oder ein Stück Fleisch vom Grill. Nicht weiße, schlabbrige *wurstel* mit süßem Senf.« Er schüttelt sich.

Idiot.

»Eben, dann lass uns nach Dießen fahren, da ist ein richtig gutes italienisches Restaurant. Total lecker.«

»Da steht aber *Gelateria – Bistro*.« Er schaut mich an. »Arbeitest du nicht in einer *gelateria*?«

Ich fühle mich wie eine Schülerin, die völlig blank an die Tafel geholt wird und versucht, in der Leere ihres Kopfes irgendeinen Funken aufzuspüren. »Äh ...«

Silvo lässt mich los, tritt einen Schritt zurück und zieht seine gezupften Augenbrauen zusammen, die in dieser Kulisse völlig unpassend wirken. »Gab es da nicht diesen Kollegen?«

Shitshitshit. Jetzt aber schnell, Linda.

»Ich habe über Silvester frei«, sage ich. »Und ich habe überhaupt keine Lust, in den Ferien an meinem Arbeitsplatz zu sein.«

»Ich würde aber gerne sehen, wo du arbeitest.«

Mistmistmist. Warum ist mein Kopf so leer? Mir fällt nichts Vernünftiges ein. »Wenn viel los ist, muss ich vielleicht sogar mitarbeiten, meine Chefin ist da gnadenlos«, sage ich in meiner Verzweiflung.

»So viel wird schon nicht los sein. Gerade hast du noch gesagt, dass geschlossen ist. Also?«

»Ach komm, ich habe wirklich keinen Bock ...«

»Ich geh da jetzt rein und wärme mich auf.« Er vergräbt die Hände in den Jackentaschen und stiefelt los.

Neiiin! Am liebsten würde ich schreien, oder einfach umdrehen und abhauen. Eine kleine Hoffnung flackert in meinem Kopf auf: Wenn Silvo allein da rein geht, erkennt Mario ihn vielleicht gar nicht. Silvo isst was, haut wieder ab und alles wird gut. Oh Gott, Linda, wie dämlich bist du eigentlich! Siedendheiß fällt mir ein, dass Silvos Foto groß und breit an der Wand hängt. Und wenn Mario ihn anquatscht, wird da drinnen der Ätna ausbrechen.

Ich renne los.

»*Ehi*, Linda! Du hast doch frei«, ruft mir Maria von der Bar aus entgegen.

Ich scanne den Gastraum. Mario ist nicht da.

»Ciao Maria. Das ist Silvo. Besuch aus Italien.«

»*Piacere.*« Maria reicht Silvo ihre Hand über den Tresen.

»*Piacere*«, antwortet er und schiebt seine Sonnenbrille nach oben. Sie ist angelaufen.

»Er wollte mal sehen, wo ich arbeite. Und vielleicht einen Teller Pasta essen. Meine Mutter hat ihm heute Mittag Weißwürste vorgesetzt.«

Maria lacht. »Herzliches Beileid.«

Silvo verzieht das Gesicht, als hätte Mitzi ihm eine Seeschlammsuppe serviert.

»Immer noch besser, als eure ekligen *babaluci*-Schnecken«, maule ich ihn an.

Sein Lachen erstirbt. »Jetzt sei doch nicht gleich wieder beleidigt.«

Maria schaut skeptisch zwischen uns hin und her. »Also, wie soll ich dir deine Pasta machen? Ich hätte hausgemachtes Pesto.«

Silvo nickt. »*Fantastico.*«

»Und du?«, fragt mich Maria.

»Ein Mineralwasser. *Ich* mag Weißwürste.« Ich steuere einen Platz direkt an der Fensterfront an, durch die man den See sieht, und lasse mich auf einen Stuhl fallen.

Silvo bleibt stehen, schaut sich um, schlingt die Arme um den Oberkörper. »Können wir uns nicht da drüben hinsetzen?« Er zeigt auf den düsteren Innenraum. »Hier zieht es so.«

Ich seufze und gehe zu einem der Tische. »Wir sollten dir eine warme Jacke kaufen.«

»Für die zwei Tage lohnt sich das nicht. Außerdem glaube ich nicht, dass ich hier ...« Er schaut auf meine Outdoor-Funktionsjacke.

»Klingt ja fast so, als ob du dich schon darauf freust, wieder in dein warmes Sizilien zu fliegen.«

»Wenn du so weitermachst, ja.«

»Ich?« Angriffslustig beuge ich mich vor. »Wer meckert hier denn in einer Tour an allem rum?«

Maria stellt den Pastateller vor Silvo auf den Tisch.

»Aber jetzt hast du ja wenigstens etwas Normales zu essen«, knurre ich.

Maria schaut mich besorgt an. Ich schüttle den Kopf und sie verzieht sich wieder hinter die Bar.

Silvo schaufelt schweigend die Nudeln in sich rein. Er benutzt keinen Löffel, sondern dreht die Spaghetti nur um die Gabel. Dabei beugt er sein Gesicht tief über den Teller, die Nudeln hängen ihm aus dem Mund und hinterlassen grüne Spritzer auf seinem Kinn. Als er fertig ist, tupft er sich mit der Serviette ab und seufzt wohlig. »Und jetzt noch einen *caffè*.«

Maria bringt ihm einen Espresso, setzt sich zu uns und plaudert mit ihm über italienisches Klima, italienische Lebensfreude und italienisches Essen. Fazit: In Italien ist alles besser. Ich kneife die Lippen zusammen. Was soll ich denn jetzt zwei Tage lang mit ihm machen, wenn ihm hier alles zu kalt und zu deutsch ist?

Jedenfalls sollten wir langsam mal gehen. Nicht, dass Mario zur Nachmittagsschicht kommt. Das Einzige, was mir für Silvo einfällt, ist Großstadt und Kultur. Als Maria sich endlich wieder an die Arbeit macht, frage ich: »Wollen wir nach München fahren?«

Silvo strahlt. »Maximilianstraße. Gucci. Prada.«

Na toll. »Vielleicht findest du da ja auch eine warme Jacke.«

Die Eisdiele füllt sich langsam. Wochenende, Nachmittag und Seeblick, da ist immer was los, sogar im Winter.

»Kann ich zahlen?«, ruft Silvo zu Maria hinüber.

»Quatsch, du bist eingeladen«, sage ich. »Hast du übrigens schon meine Fotos gesehen?« Ich ziehe meine Jacke an und zeige auf den Flur Richtung Klos.

»Das sind deine?« Er steht auf und geht rüber. »Da bin ja ich!« Er strahlt. »Wusste gar nicht, dass du mich fotografiert hast.«

Ich will ihm gerade von meiner Fotostrecke im Reisemagazin erzählen, da geht die Tür auf und die Welt bleibt stehen. Mario.

»Ciao Linda.« Er kommt auf mich zu und gibt mir ein Bussi. Seine Haut ist kalt. Ich laufe hingegen knalleheiß an. Und wahrscheinlich feuerrot.

Silvos Gesicht fällt auseinander. Mario bemerkt meinen panischen Blick, sieht Silvo genau vor dem Foto stehen, das er so hasst, und starrt ihn an. Silvo starrt zurück, ich starre zwischen beiden hin und her, völlig gelähmt von meiner eigenen Blödheit.

Silvo schlendert extra langsam auf unseren Tisch zu und drückt dabei die Brust raus. »*Ciao, sono Silvo. E tu?*« Er mustert Mario von oben bis unten.

»Das ist mein Kollege Mario«, sage ich schnell.

»Okay. Ich bin also dein Besuch aus Italien und das ist dein Kollege aus Deutschland. Alles klar.« Silvo wirft einen Zwanzig-Euro-Schein auf den Tisch, schnappt sich seine Jacke und stürmt hinaus.

»Es ist nicht so, wie du denkst«, sage ich zu Mario und renne Silvo hinterher.

»Ich bin doch nicht dein Hanswurst, den du lächerlich machen kannst.« Silvo stiefelt mit hochgezogenen Schultern am Ufer entlang. »Besuch. Ha! Kollege! Heute ist geschlossen.« Silvo kriegt sich gar nicht mehr ein. »Glaubst du, ich bin bescheuert?«

»Jetzt beruhige dich doch.« Ich versuche, ihn am Arm zu fassen, aber er reißt sich los.

»*Merda!* Ich hätte es wissen müssen. Ja genau, ich *bin* bescheuert. Aber ich bin ja auch nur der dumme Silvo, der dir in Italien die Sterne zeigt. Der Italo-Lover, mit dem sich die Touristin ein bisschen beim Nacktbaden vergnügt.«

»Nein, so ist es nicht!« Ich bin schon ganz außer Atem.

»Und wie ist es dann?« Er bleibt stehen und schaut mich an.

»Äh ... also ...« Verdammt, warum fällt mir jetzt nichts Kluges ein, um die Situation zu retten?

Er hebt die Arme zum Himmel. »Siehst du, genau so ist es.« Dann stiefelt er weiter.

Ich überlege fieberhaft, was ich sagen soll, aber alles, was mir einfällt, würde die Situation nur verschlimmern. Also jogge ich schweigend hinter ihm her, bis wir vor unserem Haus stehen. Ich krame den Schlüssel aus meiner Jackentasche und versuche es noch mal: »Silvo, jetzt hör mir doch mal kurz zu.«

»Von dir will ich gar nichts mehr hören«, faucht er, nimmt mir den Schlüssel ab und sperrt auf.

»Ich hab Obatzten gemacht«, flötet Mitzi, als wir in den warmen Flur treten.

Silvos Sonnenbrille läuft schon wieder an, er marschiert durch die Küche und wirft einen Blick auf die Schüssel

mit den orange-weißen Käsebröckchen. »*Dio santo, no!*«
Er stiefelt hoch in mein Zimmer.

»Du gscherter Hammel!«, ruft ihm Mitzi hinterher. Und
zu mir: »Da hängt der Haussegen fei sauber schief, gell?«

Ich lasse mich auf einen Stuhl sinken und verberge das
Gesicht zwischen den Händen, damit Mitzi nicht sieht,
dass Tränen aus meinen Augen quellen.

Sie setzt sich mir gegenüber. »Schau, ich hab sogar extra
Grissinis dazu gekauft.«

»Grissini. Es heißt grissini ohne s.« Und dann ist es mit
meiner Selbstbeherrschung vorbei.

»Weinst du?«, fragt Mitzi.

»Neiiin!«, heule ich.

»Ja sag a mal, was ist denn da los bei euch?«

»Der passt einfach nicht in mein deutsches Leben«,
sprudelt es aus mir heraus. »Der ist ganz anders als in
Sizilien. So ... so ... schrecklich italienisch!«

Mitzi reicht mir ein Stofftaschentuch und ich schnäuze
hinein. Sie wiegt den Kopf hin und her und seufzt. »Du
hast es mir ja nicht glauben wollen, dass des schwierig
ist, mit diesen Italienern. Bei mir war des auch so, nur
andersrum. Der Gaetano war in Sizilien plötzlich ein
ganz anderer Mensch. Nur hab ich halt den deutschen
Gaetano geliebt, verstehst?«

Ich nicke.

»Und wahrscheinlich geht's deinem Gspusi auch so.
Der mag bestimmt die sizilianische Linda lieber als die
deutsche.«

»Meinst du?« Ich wische mir die Tränen ab.

»Könnt schon sein.«

»Aber was soll ich denn jetzt machen?«

»Herrschaftszeiten!« Mitzi verdreht die Augen. »Du gehst da hoch, am besten mit einer Flasche Wein oder so was, zündest eine Kerze an, und dann vertragt ihr euch wieder.«

»Nein, ich mein ganz generell. Mit Silvo und Mario. Ich weiß nicht, was ich will. Wen ich will.«

»Was ich will und wen ich will.« Mitzi verdreht die Augen. »Jetzt sei halt nicht gleich wieder so pathetisch. Es gibt keine falschen Entscheidungen, nur unterschiedliche Konsequenzen.«

»Bitte keine Eso-Sprüche.«

»Ich an deiner Stelle würde das Geschenk des Universums annehmen.«

»Und wer ist jetzt das Geschenk? Silvo oder Mario?« Ich schniefe. »Wenn der mich überhaupt noch will.«

»Würdest du ihn denn wollen?«

»Keine Ahnung!« Ich trete mit dem Fuß gegen das Tischbein. »Aua!«

»Eben. Am Ende verzichtest du auf die Nacht deines Lebens, und wofür? Für nix.«

»Mitzi!«

»Ist doch wahr. Jedenfalls musst du hoch zum Silvo, der sitzt nämlich in deinem Zimmer. Da kommst du jetzt nicht drumrum.«

Ich seufze. »Ja, ich weiß.«

»Und du weißt ja: Bevor man ins Bett geht, muss man sich vertragen.« Sie zwinkert mir zu.

Jetzt reicht es mir endgültig mit diesen blöden Anspielungen. Ich fauche sie an: »Sonst endet man so wie du, oder was?«

»Was soll des schon wieder heißen?«

»Na ja, dass du nicht gerade *die* Versöhnungsexpertin bist ...« Ich stehe auf. »Also, ich geh dann mal hoch.«

Ich nehme nicht den Sauvignon, sondern einen italienischen Rotwein. Nicht, dass Silvo gleich wieder meckert.

Als ich in mein Zimmer komme, sitzt er in einem roten Frottee-Schlafanzug auf dem Bett und schaut in sein Handy. Dagegen ist mein ausgeleiertes Einhorn *Haute Couture*. Ich muss grinsen.

»Was ist denn das?«

»Was?«

»Ich meine ... Also der Pyjama ist jetzt nicht so *stylish* wie deine restlichen Klamotten.«

»Hat mir meine *mamma* eingepackt.«

Er schaut die Flasche an. »Immerhin ein guter Wein.«

Ich schüttle den Kopf. »Du entsprichst wirklich jedem Klischee, aber wirklich jedem. Meckerst über das Essen, es ist dir zu kalt, und deine *mamma* packt dir Kinderschlafanzüge ein ...«

»Du auch. Isst eklige Sachen, gehst bei Regen und Kälte spazieren, und das auch noch mit einer Jacke, die so hässlich ist, dass einem die Augen davon wehtun. Außerdem bist du eine totale Spaßbremse.«

»Ich? Wer ist denn beleidigt abgedampft, nur weil mich mein Kollege begrüßt hat?«

»Begrüßt!« Silvo schnaubt. »Mit einem Kuss auf den Mund.«

»Bussi«, sage ich auf Deutsch.

»Was?«

»Das sagt man in Bayern so. Ciao ciao, Bussi Bussi. Das ist normal bei uns.«

167

»Er ist aber Italiener.«

»Ein integrierter Italiener.«

»Und ich bin sizilianischer Italiener.«

Ich schnaufe genervt auf. »Das ist meine Arbeit und das ist mein Kollege, ob es dir passt oder nicht. Hier in Deutschland darf man mit Männern sprechen, und sogar mit ihnen Cocktails trinken gehen. Stell dir mal vor.« Die beiden Küsse vor der Kneipe und an Silvester verschweige ich.

»Aber für mich geht das nicht!«

Was mache ich hier eigentlich? Das bringt doch alles nichts. Außerdem glaube ich, dass ich sehr wohl weiß, wen ich will. Ich seufze und setze mich neben ihn auf das Bett. »Hör mal, Silvo, ich glaube, wir sind einfach zu verschieden. Du passt nicht in mein Leben, und ich nicht in deines.«

Er starrt mich mit seinen Wahnsinnsaugen an. »Was soll das heißen?«

»Dass wir kein gutes Paar abgeben.«

»Du machst Schluss?«

Ich schlucke. »Ja.«

»Ist das dein Ernst? Ich fliege extra hierher, und dann servierst du mich einfach ab?«

»Es tut mir leid.«

»Na gut, vielleicht habe ich überreagiert«, lenkt er ein. »Was, wenn ich das akzeptiere? Mit dem Kollegen?« Er windet sich in seinem eingebildeten Schmerz.

Los jetzt, Linda, sage ich mir. Sei mutig. Sei ehrlich. Das bist du Mario schuldig. Ich hole tief Luft. »Nein, hast du nicht.«

»Was?« Er schaut mich verwirrt an.

»Du hast nicht überreagiert. Du hast das richtige Gefühl gehabt. Mario und ich sind ... na ja, wir sind noch nicht wirklich zusammen, aber da bahnt sich was an.«

Silvo springt auf und tigert durchs Zimmer. »Ich bin so dumm«, murmelt er. »Wie konnte ich nur so blöd sein? Ich habe gedacht, du bist anders als die anderen deutschen Frauen.« Er schlägt mit der Faust gegen die Wand.

»Ach komm, lass uns doch mit diesen Klischees aufhören. Ich mag dich wirklich. Du hast mir so viel geholfen. Und wir hatten tollen Sex.« Mein Gesicht wird heiß. »Sogar den besten meines Lebens.«

»Und?« Silvo reckt die Arme zur Zimmerdecke. »Wo ist dann das Problem?«

»Ich glaube, ich suche etwas anderes. Jemanden, der da ist, der den Alltag mit mir teilt, auf den ich mich verlassen kann, der mich unterstützt ...«

Silvo sieht aus wie ein geprügelter Hund.

»Wenn du hier leben würdest, wäre vielleicht alles anders. Aber diese Entfernung ...«

Er steht mit verschränkten Armen am Fenster und schaut hinaus. »*Lago di merda!*«

Soll ich zu ihm gehen, ihm die Hand auf die Schulter legen oder so was? Ich habe noch nie mit jemandem Schluss gemacht. Das ist echt ein beschissenes Gefühl.

»Tut mir wirklich leid. Ich schlafe in Hannas Zimmer. Gute Nacht.«

Die Tür geht auf und Hanna steckt den Kopf herein. »Warum willst du in meinem Zimmer schlafen?«

Oh nein, wie lange steht sie schon da?

»Ciao Silvo.« Sie rennt zu ihm und umarmt seinen Bauch.

»Ciao Hanna.« Er lächelt und kneift sie zart in die Wange. *Che bella bambina.*

»Hallo Mucki, bist du schon zurück?« Ich versuche, mir nichts anmerken zu lassen. »Wie war's beim Papa?«

Sie schaut mich mit hochgezogenen Augenbrauen an. »Warum klingt deine Stimme so komisch? Und warum sitzt Silvo im Schlafanzug in deinem Bett? An Weihnachten hast du doch den ...«

»Pscht.« Ich werfe ihr einen Halt-die-Klappe-Blick zu.

Zum Glück sagt Silvo: »Ich hab dir ein Geschenk mitgebracht.«

»Echt?« Hanna strahlt.

Er geht zu seiner Reisetasche, kruscht darin herum und holt zwei Reh-Figuren mit blauem Glitzer heraus. »Wenn hier jemals die Sonne scheint, werden sie rosa.« Er streckt sie ihr entgegen.

»*Grazie.*« Hanna nimmt sie in die Hand, ein bisschen Glitzer bleibt an ihren Fingern kleben. »*Bello.*«

Mein Kinn beginnt zu zittern. Das letzte Geschenk von meinem schönen Rockstar. Jetzt nur nicht pathetisch werden, Linda.

»Komm, Hanna«, sage ich und gehe raus.

»Aber warum denn, Mama? Ich will noch mit Silvo spielen.« Sie schaut zwischen ihm und mir hin und her.

»Komm einfach!« Meine Stimme klingt viel zu forsch. Hanna kann ja nichts dafür. Aber immerhin geht sie brav mit mir in den Flur.

»Ich versuche, meinen Flug umzubuchen«, sagt Silvo noch, dann mache ich die Tür hinter uns zu.

Einsamkeit

Am nächsten Morgen bringe ich Silvo zum Flughafen. Diesmal tragen wir beide Sonnenbrille. Meine Nacht war kurz. Oder lang. Wie man's nimmt.

Wir sitzen schweigend nebeneinander, die graue Autobahn rast unter uns dahin, graue Wolken am Himmel, sogar die Landschaft wirkt irgendwie grau. Ich hasse grau, und mir fällt ein Satz aus *Mery per sempre* ein, diesem Film über Kids im Jugendgefängnis von Palermo: *Ich war traurig. Vielleicht fing es deshalb an zu regnen.* Meine Güte Linda, pack den Kitsch wieder ein.

Es ist so weit. Wir fahren durch die Schranke am Parkplatz, gehen durch das sterile Flughafengebäude, geben Silvos Tasche am Check-in auf. Es gibt nichts mehr zu sagen. Schließlich stehen wir vor den Begrenzungsbändern, die die Passagiere in Serpentinen zur Sicherheitskontrolle leiten wie eine Schafherde. Ich schlucke.

»*Ciao, piccola tedesca*«, sagt Silvo. Er macht einen Schritt auf mich zu, will mich umarmen, aber ich weiche zurück und knete an meinen Händen herum.

»Mach's gut.«

Er nickt. Bitter. Es ist ein So-lässt-du-mich-also-fallen-Nicken. Als er durch den Metalldetektor hindurch verschwindet, presst etwas meinen Brustkorb zusammen. Gleichzeitig bin ich erleichtert, dass ich den Abschied hinter mir habe. Ich wusste nicht, wie schwer es ist, jemandem wehzutun, den man mag. Ich atme tief durch. Jetzt muss ich sofort mit Mario sprechen.

Auf dem Rückweg vom Flughafen fahre ich direkt bei der Eisdiele vorbei. Marios Lancia steht auf dem Parkplatz. Er müsste gleich Schichtende haben. Ich setze mich auf das Mäuerchen und warte, aber er kommt nicht. Dann muss ich wohl zu ihm rein. Ich stemme mich mit der Schulter gegen die Glastür, sie schwingt auf und mein Magen zieht sich zusammen. Ich stehe da, als wäre ich ein Eindringling, der hier nicht hingehört. Mein Blick schweift durch den Gastraum. Da ist er.

»Ciao Mario.«

Als er mich sieht, wird sein Gesicht zu Stein. Ich gehe auf ihn zu, versuche zu lächeln, will ihn umarmen. Er tritt einen Schritt zurück und streckt den Arm aus, hält mich auf Abstand.

»Ich kann dir alles erklären«, sage ich.

Er schüttelt nur den Kopf und hält den Arm weiter steif vor sich wie eine Lanze.

»Silvo ist weg. Ich hatte nichts mit ihm, ich schwöre.«

»Ha!« Mario lacht auf. »Du denkst wohl, du kannst alles mit mir machen. Jeden Tag glotzt du das Foto von diesem Gockel an.« Er zeigt auf das Bild von Silvo. »Und trotzdem habe ich mich auf dich eingelassen. Ich habe mich in dich verliebt, und ich dachte, du ... Ach! Und dann schleppst du diesen Typen auch noch hier an!«

»Das wollte ich nicht.«

»Ach so, du wolltest ihn vor mir verstecken? Ein paar Tage heimlich mit ihm rumvögeln und dann wieder zum dummen Mario zurückkommen? Das wäre natürlich etwas ganz anderes gewesen. Aber mit mir kann man's ja machen. Ich bin schließlich nur der Sohn von ...« Er winkt ab.

»Ich wusste gar nicht, dass er kommt, er stand einfach vor meiner Tür.«

»Das glaubst du doch selbst nicht.«

»Ehrlich. Ich habe ihm gestern alles erzählt und in Hannas Zimmer geschlafen. Gerade habe ich ihn zum Flughafen gebracht.«

»Alles?« Er verzieht spöttisch die Mundwinkel.

»Dass sich zwischen uns etwas anbahnt.«

»Dir glaube ich gar nichts mehr.«

Maria tritt aus dem Hinterzimmer. »Was ist hier los?«

Wir schweigen und schauen auf unsere Füße.

»Geht es um den ...«, sie malt Gänsefüßchen in die Luft, »Besuch aus Italien?«

Ich nicke zerknirscht.

»*Senti*, Linda. Ich will mich nicht in eure Privatangelegenheiten einmischen, und du weißt, dass ich dich mag. Aber im Winter haben wir sowieso zu wenig Arbeit für zwei Angestellte.« Sie schaut zwischen uns hin und her. »Und Mario arbeitet schon viel länger hier als du.«

Ich starre sie an. »Heißt das, du wirfst mich raus?«

»Nein, natürlich nicht. Du kannst gerne im Frühling wiederkommen, wenn wieder mehr Gäste da sind.«

»Aber ...«

»Eine Pause würde dir vielleicht ganz gut tun. Dann kannst du dich deinen Fotos widmen.«

Tränen drängen in meiner Kehle nach oben. »Mario«, flüstere ich.

Er dreht sich weg und geht hinter die Bar, obwohl das Lokal leer ist. »Hau einfach ab.«

Ich stürze nach draußen, renne los, an den hölzernen Bootshäusern vorbei Richtung Campingplatz. Das verlassene Gelände ist um diese Jahreszeit genau so trostlos, wie es gerade in mir aussieht. Mein Atem geht stoßweise und hinterlässt beim Rennen Wölkchen in der Luft. Feuchtigkeit legt sich auf mein Gesicht, die Tränen hinterlassen warme Spuren auf meinen Wangen. Das habe ich nun von meiner Ehrlichkeit. Jetzt habe ich sie beide verloren, und meinen Job noch dazu. Mitzi hatte recht.

»Lucia, wo bist du?«, schreie ich gegen den Wind an. Sie fehlt mir so. Früher ist sie immer zu mir gekommen, wenn es mir schlecht ging. Aber seit wir letzten Sommer festgestellt haben, dass eine Puppe in ihrem Grab lag, ist sie weg. Sie hat mich zu sich geführt, und als ich sie fast gefunden hatte, hat sie mich allein gelassen. »Verdammt, wo bist du!«, schreie ich über den See.

Alleinsein war früher einfacher. Vielleicht, weil ich daran gewöhnt war. Aber jetzt habe ich gespürt, wie es ist, verliebt zu sein. Und zurückgeliebt zu werden.

Mein Handy klingelt. Verdammt, nicht jetzt. Ich ziehe die Nase hoch, bleibe stehen, fummle in meiner Tasche herum. Und wenn es Mario ist? Das Telefon fällt mir fast runter, ich greife hektisch danach. Eine unbekannte Nummer. Ich versuche, meinen Atem zu kontrollieren.

»Linda Reimann?«

»Kannst du nächsten Monat nach Palermo fliegen?«

»Hallo Herr Gschwendtner.« Der hat mir jetzt gerade noch gefehlt.

»Unser Reporter braucht noch ein paar Fotos. Geht das klar?«

»Äh ... ja.« Ich halte das Handy von meinem Mund weg, damit ich ihm nicht so laut ins Ohr schnaufe.

»Super, ich schick dir die Tickets zu.«

Klick.

Jetzt muss ich nicht mal Urlaub nehmen.

Zwei Tage später sind die Flugtickets im Briefkasten. Ich reiße den Umschlag auf. Sie sind für den dreiundzwanzigsten Februar ausgestellt. Ein Tag vor meinem Geburtstag. Und am Tag danach geht es wieder zurück. Nur so kurz? Schade. Aber wenn mir *Your Secret Journey* schon die Tickets bezahlt, darf ich nicht meckern.

Im ersten Moment finde ich es traurig, meinen sechsundzwanzigsten Geburtstag nicht mit Hanna und Mitzi zu verbringen, aber je länger ich darüber nachdenke, desto besser gefällt mir die Idee, in Palermo zu feiern. Mit Nunzia und meinem neuen Vater. Immerhin habe ich mit dem noch nie etwas gefeiert. Außerdem tut mir ein Tapetenwechsel bestimmt gut.

Als ich Mitzi davon erzähle, schaut sie mich mitleidig an. »Mei, dass du des nie checkst.«

»Was denn?«

»Des mit den Geschenken vom Universum. Du in Palermo, Lucia, euer Geburtstag. Schnackelts jetzt? Des ist ein Zeichen.«

»Ja sicher.« Ich schüttle den Kopf.

»Wirst schon sehen. Du musst nur dran glauben. Und zwar mit Inbrunst.«

»Schön wär's.«

Mitzi schaut sich um. »Wo ist denn überhaupt dein Gspusi?«

»Weg. Und der andere auch. Und mein Job in der *Gelateria al Lago* auch.«

»Oh mei, oh mei.« Sie zieht die Augenbrauen hoch.

»Brauchst gar nicht so blöd schauen. Immerhin war ich ehrlich, davon könntest du dir ruhig mal eine Scheibe abschneiden. Ich sag nur Gaetano.«

»Ach ja? Und was hat dir des jetzt gebracht?«

Touché.

»Die eine Arbeit ist zwar weg, aber dafür hab ich eine viel bessere, nämlich die, von der ich immer geträumt habe. Und ich habe das mit dem Sizilien-Special übrigens ganz allein geschafft, weil meine Fotos gut sind, und zwar so gut, dass ich damit mein eigenes Geld verdienen kann, nur damit du's weißt.«

»Ich hab doch gar nix gesagt«, murmelt Mitzi, und das regt mich noch mehr auf.

Ich rausche aus der Küche und gehe hoch in mein Zimmer, um Nunzia anzurufen und meinen Besuch anzukündigen.

»*Yes*, dann feiern wir deinen Geburtstag in der *Vucciria*, das wird cool«, sagt sie.

»Ich freue mich schon. Und Nunzia ...«

»Ja?«

»Diesmal bitte keine Silvo-Überraschung.«

»Auch nicht zum Geburtstag?« Sie klingt enttäuscht.

»Vor allem nicht zum Geburtstag.«

»Hattet ihr Streit?«

»Erzähle ich dir dann. Jedenfalls weiß er nicht, dass ich komme, und er soll es auch nicht wissen.«

»Alles klar. Also dann ...«

»Du, äh ... noch was ...«

»*Sí?*«

»Du weißt ja, es wäre toll, wenn ich in Sachen Schwesternsuche weiterkäme. Hast du schon was Neues?«

»Stopp!«, unterbricht sie mich. »Du hast es versprochen. Ich mache das in *meinem* Tempo.«

»Vielleicht könntest du ja noch mal deinen Vater ...«

»Lass meinen Vater da raus, der ist weiß Gott schon genug Risiko für dich eingegangen.«

»Okay.« Ich seufze. Alles klar. Keine weiteren Fragen nach Lucia. »Also dann, bis nächsten Monat.«

Ich lege auf.

Na toll. Nunzia hat nichts Neues herausgefunden. Wahrscheinlich hat sie es nicht mal versucht. Mit Gaetano telefoniere ich zwar regelmäßig, aber in Sachen Lucia hat auch er keine neuen Informationen bekommen. Wer weiß, ob der sich an sein Versprechen hält. Vermutlich hat er den Schwanz vor Don Vincenzo eingezogen, genau wie alle anderen. Sieht so aus, als müsste ich das allein durchziehen, wenn ich Lucia jemals finden will.

Vielleicht wird es wirklich Zeit, ein bisschen mehr Inbrunst an den Tag zu legen, wenn das mit dem Universum und unserem Geburtstag klappen soll. Ich habe noch einen Monat Zeit, um mir etwas zu überlegen.

Alles klar, Lucia. Ich komme.

Don Vincenzo

Gaetano holt mich vom Flughafen ab. Es ist ein komisches Gefühl, meinen Vater hinter der Absperrung zu sehen. Ich hatte noch nie einen Vater, der mich irgendwo abgeholt hat. Diesmal umarmt er mich und ich drücke meine Nase in seine Daunenjacke. Er riecht fremd und doch vertraut. Wie wegfahren und heimkommen gleichzeitig.

Auf dem Weg ins Stadtzentrum machen wir Small Talk. Wir fahren an einem Feld vorbei, von dem schwarze Rauchschwaden aufsteigen. Es stinkt nach Plastik.

»Was ist denn da los?«

»Wahrscheinlich Brandstiftung.«

»Warum?«

»Die Mafia brennt immer mal wieder die Felder der enteigneten Landgüter ab.«

»Waaas?«

Gaetano zuckt die Schultern. »Der Staat hat ihnen ihr Land weggenommen, jetzt sorgen sie dafür, dass dort keiner etwas ernten kann.«

Ich schweige betroffen.

Als wir aussteigen, empfängt Palermo mich mit einer Dunstglocke, in die ich dankbar eintauche, als würde ich eine andere Welt betreten. Die Luft ist klamm und die Meereskälte dringt bis tief in meine Knochen.

»Magst du einen Espresso?«, fragt Gaetano, als wir Nunzias Studentenbude schon fast erreicht haben.

»Klar.«

Wir setzen uns in eine Bar, die Kaffeemaschine zischt.

»Alles gut?« Besorgt schaut Gaetano mich an. »Du siehst irgendwie traurig aus.«

»Geht schon.«

»Was ist los?«

»Will nicht drüber reden. Erzähl mir lieber, was du über Lucia herausgefunden hast.«

Er hebt die Hände. »Nichts. *Vaffanculo.*«

»Gar nichts?«

Von wegen er kümmert sich drum!

Die Kellnerin stellt die Miniaturtassen vor uns hin. Gaetano schaufelt zwei Teelöffel Zucker hinein, wahrscheinlich ist jetzt mehr Zucker drin als Kaffee. Er nippt und stellt die Tasse wieder ab. »Ich habe das Gut stundenlang beobachtet, zu allen möglichen Tages- und Nachtzeiten, aber es gibt dort keine Frau in deinem Alter. Ich habe Don Vincenzo ein paar Mal gesehen, einmal war auch seine Frau mit im Auto, und es gibt einige Angestellte. Aber keine Lucia.«

Von wegen er geht da rein!

»Und jetzt?«, frage ich.

Er zieht eine Serviette aus dem Metallständer, der auf dem Tisch steht, und zerfieselt sie in winzige Stücke. »Keine Ahnung. Wahrscheinlich ist sie längst ausgezogen und wohnt gar nicht mehr dort.«

»Aber vielleicht auch nicht. Es ist unsere einzige Spur.« Die Enttäuschung brennt in meinem Magen. Ich dachte, Gaetano hilft mir, aber offenbar muss ich mich doch selbst darum kümmern. Und ich habe nur zwei Tage Zeit. Wie zur Hölle komme ich auf dieses Landgut? Ich zerlege einen Bierdeckel. Dann fällt mir etwas ein. »Ich wollte dich was fragen.«

»Ja?«

»Kannst du mir morgen dein Auto leihen?«

Überrascht schaut er mich an. »Warum?«

»Ich habe einen Fototermin außerhalb der Stadt.«

»Wo denn?«

»Irgendwo Richtung Trapani.«

»Soll ich dich fahren?«

»Das ist nett, danke. Aber ich treffe mich da mit einem Reporter, und es wäre mir peinlich, wenn der Papa mich bringt.« Ich grinse.

»Verstehe.« Erst sieht er ein bisschen beleidigt aus, aber dann zuckt er die Schultern. »Klar, du kannst den Punto morgen haben. Sozusagen als Geschenk.« Er zwinkert mir zu.

Ich lächle und die Enttäuschung lässt nach. Er hat es nicht vergessen. Morgen ist mein Geburtstag. Genau genommen unser Geburtstag.

»Überraschung!«, ruft Nunzia.

Sie hat mich in ein Restaurant in einer ziemlich dunklen Gasse geführt und wir sind ein paar Treppen in ein Kellergewölbe hinunter gestiegen. Als wir durch einen steinernen Bogen treten, macht sie eine ausladende Geste mit dem rechten Arm. »*Sorpresa!*«

Sie sind alle da. Ich schlage die Hände vors Gesicht und kneife die Augen zu, weil ich es nicht glauben kann, aber als ich sie wieder öffne, sitzen sie immer noch um den riesigen Tisch: Zio Calzone, Zia Mimma, *Nonno* und *Nonna*. Kein Silvo. Ich atme auf.

Ich beuge mich über die Stühle, um sie zu umarmen. Zia Mimma strahlt so sehr, dass ich ihre Zahnlücke sehe. Sie schmatzt mir knallende Küsse auf die Backe und ruft dazwischen mehrmals meinen Namen. Zio Calzone haut mir auf den Rücken, *Nonno* gibt höflich Bussi links Bussi rechts, und die *Nonna* tupft sich mit dem Taschentuch ein paar Tränen aus den Augenwinkeln. »*Mariiia*, dass ich das noch erleben darf«, ruft sie mit zitternder Stimme und reckt ihren knochigen Arm zur Decke.

Ich setze mich zu ihnen und zwei Kellner tragen Platten voller frittierter Teile heran. »*Frittura mista* ist eine Spezialität aus Palermo«, erklärt Nunzia. »Frittierte Mozzarellabällchen, frittierte und gefüllte Oliven, *panelle* kennst du ja schon, frittierte Reisbällchen mit verschiedenen Füllungen, frittierte Pizza Calzone.«

»Die nehme ich«, sagt Zio Calzone und lacht. Eigentlich heißt er Zio Calcedonio, aber weil der Name so kompliziert ist, hat Hanna ihn kurzerhand in Zio Calzone umbenannt. Wie ihre Lieblingspizza.

Eine weitere Platte landet auf unserem Tisch. »Das Beste ist die *paranza*.« Nunzias Augen leuchten. »Frittierter Fisch und frittierte Meeresfrüchte.«

Nonna legt ihr Gebiss auf das Tischtuch und schaufelt sich den Teller voll.

Wir essen, schreien, lachen und gestikulieren alle wild durcheinander und ich fühle mich unglaublich sizilianisch. Meine Wangen sind heiß und ich habe Frittierfett am Kinn, aber ich bin glücklich.

Plötzlich geht das Licht aus.

»*Tanti auguri a te ...*«, stimmt Nunzia an, und der Kellner trägt eine mehrstöckige Torte herbei, auf der Kerzen flackern. Sie werfen rötliche Lichtreflexe auf sein Gesicht. Es ist genau Mitternacht. Die anderen Gäste applaudieren und singen alle mit.

Tränen der Rührung steigen mir in die Augen. »Das ist der beste Geburtstag meines Lebens«, rufe ich und die Gäste grölen und klatschen noch lauter. Ein kleines Mädchen flitzt zwischen den Tischen umher. Erst bin ich irritiert. Ein Kind um diese Zeit im Restaurant? Aber dann denke ich daran, was Hanna heute hier für einen Spaß gehabt hätte. Nächstes Mal werde ich sie mitnehmen. In Gedanken verspreche ich es ihr.

Noch nie habe ich so eine bombastische Torte bekommen. Ein Stockwerk ist mit Ricottacreme, eines mit Pistaziencreme und eines mit Vanillecreme gefüllt. Ich esse so viel, dass mir fast schlecht wird.

Der Kellner räumt die Teller ab, Nunzia zahlt und wir schlendern durch die Gassen zu Nunzias Wohnung.

Zia Mimma und Zio Calzone schlafen in Nunzias Zimmer, *Nonna* und *Nonno* in der zweiten Kammer. Die drei Mitbewohnerinnen wurden anlässlich unseres Besuchs in eine andere WG ausquartiert. Ich bekomme das Sofa und Nunzia holt sich einen Liegestuhl vom Balkon, den sie neben mir aufbaut.

Beim Zähneputzen sehe ich *Nonnas* Gebiss zu, das in einem Wasserglas auf dem Rand des Waschbeckens dümpelt. Dann kuschle ich mich auf dem Sofa ein und muss die Beine anziehen, damit ich drauf passe. Das sind definitiv sizilianische Maße. Obwohl ich durch das Polster eine harte Holzkante spüre und Zio Calzones Schnarchen die ganze Wohnung zum Vibrieren bringt, schlafe ich selig ein. So fühlt sich Familie an.

Nach dem Frühstück brechen die vier in Zio Calzones staubigem Panda auf, zurück nach Santa Lucia. Der *Nonno* sitzt vorne, Zia Mimma und *Nonna* quetschen sich hinten rein.

»Wir sehen uns an Ostern«, ruft Zia Mimma aus dem Fenster und winkt. Zio Calzone hupt und *Nonna* hantiert schon wieder mit ihrem Taschentuch herum. Der Panda verschwindet um die nächste Ecke.

»Danke, Nunzia, das war toll«, sage ich. »Aber es wäre nicht nötig gewesen, so viel Essen zu bestellen. Ich weiß doch, dass du nicht so viel Geld ...«

»Scht!«, unterbricht sie mich. »Es war mir ein Vergnügen. Mach die keine Sorgen, für ein anständiges Geburtstagsessen reicht's schon noch.«

»Du musst unbedingt mal zu uns an den Ammersee kommen, dann lade *ich* dich ein.«

»Da kannst du Gift drauf nehmen. Aber jetzt bist du ja erst mal hier. Also, was machen wir?« Ihre zweifarbigen Augen strahlen.

Das schlechte Gewissen springt mich an. »Ich ... äh ... wollte Gaetano besuchen. Ich habe doch noch nie mit meinem Vater gefeiert ...«

»Ach so, klar.« Ihr Strahlen erlischt. »Dann gehe ich in die Uni.«

Es tut mir leid, dass ich sie enttäuscht habe. »Aber vielleicht hast du Lust, mich heute Nachmittag zu meinem Fototermin zu begleiten?«, sage ich schnell. »Um vier bei den Katakomben?«

Sie nickt und ihr Lächeln kehrt zurück. »*Yes*. Und heute Abend ziehen wir um die Häuser.«

»Also dann, bis später.« Ich hebe die Hand und mache mich auf den Weg zu meinem Vater.

Als Gaetano mir die Tür öffnet, sehe ich sofort, dass sein Hemd heute gebügelt ist. Er tritt von einem Fuß auf den anderen. »Komm rein, setz dich«, sagt er.

Auf dem kleinen Tisch in der Küche steht ein Kuchen mit weißem Zuckerguss, auf dem in Violett *Linda & Lucia* geschrieben steht, dazu eine *26*. »Den habe ich für euch gebacken.«

»Echt?«, flüstere ich. »Wie schön.« Daneben liegt ein Päckchen. »Was ist das?«

»Mach's auf.« Er nagt an seinem Daumennagel.

Ich versuche erst, das Geschenkband zu lösen, aber der Knoten ist zu fest zugezogen.

»Los, reiß es auf«, sagt Gaetano.

Ich ratsche an dem Papier und ein Fotoalbum kommt zum Vorschein. Auf der ersten Seite klebt ein Bild von Gaetano und Mitzi in ganz jung, vor einer Wiese mit Kühen.

»Wow«, sage ich.

»Das war in Utting. Sie war fünfzehn, ich siebzehn.«

Ich blättere weiter, sehe die Bilder einer jungen Liebe, die langsam wächst. Strahlende Gesichter, erst Gaetanos Grübchen in Schwarz-Weiß, später Mitzis rote Haare in Farbe.

»Gefällt es dir?« Gaetano sieht mich erwartungsvoll an.

»Das ist wunderschön«, krächze ich, denn natürlich bin ich mal wieder kurz davor, loszuheulen. »Danke.«

»Das sind alle Fotos, die ich aus meiner Zeit mit Mitzi habe.« Er zeigt mir Bilder von der Eisdiele, in der er gearbeitet hat, von Mitzi mit einem Dackel, ein Selbstauslöser-Foto von den beiden im Wald, ihre Fahrräder liegen achtlos am Boden. Dann München. Gaetano trägt Koteletten, Mitzi Schlaghosen. Junge Leute sitzen um einen Tisch, in der Mitte steht ein großer Topf Suppe. Mitzi mit Joint.

»Das war unsere WG.« Gaetano seufzt. »Wir haben nächtelang über Politik diskutiert.«

»Ihr seht auf den Bildern so glücklich aus.«

»Waren wir auch.«

Ich lasse das Album sinken und schaue ihn an. »Rede doch mit ihr. Komm uns an Ostern besuchen, wir sind in Santa Lucia.« Das klingt jetzt komisch, aber es ist die Wahrheit: »Wir wohnen sogar in deinem Haus.«

Er presst die Zähne zusammen, seine Kiefermuskeln treten hervor.

»Ist das ein Problem für dich?«

»Nein, nein. Im Gegenteil. Aber Mitzi zu treffen ...« Er schüttelt den Kopf. »Das ist keine gute Idee.«

»Tu es für mich.«

Er greift nach der lila Geburtstagsserviette, die neben seinem Teller liegt, und zupft an ihr herum.

»Bitte.«

Er schüttelt den Kopf.

»Hört euch doch einfach mal gegenseitig zu. Eure Versionen sind so verschieden ...«

Er lacht bitter auf.

»Dann lernst du auch endlich Hanna kennen.«

Sein Gesicht wird wieder weicher. »Mal sehen.«

»Ist das ein *Ja*?«

»Das ist ein *Vielleicht*.«

»Schlag ein.« Ich strecke ihm die Hand entgegen und er nimmt sie. Zum ersten Mal umarme ich ihn von mir aus, kurz und fest. »Danke noch mal. Das ist das schönste Geschenk, das ich je bekommen habe.« Ich lege es zurück neben die Torte und streiche über den Einband. »Das nehme ich später mit. Ich muss jetzt zu meinem Termin.«

Gaetano begleitet mich zu seinem Auto und gibt mir den Schlüssel. »Fahr vorsichtig.«

Ich glaube, das sagen alle Väter zu ihren Töchtern.

Diesmal biege ich an der Kreuzung nach rechts ab und fahre an den Weiden entlang. Das mit dem Termin war natürlich gelogen. Ich bin auf dem Weg zu Don Vincenzos Landsitz, und zwar allein.

Vielleicht bin ich wahnsinnig. Ja, wahrscheinlich bin ich das wirklich. Aber es ist unser Geburtstag und ich bin nur einen Atemzug von meiner Zwillingsschwester entfernt. Heute. Hier. Ich kann nicht mehr warten. Morgen geht mein Flug zurück nach Deutschland, das hier ist die einzige Chance, Lucia zu sehen.

Selbst wenn sie nicht mehr hier wohnt, finde ich vielleicht trotzdem irgendetwas über sie heraus. Und das mit der *lupara* ist doch Schwachsinn. Hoffe ich.

Ich fahre in einen Feldweg, schalte den Motor ab und setze die blauen Kontaktlinsen ein, die ich extra besorgt habe. Vor dem Abflug habe ich außerdem meine Haare noch mal nachblondiert und trage heute das Deutscheste, was ich im Schrank habe: alte Sneaker, Jeans und die Funktionsjacke, die Silvo so hässlich fand.

186

Diesmal bin ich vorbereitet. Und ich habe einen Plan.

Ich steige aus. Es riecht nach feuchter Erde und Mist. Letzten Sommer war hier alles verdorrt, aber jetzt stehen die Pferde bis zu den Sprunggelenken im hohen Gras.

Ich tauche unter dem Zaun durch und gehe über die Weide. Eines der Tiere hebt den Kopf und sieht mir entgegen. Eine Schimmelstute mit Kugelbauch. Bestimmt erwartet sie ein Fohlen. Ich gehe auf sie zu, strecke die Hand aus und die Stute schnüffelt daran. Ich streiche ihr über die samtige Nase.

»*Ehi, signora!* Was machen Sie da?«

Ich drehe mich um und sehe einen weißhaarigen Mann in Anzug und Krawatte auf mich zu eilen. Er läuft mit seinen schicken Schuhen direkt durch den Matsch und hinein ins feuchte Gras, das ihm die Hosenbeine nass macht. Ist das Don Vincenzo? Ein Gewehr hat er zumindest nicht dabei.

»Das ist Privatgrund!« Er fuchtelt mit dem rechten Arm, kommt trotz seines Alters erstaunlich schnell näher.

Mach jetzt keinen Fehler, Linda.

Ich atme tief durch. »*Mi scusi, signore*«, sage ich höflich. »Ich bin aus Deutschland und habe beim Vorbeifahren gerade Ihre wunderschönen Pferde gesehen.«

Er mustert mich misstrauisch.

»Ich bin Journalistin, für eine Pferdezeitschrift. Und ich schreibe gerade einen Artikel über Reiterferien in Sizilien.«

Er bleibt etwa zwei Meter entfernt stehen. »Wir bieten keine Reiterferien an.«

»Schade. Aber die Kulisse wäre ein Traum für ein paar Fotos.« Ich zeige auf meine Kamera. Er schüttelt den

Kopf und will etwas sagen, aber ich rede einfach weiter. »Dürfte ich vielleicht Ihr Landgut besichtigen? Ich bin schon länger auf der Suche nach einer *masseria*, die ich für den Artikel fotografieren kann. Ihr Anwesen scheint mir ein ganz besonderes Schmuckstück zu sein. Und dann dieses herrliche Pferd. Bestimmt eine bekannte Zuchtlinie.« Ich streiche der Stute über ihren zierlichen Hals. »Araberblut, richtig?«

Ein kleines Lächeln huscht über sein Gesicht. Ich hab ihn. Seine Pferde sind der Schlüssel.

»Ja«, sagt er. »Gute Mutterstute. Sie trägt von Farid.«

»Ach wirklich?«

Er nickt. »Ein deutscher Deckhengst, wir haben seinen Samen einfliegen lassen. Kennen Sie den? Wenn Sie über Pferde schreiben, müsste er Ihnen ja ein Begriff sein.«

Nie gehört.

»Äh ... ja klar!«, sage ich. »So ein typvoller Hengst.«

»Er führt das Blut von Gazal XII.«

»Wow! Waren Sie mal in Deutschland, um Farid live bei einer Zuchtschau zu sehen?«

»Ich würde gerne, aber das geht leider nicht.«

»Schade. Warum denn?«

Er winkt ab. »Woher kommen Sie genau?«

Eigentlich sieht er ganz nett aus, jedenfalls nicht wie ein Killer. Besser, ich sage wenigstens einmal die Wahrheit. Je mehr ich lüge, desto mehr Fallstricke spanne ich mir damit. »Vom Ammersee, in der Nähe von München.«

»Ah!« Er klatscht in die Hände. »Oktoberfest! FC Bayern!« Das finden alle Italiener toll, sogar Mafiosi.

»Ja genau!«, rufe ich und strahle ihn möglichst unschuldig an.

188

»Ich mag Deutschland. Dort gibt es die besten Pferde.«
Er mustert mich noch mal von oben bis unten, wie ich da in meiner Funktionsjacke herumstehe und seine Stute streichle.

Entspann dich, Linda, sage ich mir. Du bist eine harmlose Touristin. Du hast keine Ahnung, wen du vor dir hast. Du willst nur Pferde fotografieren.

»Ach, wissen Sie was? Wollen Sie einen *caffè*? Dann können wir ein wenig plaudern. Es kommt nicht oft jemand vorbei, der sich mit Pferden auskennt.«

Es hat funktioniert!

Ich lächle ihn an. »Sehr gerne.«

»Aber keine Fotos.«

»Klar, kein Problem.«

Jajaja, danke Universum, du bist das beste Universum der Welt, dankedankedanke. Ich würde am liebsten losschreien und herumhüpfen, aber ich marschiere langsam und höflich hinter ihm her.

Lucia, ich komme.

Als wir durch ein schmiedeeisernes Tor gehen, richtet sich eine Kamera auf mich. Schnell schaue ich auf den Boden. Der Mann führt mich durch eine Parkanlage, vorbei an einem Brunnen, in dessen Mitte ein steinernes Pferd aufragt. Weiter durch antike Stallgebäude aus Naturstein bis zu einer Kapelle.

»Die *masseria* stammt aus dem sechzehnten Jahrhundert«, erklärt er und zeigt mit einer weitschweifigen Geste über das Anwesen, das eigentlich mehr ein kleines Dorf ist als ein Bauernhof. »Bei der Renovierung der Kapelle haben wir antike Fresken freigelegt.«

»*Fantastico.*«

Dann geht es vorbei am Haupthaus, auch hier folgt uns eine Kamera, die über einem der Fenster angebracht ist. »Hier wohnt der Gutsverwalter«, sagt der Mann.

Irritiert schaue ich an dem Gebäude entlang, das bestimmt Platz für zehn Leute bietet. »Ach so, ich dachte, dass Sie ...«

Er lacht. »Ich wohne da.« Er führt mich um das Haupthaus herum. Etwa fünfhundert Meter weiter ragt eine apricotfarbene Villa mit barocken Säulen und Stuck auf, die garantiert noch keine dreihundert Jahre alt ist. Als ich den Pool sehe, oder besser die Badelandschaft, haut es mich fast aus den Latschen. Hier sieht es aus wie in einem Luxus-Resort. Eine Freitreppe führt zu einer Terrasse, die vollständig mit weiß-blauen Maiolika-Fliesen belegt ist. »Die stammen aus einem antiken *palazzo*«, erklärt der Mann stolz, als er meinen Blick sieht.

»*Bellissimo*«, sage ich.

Er lächelt geschmeichelt und zeigt auf eine Sitzgruppe. In die Tischplatte ist ein Mosaik eingelassen. Bestimmt Originalsteine von den berühmten Bikinimädchen aus der römischen Villa in Piazza Armerina. Mindestens.

»Setzen Sie sich doch.«

Ich rücke mir einen Stuhl zurecht und schaue über Palmwipfel hinweg in die Hügellandschaft hinter Palermo. Wie war das? All seine Einnahmen aus Prostitution und Drogenhandel hat er hier investiert?

»Ich habe mich noch gar nicht vorgestellt, bitte entschuldigen Sie.« Ich strecke ihm die Hand hin. »Mein Name ist Monika Schneider.«

Er nimmt sie und sagt: »Vincenzo Lo Giudice.«

Er ist es wirklich.

190

Der nette Herr, der mir gegenübersitzt, ist ein Erpresser, ein Entführer, ein Mörder. Ich schlucke.

»Giuseppiii!«, schreit er ins Haus und murmelt dann: »Ausgerechnet heute hat sie dem Personal freigegeben.«

»*Che c'è?*«, höre ich eine heisere Frauenstimme von drinnen.

»Mach Espresso, wir haben Besuch.«

»Besuch? Heute?«

Ich höre wütende Schritte. Eine Frau mit Sonnenbrille und einem schwarzen Kostüm schießt aus der Tür, bleibt abrupt stehen und starrt mich an. »Wer ist das?«

Don Vincenzo winkt ab. »Nur eine Pferdeliebhaberin, *tesoro*. Aus Deutschland.«

Die Frau mustert mich mit herabgezogenen Mundwinkeln, dann fällt ihr Blick auf die Füße ihres Mannes. »Bist du wieder mit den guten Schuhen bei deinen Gäulen gewesen? Wehe, du betrittst damit das Haus.«

»Mach uns einen *caffè*, ja?«

»Ausgerechnet heute. Das sieht dir ähnlich.« Sie dreht sich um, rauscht hinein und ich höre ihre Schritte davonklackern.

Don Vincenzo hebt die Hände. »Bitte entschuldigen Sie, heute ist ein schwieriger Tag für sie.«

»Das tut mir leid. Warum denn?«

Er winkt ab. »Also, wo waren wir stehen geblieben?«

»Äh ...« Ich habe mich zwar generell in das Thema Pferde eingelesen, aber von Araberzucht habe ich keinen blassen Schimmer. »*Scusi*, dürfte ich wohl mal auf die Toilette?«

»Wenn Sie reingehen, gleich links in den Flur und dann die erste Tür rechts.«

»Danke.«

Ich versuche, nicht zu zittern. Streife vor der Terrassentür die dreckigen Schuhe ab, gehe langsam hinein und
schaue mich um. Nur kurz, denn auch hier hat mich bereits eine Überwachungskamera ins Visier genommen.
Keine Chance, ein bisschen herumzusuchen. Ich gehe
durch einen riesigen Salon mit antiken Möbeln und Ge-
mälden, die verdammt echt aussehen. Links geht ein Flur
ab, einer anderer rechts, und geradeaus sehe ich durch
zwei große Flügeltüren eine Halle, von der eine Treppe
ins obere Stockwerk führt. Außer Geklapper im linken
Flur ist es still in der Villa. Ich nähere mich den Geräu-
schen, die Tür zur Küche steht einen Spalt offen, die
Dame im Kostüm füllt mit dem Löffel Espressopulver in
eine *bialetti*. Sie hat die Sonnenbrille abgesetzt und ich
sehe, dass Tränen über ihre Wangen laufen. Ich schleiche
mich vorbei und gehe auf die Toilette.

Als ich zurückkomme und wieder in meine Sneaker
schlüpfe, schaut mir der Mann erwartungsvoll entgegen.
»Über welche Arabergestüte haben Sie denn schon geschrieben?«

»Also ... äh ... zum Beispiel ... äh ...«, stottere ich. »*Arabi-
an Dreams*. In der Nähe von München.«

Gerade eben frei erfunden.

»Kenne ich nicht. Und sonst noch?«

Ich kralle unter dem Tisch die Hände ineinander. »Und
... äh ... das Haupt- und Landgestüt Marbach.« Puh, da
war ich mal auf einem Schulausflug.

Sein Gesicht hellt sich auf. »Ja, davon habe ich gehört.«

»Wundervolle Pferde, nur Schimmel. Wenn Sie mal
nach Deutschland kommen, müssen Sie unbedingt zu-

schauen, wie die durch den alten Gutshof getrieben werden«, plappere ich drauflos. Hauptsache, er stellt mir keine entlarvenden Fragen mehr. »Ein sensationelles Bild, die Araber im Morgennebel an dem antiken Brunnen. Und natürlich dürfen Sie sich als echter Pferdekenner die Gestütsparade nicht entgehen lassen.«

Er nickt begeistert. Dann schaut er mich plötzlich so komisch an. »Irgendwie kommen Sie mir bekannt vor. Ich weiß nicht ... Die Art, wie Sie reden ...«

»Wirklich?« Mir wird heiß. »Das kann nicht sein. Ich bin zum ersten Mal in Sizilien.«

Er kneift die Augen zusammen. Bestimmt sieht er mir an, dass ich lüge. Nicht rot werden, Linda. Tief ein und aus atmen.

»Und für welche Zeitschrift schreiben Sie noch mal?«

Bevor ich mir die nächste Lüge aus der Nase ziehe, stürmt seine Frau wieder aus der Terrassentür und knallt uns die Tassen auf den Tisch. Ich rühre einen Löffel Zucker hinein und trinke den Espresso in einem Schluck. Ich sollte jetzt schleunigst abhauen.

Irgendwie war das hier alles zu einfach. Vielleicht war gar nicht ich die kluge Journalistin, die sich bei ihm eingeschlichen hat, sondern er der berechnende Boss, der mehr über mich erfahren wollte? Ich muss hier weg.

»Dieses Mistvieh schon wieder!«, keift die Frau und zeigt auf eine winzige Katze, die über die Freitreppe zu uns hochgehüpft kommt. Sie ist schwarz-weiß und so klein, dass sie sich anstrengen muss, um die Stufen zu schaffen. Die Ohren und Pfoten sind überdimensional groß und sie ist so mager, dass ihre Wirbelsäule hervorsteht und ich ihre Rippen unter dem struppigen Fell sehe.

»Ich ersäuf das räudige Biest im Brunnen«, faucht die Frau.

Ersäufen? Sofort springt mein Mutterherz an. Alarmiert schaue ich den Don an. Das Katzenbaby fiept. Ein jämmerlicher, hoher Ton.

»Ich mach das schon.« Er steht auf und geht langsam auf das Tier zu. Ich umklammere die Sitzfläche des Stuhls. Die Katze trabt auf ihn zu und streicht ihm um die Beine. Der wird doch jetzt nicht wirklich dieses hilflose Ding ertränken?

Er ist ein Killer. Der hat schon ganz andere Sachen gemacht. Ich schlucke. Nein, das kann ich nicht mit anschauen. Er nimmt die Katze mit einer Hand hoch, sie passt genau hinein und ihre Pfötchen hängen über seinen Zeigefinger. Sie fiept wieder. Wenn er jetzt zudrückt, war's das.

»Voller Zecken und Flöhe!« Die Frau zieht die Mundwinkel noch weiter nach unten. »Erledige das endlich. Ich will das verlauste Biest nicht mehr sehen.« Sie marschiert wieder nach drinnen.

»Ich glaube, ich muss jetzt gehen«, sage ich heiser.

»Warten Sie, ich komme gleich zurück.«

Wenn ich jetzt abhaue, ist das total auffällig. Dann merkt er sofort, dass ich nicht die bin, für die ich mich ausgebe. Deshalb zwinge ich mich zuzusehen, wie er mit der Katze die Treppe hinunter in Richtung Brunnen geht.

Tränen steigen mir in die Augen. Soll ich das Kätzchen einfach mitnehmen? Aber wohin? In Nunzias Studentenbude? Zu Gaetano in die Werkstatt? Ich springe auf, laufe zur Balustrade, sehe, wie er auf den Brunnen zugeht. Ich will ihm hinterherrufen. Halt, will ich schreien, ich nehme die Katze mit, aber die Angst drückt mir die Kehle zu.

Er geht am Brunnen vorbei.

Ich atme auf, beobachte, wie er die Tür zu einem Schuppen öffnet. Er verschwindet darin. Was will er da? Holt er jetzt einen Sack, mit dem er das Kätzchen im Wasser versenkt? So macht man das doch, wenn man Babykatzen loswerden will.

Als er wieder herauskommt, trägt er in der linken Hand noch immer das fiepende Tierchen, und in der rechten eine winzige Flasche. Die Minikatze strampelt und als er ihr den Sauger hinhält, fängt sie an zu nuckeln und stößt dabei mit dem Kopf, als würde sie die Zitze ihrer Mutter suchen. Ich glaube, so etwas Rührendes habe ich noch nie gesehen.

Als die Flasche leer ist, kommt der Boss wieder zum Haus zurück. Er steigt die Treppe hoch, setzt sich, das Kätzchen kuschelt sich in seine Armbeuge und schläft sofort ein.

»Ist die süß«, sage ich.

»Ein kleiner Kater.« Er streichelt ihn versonnen. »Ich habe ihn auf der Schnellstraße gesehen, ganz alleine, mitten auf der Fahrbahn. Ich habe angehalten und ihn auf die Seite getragen, damit er nicht überfahren wird. Als ich zwei Stunden später zurückkam, saß er wieder auf der Straße. Da habe ich ihn mitgenommen.«

»Man sagt, nicht wir suchen unsere Haustiere aus, sondern die Tiere suchen uns aus.«

Er lacht auf. »Das kann gut sein. Ich mag Tiere lieber als Menschen. Sie kennen keine Missgunst, keine Rache und sie können nicht lügen.«

»Da haben Sie recht. Der Kleine wird es Ihnen jedenfalls danken.«

»Wollen Sie ihn haben? Sie können ihn mitnehmen. Meine Frau kann ihn nicht ausstehen.«

»Das geht leider nicht, ich bin mit dem Flugzeug hier. Aber meine Tochter hätte sich riesig gefreut.«

»Ach, Sie haben auch eine Tochter?« Seine Augen blitzen kurz auf. »Entschuldigen Sie meine Frau. Sie meint es nicht so. Jeder geht mit Trauer anders um, wissen Sie.« Er zögert. Dann sagt er: »Heute wäre der Geburtstag *unserer* Tochter gewesen.«

Mein Herz rast. »Wäre?«

Er winkt ab.

Mein Handy klingelt. Scheiße. Ausgerechnet jetzt.

»Das ist meine Mutter«, sage ich entschuldigend. »Ich rufe sie später zurück.«

»Gehen Sie ruhig dran.«

Verdammt. Wenn ich nicht abhebe, wirkt es verdächtig. Ich hole das Handy wieder aus der Tasche, lasse mir Zeit, damit es von selbst aufhört zu klingeln, aber es hört einfach nicht auf. Ich hebe ab. »Ja?«

Aus dem Hörer schallt *Happy birthday*. Hanna, Mitzi und Uwe plärren, was das Zeug hält. Sie scheppern nur so aus dem Lautsprecher. Gut hörbar für den Boss.

Er schaut mich an, als würde er aus einem Traum aufwachen. Ich halte den Hörer zu, doch das Geburtstagslied dringt durch meine Hand. Ich schalte das Handy aus. Sein Blick wird zu Eis.

Ich bin aufgeflogen.

Katakomben

»Danke für den *caffè*«, sage ich, stecke das Handy weg und stehe auf. »Ich muss jetzt wirklich los.«

Ich halte die Luft an, gehe die Treppe hinunter. Nicht umdrehen, Linda. Vor allem nicht rennen.

Am Brunnen vorbei.

»Warten Sie!«, ruft er.

Ich hebe die Hand zum Gruß, gehe weiter durch die Parkanlage, starre stur nach vorne. Die Videokameras verfolgen mich. Bittebittebitte, keine *lupara*. Als ich die Weide erreiche und den Punto sehe, lege ich einen Zahn zu. Während ich durch die feuchte Wiese pflüge, fummle ich den Autoschlüssel aus der Jackentasche. Jetzt bloß nicht fallen lassen. Den finde ich im hohen Gras nie wieder.

»Warten Sie!«

Ich springe ins Auto, knalle die Tür hinter mir zu, lasse den Motor an. Verdammt, ich brauche vier Manöver, um umzudrehen. Bei Miss Undercover stehen die Autos immer richtig rum. Ich werfe einen letzten Blick über die Weide. Der Don rennt auf mich zu. Ich gebe Gas und unter den Reifen spritzen Kiesel davon.

Erst, als ich auf der Straße nach Palermo bin, fahre ich rechts ran und löse meine Hände vom Lenkrad. Sie haben feuchte Abdrücke hinterlassen. Verdammte Scheiße, er hat mich erkannt. Er weiß, wer ich bin. Und sein Anwesen ist voller Überwachungskameras. Ich zittere am ganzen Körper. Und jetzt weiß er sogar, dass ich eine Tochter habe. Am liebsten würde ich laut schreien. Nunzia hatte recht. Ich bin so was von naiv.

Beruhige dich, Linda, sage ich mir. Ich lehne den Kopf zurück und schließe die Augen. Einatmen. Ausatmen. Du hast es geschafft, abzuhauen. Mein Puls verlangsamt sich etwas und ich kann wieder klar denken. Lucia ist also nicht mehr da. Aber warum Trauer? Ist sie gestorben? Oder haben sie sich einfach nur zerstritten?

Lucia, wo bist du?

Ein langgezogenes Hupen holt mich aus meinen Gedanken. Ich reiße die Augen auf, ein dunkler SUV rauscht heran. Hat der Don mir seinen Gutsverwalter hinterher gehetzt wie einen scharfen Hund? Der Wagen wird langsamer, hält neben mir. Die verdunkelte Scheibe fährt mit einem Sirren herunter.

»Alles in Ordnung?« Ein Mann mit einer Tätowierung am Hals schaut mich prüfend an. »Brauchen Sie Hilfe?« Ich glaube, es ist ein Drache oder so was.

Ich schüttle den Kopf. »Nein, danke. Ich habe nur telefoniert.« Ich halte das Handy hoch. Meine Hand zittert immer noch.

Der Mann nickt, die Scheibe schließt sich, er fährt weiter. Ich atme aus und lasse den Motor an. Nunzia wartet bestimmt schon auf mich.

Wir steigen hinab ins Reich der Toten. Schritt für Schritt tauchen wir immer tiefer in Palermos Unterwelt ein. Unten schluckt uns ein düsterer Gang. Hier hängen

Mumien, drei Reihen, bis zur Decke hinauf, und greifen mit ihren knochigen Händen nach uns. Wie viel Erde liegt über uns? Ich fühle mich lebendig begraben zwischen all den Toten, die mich mit verzerrten Mündern angrinsen. Ein dumpfer Geruch hängt hier unten fest. Bestimmt wird die Luft bald knapp. Atmen, Linda. Immer schön weiteratmen.

Ich mache ein Foto von zwei Männern in kostbaren Gewändern, die nebeneinander sitzen und aussehen, als hätten sie sich gerade eben noch unterhalten. Der eine hält den Kopf geneigt, nur eine dünne Hülle aus pergamentener Haut spannt sich über seine Knochen. Am Hinterkopf steht ein Büschel Haare vom Schädel ab. Der andere schaut ihn an, ein Loch an der Schläfe, die Hände im Schoß gefaltet.

»Ist das gruselig«, flüstere ich. »Die sehen aus, als würden sie zum Leben erwachen, sobald die Touristen abends weg sind.«

Nunzia grinst. »Wer weiß.«

Gegen ein paar Touristen hätte ich ehrlich gesagt nichts einzuwenden, aber wir sind allein. Außerhalb der Saison, unter der Woche, am frühen Nachmittag. Trotzdem fühle ich mich beobachtet. Tausend leere Augenhöhlen starren uns an.

Hinter mir klappert etwas und ich fahre herum. Ist da jemand? Nein. Niemand zu sehen.

Wir tauchen in endlose Reihen voller Zahnlücken, Hautfetzen, Haarreste und Augenbrauen ein. Die Mumien sind an der Wand befestigt, wahrscheinlich, damit sie nicht nach vorne auf die Besucher fallen. Bei einem Totenschädel ist der Draht durch das dreieckige

Loch der Nase und die runde Augenhöhle gezogen. Sieht irgendwie nach Folterkammer aus.

Hat sich da hinten etwas bewegt? Blödsinn. Jetzt nur nicht hysterisch werden.

»Wie viele sind denn das?«, frage ich Nunzia.

»Über zweitausend. Insgesamt gibt es fünf Korridore. Einen für Männer, einen für Frauen, einen für Priester und einen für die Kapuzinermönche.« Sie biegt ab. »Und der hier ist für die *professionisti*.«

»Hä?«

»Ärzte, Rechtsanwälte, Lehrer, Künstler, Politiker, Offiziere. Im achtzehnten Jahrhundert wurde hier die Oberschicht von Palermo bestattet. Das war damals in Mode.«

An der Wand hängt ein Schild mit der Aufschrift *preti*, wie ein Straßenname. »Hier sind die Priester«, sage ich.

»Und hier ist der Raum für Kinder.« Nunzia zeigt auf einen Durchgang. »Sie sind alle zusammen in einem Zimmer untergebracht, damit sie im Jenseits miteinander spielen können.«

Ich betrachte ein Baby-Skelett, dahinter sitzt ein Mädchen mit weißer Haube. Es ist ungefähr so alt wie Hanna. Meine Brust wird eng und ich ringe nach Luft. Die Mumien scheinen enger zusammenzurücken. »Und wo ist Rosalia?«

»Da drüben.« Nunzia geht vor, ich folge ihr, vorbei an Regalen voller Totenschädel. Vor einem Kindersarg bleibt sie stehen. »Das ist Rosalia Lombardo, unsere *sleeping beauty*.«

Wegen ihr bin ich hier. Sie ist mein echter Fototermin für das Reisemagazin. Mister Rolex hat mir den Auftrag erteilt, die schönste Mumie der Welt für das Sizilien-Special abzulichten und mir dafür sogar eine Sondergenehmigung besorgt. Hier unten ist Fotografieren eigentlich verboten, weil das Blitzlicht den Mumien schadet. Ich halte mich an meiner Kamera fest. Will nicht hinschauen. Aber ich muss. Unter einer Glasscheibe liegt ein kleines Mädchen mit runden Backen und einer Schleife im lockigen Haar. Sie sieht aus wie eine Puppe.

»Rosalia ist mit zwei Jahren an der spanischen Grippe gestorben«, erklärt Nunzia.

Ich zoome sie heran, ihre Augen sind geschlossen, die Wimpern lang und gebogen. Hinter uns klackert etwas. Ich fahre herum. »Hast du das gehört?«

Nunzia lauscht. »Schritte. Bestimmt ein Tourist.«

Ich mache Fotos aus verschiedenen Perspektiven, dann schlendern wir wieder durch die Gänge und ich suche nach weiteren Motiven. Wenn ich schon mal die Gelegenheit habe, hier unten zu fotografieren, lege ich mir gleich ein Mumien-Archiv an. Man weiß ja nie.

Ich halte die Kamera auf ein paar aufgerissene Münder, aus denen einzelne Zähne ragen, der Zoom verrutscht mir und ich sehe ein Gesicht, das verdammt lebendig aussieht. Ich zucke zurück. Da. Am Ende des Ganges steht jemand und schaut zu uns rüber. Dunkel gekleidet. Er hält sich halb hinter einer Mauerecke versteckt, will wohl nicht, dass wir ihn bemerken.

Ich greife nach Nunzias Arm. »Da steht einer.«

»Ja und?«

»Der schaut sich nicht die Mumien an, der beobachtet *uns*. Schau doch, er versteckt sich.«

Sie macht sich groß und ruft laut »*Buona sera*« in den Gang hinein. Der Mann verschwindet.

»Siehst du, das ist kein Tourist«, flüstere ich.

»Vielleicht hauen wir besser ab.« Nunzia geht betont langsam aber mit hoch aufgerichtetem Oberkörper auf den Ausgang zu. Ich muss mich beherrschen, um nicht loszurennen. Bestimmt stehen die Mumien gleich auf, torkeln durch den Gang und schneiden uns den Weg ab.

Da ist er, drückt sich an die Wand. Wir müssen an ihm vorbei, also marschieren wir weiter. Ich halte die Luft an. Aus den Augenwinkeln sehe ich eine Tätowierung an seinem Hals. Scheiße. Das ist der Typ aus dem SUV.

»*Buona sera*«, sagt er und tritt uns in den Weg. »Ich würde gerne kurz mit Ihnen sprechen.«

Nunzia packt mich am Arm, rennt die Treppe hoch und zieht mich mit.

»Halt!«, ruft er.

Noch fünf Stufen.

Nunzia wirft sich gegen die Tür, Luft, Licht, wir sind draußen. Sie rennt weiter, in eine Gasse hinein, scharf rechts um eine Häuserecke und wieder durch eine Gasse, die so eng ist, dass nur Fußgänger hindurchpassen. Endlich bleibt sie stehen.

»Wer war das?«, japse ich.

»Sag du es mir.«

Meine Knie werden wackelig, als könnten sie mein Gewicht nicht mehr lange halten. Ich setze mich auf einen Mauervorsprung. Das kann ich ihr unmöglich sagen. Wenn ich beichte, dass ich bei Don Vincenzo war und auch noch aufgeflogen bin, will sie nie wieder etwas mit mir zu tun haben.

Nunzia schaut mich streng an. »Linda, gibt es irgendetwas, das du mir sagen musst?«

Ich schüttle den Kopf.

»Erklär mir, warum so ein Typ hinter dir her ist.«

»Keine Ahnung.«

Nunzias Gesicht sieht hart aus. »Ich wusste es. Ich wusste, dass du irgendeine Scheiße bauen wirst.«

Ich schlucke.

»Raus damit, wer ist das?« Sie läuft in der Gasse hin und her. »Du fliegst morgen zurück nach München. Du bist dann weg. Aber der Typ hat dich mit mir gesehen. Und ich lebe in Palermo, kapierst du das? Ich kann nicht einfach abhauen.«

Ich schaue auf meine Schuhspitzen. So eine verdammte Scheiße. Die haben bestimmt auch Gaetanos Autonummer. Das wollte ich nicht. Ich muss das irgendwie wieder ausbügeln. Mein Kopf rattert. Was soll ich bloß tun?

»Dabei habe ich endlich eine Spur«, redet sie weiter. »Ich wollte es dir heute sagen, sozusagen als Geschenk zu deinem Geburtstag.«

Ich hebe den Kopf. »Echt? Erzähl.«

»Genau. Weil du so besonnen und vernünftig mit Informationen umgehst.« Sie haut sich mit der flachen Hand auf die Stirn.

»Bitte Nunzia. Ich weiß wirklich nicht, wer der Typ war, ich hab den noch nie gesehen«, lüge ich. Ich muss erfahren, was sie für eine Spur hat. »Vielleicht wollte er uns nur anbaggern.«

»Das glaubst du doch selbst nicht.«

»Bitte.«

Sie seufzt. »Was soll's. Ist jetzt eh schon egal.« Dann lässt sie sich auf dem Mauervorsprung neben mir nieder,

der nach Katzenpisse stinkt. »Hast du schon mal von dem Programm *Liberi di scegliere* gehört?«

Ich schüttle den Kopf.

»Darüber haben wir neulich in einer Vorlesung geredet. Pass auf. Es gibt einen Familienrichter an einem Jugendgericht in Reggio Calabria, der seit Jahrzehnten *'Ndrangheta*-Fälle verhandelt. Er hat immer wieder erlebt, dass erst den Bossen, dann ihren Kindern und schließlich den Enkeln der Prozess gemacht wird, weil die Mitgliedschaft einfach weitervererbt wird. Und der Staat versagt. Selbst wenn Väter, Onkel und großen Brüder alle im Knast sitzen, kommen immer neue Mitglieder nach. Das hört nie auf. Die Kids gehen zum Teil nicht in die Schule, und die Sozialarbeiter und Behörden kommen nicht an sie ran, weil die Familien zusammenhalten und jeden, der sich einmischt, mit dem Tod bedrohen.«

Ich denke an Mario und ein Stich fährt durch meinen Magen. Was er wohl alles erlebt hat?

»Sobald sie mit vierzehn strafmündig sind, werden viele von ihnen zum ersten Mal verurteilt.«

»Und das schreckt die Kids nicht ab?«

Nunzia lacht auf. »Ach was. So ein Gefängnisaufenthalt ist doch eine Auszeichnung für die. Wer nicht mit der Staatsanwaltschaft kollaboriert, steigt in der Hierarchie auf. Die zünden sogar Feuerwerke, wenn einer freigelassen wird. Und dann kehren sie zurück in ihr altes Leben, begehen weiter Straftaten, werden entweder wieder verhaftet oder sind flüchtig und verstecken sich für den Rest ihres Lebens in irgendeinem Schafstall in den Bergen.«

Ich schlucke. »Und die Mütter schauen einfach dabei zu, wie ihre Kinder ins Verderben rennen?«

An Nunzias Mundwinkel bildet sich eine traurige Falte. »Die haben oft nicht den Mut, sich gegen ihre Männer aufzulehnen. Die Ehen werden zwischen den Clans arrangiert, um die Machtgefüge zu festigen. Das sind keine Liebeshochzeiten.«

»Das ist ja wie früher in den Königshäusern.«

»*Yes!* Und für die Frauen ist es lebensgefährlich, sich von ihrer Familie zu lösen. Es gab mal einen Fall, der durch die Presse ging. Da haben sie eine erwischt, die abgehauen ist. Die haben sie Salzsäure trinken lassen.«

Stimmt, das hat mir Mario auch erzählt. Was für eine Scheißkindheit.

»Und, was ist jetzt mit diesem Richter?«, frage ich.

Nunzias Augen funkeln. »Er hatte eine geniale Idee. Er entzieht den Mafiafamilien das Sorgerecht für ihre Kinder.« Sie klatscht triumphierend in die Hände, als wäre es ihre Idee gewesen.

»Waaas?« Ich brauche einen Moment, um diese Information sacken zu lassen.

»Es ist eigentlich ganz simpel. Wenn die Gefahr besteht, dass ein Kind durch seine Eltern psychischen oder physischen Schaden erleidet, kann man es aus der Familie nehmen.«

Ich nicke. »Das ist ja wohl der Fall.«

»Allerdings. Und dadurch haben die Jugendlichen die Chance, eine andere Welt kennenzulernen, werden der Kontrolle ihrer Clans entzogen, bekommen eine Schulbildung und haben später die Freiheit, selbst zu entscheiden, was für ein Leben sie führen möchten.«

»Sie sind *liberi di scegliere*«, sage ich.

Nunzia nickt. »Genau.«

»Aber die Mafiosi lassen ihre Kinder doch nicht einfach so ziehen, oder?«

»Nein, die werden natürlich versteckt. Sie bekommen neue Identitäten und leben anonym an geheimen Orten, bis sie volljährig sind. Sie werden in irgendwelchen betreuten Wohngruppen unter andere Jugendliche gemischt.«

Ob es Mario auch auf diese Weise geschafft hat, sein Dorf und seine Familie zu verlassen? Ist das sein großes Geheimnis, über das er nicht reden will? Ich muss ihn unbedingt fragen, und außerdem muss ich ihm dringend klar machen, dass ich bei Silvos Überraschungsbesuch nichts mit ihm hatte. Aber jetzt geht es erst mal um meine Schwester.

»Okay, das ist wirklich genial«, sage ich. »Aber was hat das mit Lucia zu tun? Das ist doch in Kalabrien.«

»Dieser Richter hat sich mit der größten italienischen Antimafia-Organisation und der Kirche zusammengetan, um das Programm in ganz Italien umzusetzen. Das ist eine Riesensache, mittlerweile können sogar die Mütter zusammen mit ihren Kindern untertauchen. Die arbeiten seit Jahrzehnten daran.«

»Trotzdem.« Ich schüttle den Kopf. »Lucia ist jetzt sechsundzwanzig, sie ist lange volljährig. Sie wäre schon seit acht Jahren nicht mehr in dem Programm drin ...«

»Ja und? Glaubst du, mit ihrer neuen Identität stand sie wieder bei Don Vincenzo auf der Matte und hat *ciao papà* gesagt?«

»Und wo ist sie jetzt?«

»Keine Ahnung.« Nunzia hebt die Arme. »Ich höre mich mal um.«

»Und das braucht wieder seine Zeit, richtig?«

»Genau.«

Ich seufze.

Sie steht auf und sieht sich um. »Okay, der Typ ist uns nicht gefolgt. Vielleicht war es wirklich nur irgendein Spinner. Gehen wir nach Hause.«

»Ich muss Gaetano noch sein Auto zurückbringen, ich ruf dich dann an.«

»Alles klar.«

Wir gehen zusammen bis zur nächsten Ecke, wo Nunzia rechts abbiegt. Ich laufe zurück zum Parkplatz bei den Katakomben. Verdammt, wie kann ich das nur wieder gutmachen? Was, wenn Don Vincenzo jetzt Nunzia oder Gaetano verfolgt, um an mich ranzukommen? Das kann ich nicht zulassen.

An der Ecke bleibe ich stehen und scanne den Parkplatz. Hier sind ungefähr zwanzig Fiat Pandas und zehn Fiat Puntos. Gibt es auf dieser blöden Insel eigentlich irgendeine andere Automarke? Zumindest ist der Parkplatz menschenleer. Ich atme auf, krame in der Jackentasche nach dem Autoschlüssel und marschiere auf Gaetanos Wagen zu. Erst als ich die Tür hinter mir zumache, fühle ich mich sicher.

Zum Glück ist es nicht weit bis zu Gaetanos Wohnung. Ich finde einen Parkplatz direkt vor dem Haus, und er ist sogar groß genug, dass ich einparken kann, ohne die Stoßstangen der anderen Autos zu rammen.

Ich steige aus, gehe zur Tür, will gerade den Finger auf den Klingelknopf drücken, da tritt jemand aus einer Toreinfahrt direkt neben mir.

Ich erstarre. Der Typ mit dem Tattoo.

»Scht!« Er legt den Zeigefinger auf seine Lippen. »Keine Angst, *signorina*. Don Vincenzo möchte nur mit Ihnen reden. Ich bringe Sie jetzt zu ihm.«

Ich spüre seinen eisernen Griff um meinen Arm und etwas Hartes im Rücken. Eine Pistole? Ein Messer? Soll ich schreien?

Könnte ich eh nicht, bin wie gelähmt.

»Keinen Aufstand, sonst nehmen wir den Besitzer dieses Wagens gleich mit. Ihr Vater, richtig?«

Ich schlucke.

»Schlüssel.« Er streckt mir den linken Arm entgegen und ich lasse den Schlüsselbund in seine gekrümmte Hand fallen. »Einsteigen.« Wie eine ferngesteuerte Puppe setze ich mich auf den Beifahrersitz.

Der Typ macht die Tür hinter mir zu, nimmt auf dem Fahrersitz platz und streckt wieder den Arm aus. »Handy.« Ich reiche ihm mein Telefon. Hauptsache Gaetano passiert nichts. Der Typ lässt den Motor an und ich schicke ein Stoßgebet ans Universum.

Die Höhle des Löwen

»Aha. Die kleine Journalistin.« Don Vincenzo lehnt sich in seiner Mosaik-Sitzgruppe zurück und verschränkt die Arme vor der Brust. Er nickt dem Typen mit der Tätowierung zu. »Danke, Pino. Lass uns jetzt allein.«

Dann schaut er mich aus eiskalten Augen an. »Setz dich.« Von dem netten Herrn, der Babykatzen mit dem Fläschchen aufpäppelt, ist nichts mehr zu erkennen.

Ich lasse mich brav auf dem Stuhl nieder, hier, am Arsch der Welt, irgendwo im Hügelland hinter Palermo, ohne Handy. Niemand weiß, wo ich bin. Das war's jetzt. Ich denke an Hanna und eine kalte Hand drückt mein Herz zusammen. Ich bin eine miese Mutter.

Der Don mustert mich. »Du hast mich verarscht.«

»Tut mir leid.«

»Wer bist du?«

Auf meiner Oberlippe bildet sich ein Schweißfilm. Miss Undercover wüsste jetzt genau, wie sie den Don mit drei Karatetritten niederstrecken, von der Balustrade hechten und dann ins Gebüsch verschwinden könnte. Aber ich sitze hier wie ein minderbemitteltes Kaninchen vor einer richtig fiesen Schlange und mache *mimimi*.

Der Don mustert mich. »Blöde Frage. Du bist der andere Zwilling.«

Ich nicke. Was soll ich sonst auch tun.

»Als der Anruf mit dem Geburtstagslied kam, war mir klar, warum du mir so bekannt vorkommst. Du siehst aus wie Letizia, nur blond und blauäugig.«

»Letizia?«

»Meine Tochter. Deine Schwester. «

»Sie heißt Lucia.«

»Nein, Letizia.«

Klar. Der Don hat sie als namenloses Baby bekommen. Langsam fasse ich mich wieder. Wenn er mich hätte umbringen wollen, hätte er es längst getan.

»Wo ist ... äh ... Letizia?«

»Das wüsste ich gerne von dir.«

»Keine Ahnung.« Ich hebe die Schultern. »Ich suche sie. Deshalb bin ich gestern hierher gekommen.«

»Woher weißt du, dass sie bei uns aufgewachsen ist?« Er fixiert mich mit seinen Schlangenaugen und ich bin mir sicher, er kann bis in die tiefsten Tiefen meiner Seele schauen.

»Vom Krankenhaus.«

»Scarano, der Schlappschwanz.«

»Nein!«

»Natürlich.« Der Don lacht. »Er war der Einzige, der davon wusste.«

Mistmistmist.

»Keine Sorge. Der hat eh nicht mehr lange, an dem mache ich mir die Finger nicht schmutzig.«

Ich atme auf. »Ich verspreche, dass ich keinem Menschen etwas verrate. Es geht mir nur darum, Lucia zu finden ... äh ... Letizia. Ich will sie nur einmal sehen.«

»Ich bin mir sogar sehr sicher, dass du niemandem etwas erzählst, denn sonst wird die kleine Studentin, mit der du in den Katakomben warst, ein Problem bekommen. Und dein Vater auch. Gaetano Inguanta, richtig? Pino hat seine Hausaufgaben gemacht.«

Mir wird schwindelig und ich halte mich an den Lehnen meines Stuhls fest.

»Aber soweit muss es nicht kommen.« Don Vincenzo pult unter seinem manikürten Daumennagel herum. »Eigentlich interessierst du mich überhaupt nicht, und deine Familie auch nicht. Ich will nur Leti finden.«

»Aber ich weiß nicht ...«

»Das sagtest du schon.« Er schiebt mir einen Zettel über den Tisch. »Sobald du Neuigkeiten hast, rufst du diese Nummer an.«

»Was für Neuigkeiten?«

»Unsere Tochter wurde uns weggenommen, von diesem elenden Bastard von Jugendrichter. Sorgerechtsentzug. Während ich im Gefängnis saß. Ich konnte mich nicht einmal dagegen wehren.«

Es stimmt also. Nunzias Verdacht war richtig. Lucia hat an dem Programm teilgenommen.

»Und ich sehe an deinen Augen, dass du davon weißt.«
Scheiße.

»Ich werde niemals etwas über den Aufenthaltsort meiner Tochter herausbekommen, aber du vielleicht schon. Als verlorene Schwester, als Opfer, als Deutsche.«

Okay. Er braucht mich. Und er wird mir helfen, Lucia zu finden. »Einverstanden«, sage ich möglichst cool. »Ich arbeite mit Ihnen zusammen.«

Er lacht. »Wohl zu viele Mafiafilme gesehen. Das entscheidest nicht du, Schätzchen. Das entscheidet immer der Boss.«

Ich nicke kleinlaut.

»Pino?«, ruft Don Vincenzo in den Park hinein. »Bring die *signorina* zurück zu ihrem Vater. Sonst macht er sich noch Sorgen.«

Der Typ mit der Tätowierung tritt aus einem Baumschatten und kommt auf die Terrasse. Er reicht mir mein Handy und nickt Richtung Park. Ich gehe mit gesenktem Kopf vor ihm her.

»*A presto*«, ruft mir Don Vincenzo nach. »Ich warte auf deinen Anruf.«

Auf der Rückfahrt redet der Typ kein Wort mit mir. Zum Glück. Draußen fliegen die Orangenbäume vorbei, dann die Hochhäuser von Palermo. Vielleicht sterbe ich gleich. Nicht wegen dem Typen, sondern aus Angst. Und aus Scham. Ich habe alles versaut, habe sie alle in Gefahr gebracht. Selbst wenn ich es schaffe, morgen heil nach München zurückzufliegen, hat Don Vincenzo weiter Zugriff auf Nunzia und Gaetano. Ich muss ihm irgendeine Information beschaffen, damit er sie in Ruhe lässt.

Der Typ parkt genau vor Gaetanos Haus, dann steigt er aus und verschwindet wortlos in der nächsten Gasse wie ein Schatten von jemandem, der nie da war.

»Was ist denn mit dir los? Du bist ja totenbleich.« Gaetano macht die Tür hinter mir zu.

»Migräne«, lüge ich. »Kann ich mich kurz hinlegen?«

»Natürlich. Willst du einen Espresso mit Zitrone? Hilft immer gegen Kopfweh.«

»Nein danke. Bloß schlafen.«

Ich lege mich in sein Bett, drücke die Nase ins Kopfkissen und schließe die Augen. Sein Geruch umfängt mich wie eine Umarmung. Ich lasse die Gedanken einfach los. Sie ziehen durch meinen Kopf wie Wolkenfetzen, trennen sich voneinander, setzen sich neu zusammen. Ich betrachte sie von allen Seiten, aber egal, wie ich es drehe und wende, mir fällt nur eine Möglichkeit ein, mehr über dieses Programm herauszubekommen. Außerdem ist es die einzige Chance, den Don von Nunzia und Gaetano fernzuhalten. Ich muss es tun.

Ich richte mich auf, greife nach meinem Handy und rufe Mario an. Es klingelt fünf Mal, dann geht die Mailbox dran. Ich lege auf. Versuche es noch mal. Wieder nichts. Also sage ich nach dem Piep: »Ciao Mario, ich weiß, dass du nicht gut auf mich zu sprechen bist. Aber ich brauche dringend deine Hilfe. Es geht um das Programm *Liberi di scegliere*.«

Es dauert nur eine Minute, bis mein Handy klingelt und Marios Name im Display erscheint. Mein Magen zieht sich zusammen und mein Herz nimmt Fahrt auf. Es ist sicher ein gutes Zeichen, dass er mich sofort zurückruft. Ich hole tief Luft und hebe ab.

»Mario?«

»Bist du irre?«, schreit er mir ins Ohr.

Ich zucke zusammen.

»Du kannst doch nicht am Telefon über so was reden! Woher weißt du das?« Er klingt panisch.

»Meine Cousine studiert Jura, und sie hatten neulich eine Vorlesung darüber, und sie glaubt, dass vielleicht meine Schwester ...«, stammle ich.

Stille.

»Das hat gar nichts mit dir zu tun«, rede ich weiter. »Ich dachte nur, du wüsstest vielleicht ...«

»Ich lege jetzt auf«, unterbricht er mich mit einer Stimme, die ich noch nie bei ihm gehört habe. »Und du wirst dazu nie wieder etwas am Telefon sagen, verstehst du mich? Nie wieder.«

»Tut mir leid, ich ...«

Klick.

Ich starre das Handy in meiner Hand an. Hundert Punkte, würde ich sagen. Dann wird mir kotzübel. Die Stimme des Don hallt in meinem Kopf wieder: *Ach, Sie haben auch eine Tochter?* Ich erinnere mich an das kurze Aufblitzen in seinen Augen. Verdammt. Hanna! Sämtliche Dokumentationen und Reportagen über die Verbindungen der Mafia nach Deutschland fallen mir ein. Don Vincenzo hat schon einmal den wichtigsten Menschen in meinem Leben entführt. Am liebsten würde ich mit den Fäusten gegen die Wand hämmern. Stattdessen rufe ich Mitzi an. Ist klüger.

»Alles gut bei euch?«

»Klar, warum denn nicht? Traust du mir etwa nicht zu, dass ich ...«

»Gib mir mal die Hanna«, unterbreche ich sie.

»He, ich find des fei echt ...«

»Jetzt gib sie mir schon.«

»Was bist du denn so gestresst?«

»Ich bin nicht gestresst.«

»Oh mei, oh mei. Dein Karma ist fei echt scheiße. Des spür ich sogar durchs Telefon.«

»Hol sie. Sofort.«

»Ist ja gut.« Sie ruft Hanna.

»Hallo Mama, was ist?«

»Geht's dir gut, Mucki?«

»Ja.«

»Sag mal, hat dich heute irgendein Fremder angespro-chen? Ein Spaziergänger oder so?«

Ich höre ihren Atem.

»Oder auf dem Schulhof?«

»Nein.«

»Gut. Du redest mit keinem Fremden, hörst du? Wenn dich irgendwer anspricht, dann läufst du sofort zur Oma Mitzi.«

»Warum?« Ich höre die Angst in ihrer Stimme.

Ich weiß, ich sollte mir jetzt eine pädagogisch wertvolle Geschichte aus den Fingern saugen, die Hanna nicht be-unruhigt und sie doch dazu bringt, sich von Fremden fernzuhalten, aber mir fällt gerade echt nichts ein. »Ich kann dir das jetzt am Telefon nicht erklären, aber morgen komme ich aus Palermo zurück, und bis dahin machst du das einfach so, okay?«

»Na gut.«

»Versprich es.«

»Ich verspreche es.«

»Und jetzt gib mir wieder die Oma. Bussi.«

»Ooomaaa! Die Mama sagt, ich darf nicht mehr mit Fremden reden!«

Mitzi schnauft in den Hörer. »Warum machst du jetzt dem Kind eine solche Angst? Hat des irgendwas mit der Lucia und diesem Don zu tun?«

»Du hörst mir jetzt gut zu! Du lässt die Hanna nicht aus den Augen, keine Sekunde, verstehst du mich? Sie geht morgen nicht in die Schule.«

»Aber du sagst doch immer ...«

»Manchmal gibt es Wichtigeres im Leben.«

»Hört, hört.«

»Das ist nicht lustig! Ihr bleibt daheim, bis ich wieder da bin.«

»Bist du jetzt total narrisch?«

»Mach es einfach.«

Sie grummelt etwas Unverständliches.

»Versprich es mir beim Dalai Lama.«

»Ich versprech's.«

Ich lege auf und ziehe mir die Decke über den Kopf. Ich will sofort nach Hause zu Hanna. Wenn ihr etwas passiert, bringe ich mich um. Zum Glück geht mein Flug morgen Vormittag.

Irgendwann stehe ich auf und gehe in die Werkstatt zu Gaetano. Er lächelt mir entgegen. »Besser?«

Ich nicke. »Kann ich deine *pupi* fotografieren?«

»Ja klar.«

»Mit dir drauf? Wie du sie baust?«

»Was willst du denn sehen?«

»Zeig mir einfach mal alles. Woraus bestehen denn die Puppen?«

»Na gut.« Er schaut sich um und legt sandgefüllte Stoffteile, Holzstücke, Pappmaschee-Köpfe und Schnüre auf die Werkbank. Dann zeigt er auf eine bunte Schar an Rittern, die an der Wand hängen. »Jede Puppe ist bis zu einem Meter hoch und wiegt ungefähr acht Kilo.«

»Das ist ja total anstrengend für den Puppenspieler.«

»Oh ja. Er bewegt sie mit diesen Schnüren. Mit seinen Füßen erzeugt er dann noch den Kampflärm. So.« Gaetano trampelt auf dem Boden herum, lacht, seine Grübchen tauchen auf. Ich drücke auf Serie. *Klack klack klack.* Hundert Fotos von meinem Vater.

216

»Was willst du sonst noch sehen?«

»Spielst du mir eine Szene vor?«

»Na gut.« Gaetano nimmt zwei Marionetten und schaltet einen Kassettenrekorder an. Fanfaren ertönen. »Ist das zu laut, wegen deiner Migräne?«

»Nein, alles gut.«

Gaetano lässt einen Ritter mit schimmernder Rüstung und grünem Puschel auf dem Kopf hin und her marschieren. Die Marionette schwingt ein Schwert, alle Gelenke bewegen sich, Knie, Hüfte, Ellbogen und Schultern.

»Toll!«, rufe ich.

Gaetano stößt Kampfgebrüll aus. Ich muss lachen. Dann lässt er den zweiten Ritter mit noch lauterem Geschrei auftreten, er hat einen roten Puschel. »Orlando! Ich werde dich zu Kleinholz zerhacken«, ruft er.

»Der rasende Roland!« Ich klatsche in die Hände.

Die beiden Puppen hauen sich die Schwerter um die Ohren, bis Orlando auf den Boden fällt und liegen bleibt. Gaetano verbeugt sich, er schnauft und schwitzt.

Ich applaudiere. »Danke, das war *fantastico*«, sage ich. »Das musst du nächstes Mal unbedingt Hanna zeigen.«

Hannahannahanna.

Ich schaue auf die Uhr. »Ich muss los. Leider.«

»Schade.«

»Vielen Dank noch mal für das wunderschöne Geschenk.« Ich drücke mir das Album an die Brust. »Es wäre wirklich toll, wenn du an Ostern nach Santa Lucia kommst.«

Die Falte zwischen seinen Augenbrauen kommt zurück, die Grübchen sind weg. »Mal sehen.«

Wir umarmen uns.

»Ich freue mich so, dass wir uns endlich gefunden haben«, flüstere ich.

»Ich mich auch.«

Hoffentlich freut er sich nicht zu früh.

»Ich hab Migräne«, sage ich auch zu Nunzia. Je weniger sie mit mir zusammen gesehen wird, desto besser für sie. Außerdem kann ich jetzt unmöglich feiern gehen und so tun, als wäre nichts. »Das mit der Geburtstagsfeier klappt leider nicht.«

»Schade«, sagt Nunzia, aber sie sieht gar nicht wirklich enttäuscht aus, eher erleichtert. Ich glaube, sie hat keinen Bock mehr auf mich. Ist ja auch nicht verwunderlich.

»Du kannst ruhig mit deinen Freunden weggehen.«

»Ich lasse dich doch nicht allein, wenn du krank bist.« Hört sich an wie eine Floskel.

»Ich werde eh nur schlafen.«

»Und wenn du was brauchst?«

»Das Einzige, was ich brauche, ist Ruhe.«

»Sicher?«

»Klar.« Ich setze mich auf mein Bett. »Du tust mir sogar einen Gefallen, wenn du ausgehst.«

»Okay. Aber wenn was ist, rufst du mich an, ja?«

Ich nicke.

Nunzia geht aus dem Zimmer und kurz darauf fällt die Tür ins Schloss.

Ich springe auf und fange an, hin und her zu tigern. Verdammt, ich muss etwas tun. Ich muss dafür sorgen, dass Don Vincenzo Gaetano und Nunzia in Ruhe lässt. Und natürlich Hanna. Mir fällt nur eine einzige Möglichkeit ein, Zeit zu gewinnen.

Als Nunzia aus dem Haus ist, warte ich noch zehn Minuten, um sicherzugehen, dass sie nicht irgendwas vergessen hat. Dann wähle ich die Nummer, die mir Don Vincenzo gegeben hat.

»*Pronto?*«

»Ich habe einen Informanten. Aber Sie müssen mir noch etwas Zeit geben. Er ist in Deutschland.«

Freiheit

»Geht´s dir gut, Mucki?« Ich drücke Hanna an mich. »Ich bin so froh, wieder hier zu sein.«

»He!« Sie macht sich los. »Ich bekomme gar keine Luft mehr.«

»Tschuldigung.«

»Heute war Projekttag in der Schule, da wollte ich unbedingt mitmachen.« Hannas Kinn zittert. »Ich hab doch das Indianer-Projekt vorbereitet.«

»Das tut mir leid. Ehrlich. Aber es ging nicht anders.« Mitzi kommt angelaufen wie eine Kampfhenne. »Sag a mal, was ist denn mit dir los? Was war des für ein depperter Anruf gestern?« Sie verschränkt die Arme vor der Brust. »Des interessiert mich jetzt fei schon, warum du uns so eine Angst ...«

»Erzähle ich dir später.«

»Ach geh!« Mitzi holt Luft für eine ihrer Fluchtiraden, aber ich unterbreche sie.

»Ich muss gleich noch mal los.« Ich krame in meiner Reisetasche und ziehe das Fotoalbum raus, das Gaetano mir geschenkt hat. »Schaut euch das mal an. Ich bin nicht lange weg.« Und damit eile ich zur Tür hinaus.

»Ich muss mit dir reden«, sage ich, bevor Mario überhaupt den Mund aufmachen kann. Ich habe ihn am Parkplatz vor der *Gelateria al Lago* abgepasst. »Du musst mir helfen.«

»Ich muss gar nichts.« Er geht einfach weiter, an mir vorbei, auf sein Auto zu.

»Es geht um meine Schwester«, rufe ich ihm hinterher. »Bitte.«

Mario dreht sich um, den Autoschlüssel schon in der Hand. »Und das soll ich dir glauben?« Er steigt ein und knallt die Tür zu.

Mist. Ich renne los und stelle mich mit ausgebreiteten Armen hinter seinen Lancia, damit er nicht rückwärts aus dem Parkplatz rausfahren kann. Zur Sicherheit klopfe ich mit der Hand auf die Rückscheibe. Nicht, dass er mich noch über den Haufen fährt.

Er kurbelt das Fenster runter. »Geh weg.«

»Nur wenn du mit mir redest.«

»Linda, hau ab, verdammt noch mal. Vergiss alles, was ich dir erzählt habe. Vergiss mich. Ich hätte dir nie vertrauen dürfen.«

Jetzt geht es um alles. »Ich verstehe, dass du Angst hast. Aber du bist der Einzige, der mir helfen kann, meine Schwester zu finden.«

Mario reißt die Tür auf und springt aus dem Auto. »Angst?« Er kommt auf mich zu wie der Terminator persönlich. »Du weißt doch gar nicht, was Angst ist.«

Ich weiche zurück. So habe ich ihn noch nie gesehen und ich bekomme tatsächlich Schiss vor ihm.

Er kommt mir so nah, dass er mir jederzeit eine langen könnte, aber ich zwinge mich dazu, nicht auszuweichen. Er fuchtelt mit den Armen in der Luft herum und schreit: »Du hast doch keine Ahnung! Du bist doch nur eine naive, kleine, ach ...« Er winkt ab, kann nicht weitersprechen, weil seine Stimme bricht. Er räuspert sich. »Ich wollte das alles vergessen, habe es fast geschafft. Mein früheres Leben war so weit weg. Und dann kommst du und brichst mir das Herz und holst diese ganze Scheiße wieder hoch.«

»Es tut mir leid«, flüstere ich und dann umarme ich ihn einfach.

Er macht sich steif und sperrt sich gegen meine Berührung. »Du hast mein scheiß Herz gebrochen«, schreit er an meinem Hals.

Ich halte ihn fest und flüstere: »Was ist dir passiert? Wovor hast du solche Angst?«

Er hält seine Gegenwehr noch einen Moment aus, dann sinken seine Schultern ein und sein Körper wird weich. Ich halte ihn noch fester, spüre, wie er anfängt zu beben. Schluchzer kommen aus seinem Mund. In diesem Moment halte ich sein ganzes Leben zwischen meinen Armen.

»Wovor bist du weggelaufen?«, flüstere ich in seine Haare hinein.

Er beginnt zu zittern. Dann presst er hervor: »Die Frau mit der Salzsäure war meine Mutter.«

»Oh Gott«, sage ich und das Entsetzen treibt auch mir die Tränen in die Augen. »Das tut mir so leid.«

Wir halten uns gegenseitig fest und weinen zusammen. Ich denke daran, dass mittlerweile auch die Mütter mit ihren Kindern untertauchen können, aber das sage ich ihm nicht. Für seine Mutter ist es zu spät.

Als keine Tränen mehr aus ihm herauskommen, wischt er sich mit dem Ärmel übers Gesicht und zieht mich zu einer Bank am See. Wir setzen uns und er schaut starr nach vorne, aufs Wasser.

»Hast du ihn in Palermo getroffen?« Er sagt den Namen nicht, aber ich weiß natürlich, dass er Silvo meint.

Ich halte mir die rechte Hand aufs Herz. »Mario, ich schwöre dir, dass ich nichts mehr mit Silvo hatte. Weder hier noch in Palermo. Ich habe ihn überhaupt nicht gesehen.«

Er nickt. »Es fällt mir echt schwer, dir zu vertrauen.«

Ich klopfe mir mit der Hand auf die Brust. »Ehrlich, ich schwöre. Ich bin in dich ...«

Er schaut mir in die Augen, nagelt mich mit seinem Blick fest. »Ja?«

Ich weiche seinem Blick nicht aus. Nicke. »Ich bin ...«, will ich noch mal sagen, aber es kommt nur ein Krächzen aus meinem Hals. Neuer Anlauf. »Ich bin in dich verliebt«, sage ich, diesmal klar und deutlich.

Dann küssen wir uns. Wie konnte ich jemals daran zweifeln, dass Mario die richtige Wahl ist?

»Möchtest du drüber reden?«, frage ich, als wir wieder aufs Wasser schauen.

»Ich hab das noch nie jemandem erzählt.«

Ich nehme seine Hand und drücke sie.

»Ich war dreizehn. Mein Vater hat meine Mutter regelmäßig verprügelt, und eines Tages ist sie weg gewesen. Abgehauen aus dem Dorf. Ich war so froh, dass sie es geschafft hat. Sie hätte ein neues Leben anfangen können, aber sie ist zurückgekommen, die dumme Kuh.« Er zieht seine Hand aus meiner und verbirgt sein Gesicht. »Sie kam nachts heimlich ins Dorf, um mich zu treffen. Aber jemand hat uns gesehen und sie verpfiffen, und dann haben sie meine Mutter geholt. Ich habe sie nie wieder-gesehen.«

Ich lege den Arm um ihn. »Es war nicht deine Schuld.«

»Ich weiß. Aber es fühlt sich so an.«

»Und dann?«

»Als die Leiche gefunden wurde, hat die Polizei alle verhört.« Er schluckt. »Ich habe gegen meinen Vater aus-gesagt.«

»Das war mutig.«

Er nickt. »Deshalb musste die Polizei mich aus dem Dorf wegbringen und schützen. Es gab da dieses Pro-gramm, in dem Kinder von inhaftierten Mafiosi neue Identitäten bekommen.«

»*Liberi di scegliere.*«

»Genau. Ich wurde aufgenommen. Sie haben mich nach Norditalien gebracht, und als ich volljährig wurde, bin ich nach Deutschland gegangen.«

Mir fällt etwas ein und ich schaue ihn von der Seite an. »Also ist dein Name gar nicht Mario?«

Ein klitzekleines Lächeln spielt um seinen Mundwinkel. »Jetzt schon.«

»Verrätst du mir deinen echten Namen?«

»Nein. Der gehört zu meinem früheren Leben, zu diesem Scheißalptraum. Der ist tot.«

Lucia heißt jetzt Letizia, Mario hieß früher anders, wer ist in meinem Leben eigentlich echt?

»Wie bist du überhaupt auf dieses Programm ge-stoßen?«, fragt er mich.

Ich erzähle ihm, dass wir wissen, in welcher Familie Lucia groß geworden ist, dass Don Vincenzo in den Neunzigern eine Haftstrafe verbüßt hat und meine

Schwester seitdem verschwunden ist. »Und als Nunzia in ihrem Jurastudium von *Liberi di scegliere* erfahren hat, ist ihr diese Idee gekommen.«

»Glaubst du das wirklich? Vielleicht ist sie ja nur zu irgendeiner Tante gezogen. Oder der Don hat beschlossen, dass er doch kein Kind mehr haben will und ist sie genauso schnell losgeworden, wie er sie sich damals beschafft hat.«

Ich kann ihm ja nicht erzählen, dass ich es vom Don persönlich weiß. Also insistiere ich: »Trotzdem. Das ist meine einzige Spur.«

»Selbst wenn. Du wirst nichts über deine Schwester herausfinden. Die sind richtig gut. Dieser Richter hat sich mit der größten italienischen Antimafia-Organisation zusammengetan, die hat Untergruppen in ganz Italien. Die haben viel Erfahrung mit Zeugenschutz.«

Ich greife nach seinem Arm. »Stimmt. Aber du hast Kontakte. Du kennst die Leute, die dich versteckt und betreut haben. Über die könnte ich vielleicht Lucia finden.«

Er schüttelt den Kopf. »Das sind bestimmt ganz andere Leute. Lucia kommt aus Palermo, ich aus Kalabrien. Außerdem darf ich die nicht verraten. Damit setze ich mein Leben aufs Spiel. Und das der Kontaktleute auch.«

»Vertraust du mir nicht?«

»Dir schon. Aber was ist mit dieser Nunzia? Die kenne ich gar nicht.«

»Ich verspreche dir, sie rauszuhalten. Lass es mich wenigstens versuchen. Die Kontaktleute der einzelnen Gruppen kennen sich doch sicher untereinander.«

Mario verschränkt die Arme vor der Brust und schaut aufs Wasser. »Ich darf das nicht.«

»Bitte. Es ist meine einzige Chance.«

Er seufzt. »Okay, ich gebe dir die Nummer von dem Psychologen, der mich damals betreut hat. Wir haben noch Kontakt, ab und zu ruft er mich an und fragt, wie es mir geht. Aber du musst versprechen, mit niemandem darüber zu reden. Sonst bin ich tot.«

»Ich verspreche es.«

Meine Hand zittert, als ich die Nummer eintippe. Es klingelt vier Mal.

»*Pronto*.«

»*Buon giorno*, ich bin Linda Reimann. Ich habe Ihre Nummer von Mario bekommen.«

»Mario?«

»Er war vor fünfzehn Jahren in Ihrer Wohngruppe.«

»Was wollen Sie? Ist mit Mario alles okay?«

»Ja ja, alles gut. Er sitzt hier neben mir. Ich rufe Sie an, weil meine Zwillingsschwester aus der Familie von Don Vincenzo ...«

»Nicht am Telefon!«

»Kann ich Sie treffen? Bitte, es ist wichtig. Ich komme an Ostern nach Sizilien.«

»Ich rufe Sie gleich noch mal an.«

Er legt auf und lässt einen eisigen Lufthauch zurück. Die haben alle solche Angst.

Ich stecke das Handy in die Tasche und gehe am See auf und ab, kann mich jetzt unmöglich neben Mario setzen. Es klingelt. Eine anonyme Nummer.

»Linda Reimann hier«, sage ich.

»*Pronto*, hier bin ich wieder. Keine Namen an meinem Privattelefon, *capito?*«

»*Capito*.«

»Ich bin in einer Bar an einem öffentlichen Fernsprecher. Jetzt können Sie reden. Also, wie kann ich Ihnen helfen?«

»Okay.« Ich erzähle auch ihm die offizielle Version von Lucia, Don Vincenzos Haftstrafe und Nunzias Verdacht. »Wie kann ich herausfinden, ob meine Schwester in Ihr Programm aufgenommen wurde?«

»Gar nicht.«

»Aber ich muss sie finden.«

»Sie sind eine Freundin von Mario?«

»Ja.«

»Geben Sie ihn mir.«

Ich reiche Mario das Handy und er bestätigt meine Geschichte. »Du kannst ihr vertrauen«, sagt er zum Schluss. Mir wird schlecht.

Mario gibt mir das Telefon zurück.

»Bitte helfen Sie mir«, sage ich und schicke ein Stoßgebet ans Universum. Bittebittebitte.

Stille.

»Das ist meine einzige Chance, Lucia zu finden.«

»Also gut. Wir machen es so: Ich werde Erkundigungen einholen und melde mich wieder bei Ihnen.«

»Danke.«

Er legt auf.

Als ich zurück nach Hause komme, sitzt Mitzi vor dem Fotoalbum. Ihr Rücken ist krumm und ein Haufen zerknüllter Taschentücher liegt auf dem Tisch.

»Wo ist Hanna?«, frage ich.

»In ihrem Zimmer. Sie malt.«

»Schön, oder?«

Sie schaut auf. »Was?«

Ich zeige auf das Album. »Das hat mir Gaetano zum Geburtstag geschenkt.«

Ihre Augen sind rot.

»Weinst du?«

»Nein! Um den hinterfotzigen Grattler vergieße ich keine Träne. Des wär ja noch schöner.«

Ich setze mich zu ihr. »Ach komm. Willst du nicht endlich Frieden mit der Vergangenheit schließen? Das sind doch lauter schöne Erinnerungen.«

»Und genau deshalb tut's so sauweh.« Sie zieht ein neues Taschentuch aus der Packung und presst es in ihrer Hand zusammen. »Hundskrüppel, verreckter.«

Ich seufze. »Wenn du mal mit ihm reden würdest, könnte er dir erklären ...«

»Pscht! Ich will jetzt nix mehr davon hören. Sag mir lieber, was dieser Anruf gestern sollte. Habt ihr was über die Lucia rausgefunden?«

Ich kann ihr unmöglich erzählen, dass ich die ganze Undercover-Mission verbockt und alle in Gefahr gebracht habe. Ich winke ab. »Nein, leider nicht. Das war nur ein Missverständnis.«

»Was denn für ein Missverständnis?«

»Ich dachte ... äh ... ist doch egal jetzt.«

Sie schüttelt den Kopf. »Manchmal bist du echt deppert. Du weißt fei schon, dass die Hanna deswegen ...«

»Ja-ha. Es tut mir leid.«

»Das heißt, ihr seid immer noch nicht weiter?«

»Nein«, schwindle ich.

»Dass der Breznsalzer des nicht auf die Reihe kriegt, war ja klar.« Sie schnauft. »Jedenfalls komme ich an

228

Ostern mit nach Sizilien. So wie es ausschaut, muss ich das mit der Lucia jetzt mal selber in die Hand nehmen.«

Bloß das nicht. Wenn sich Mitzi auch noch einmischt ... Ich mag gar nicht dran denken. »Wenn du meinst«, murmle ich.

Sie steht auf und klemmt sich das Album unter den Arm. »Und des nehm ich mit.«

»Wehe, du machst es kaputt!«

Sie schüttelt den Kopf. »Ich will jetzt allein sein.« Dann schlurft sie aus der Küche und es wirkt, als sei all ihr Zorn am Tisch sitzen geblieben.

Die Tage und Wochen ziehen sich endlos hin. Der Psychologe meldet sich nicht mehr, weder bei Mario noch bei mir. Hoffentlich ist ihm nichts passiert. Ach was, wahrscheinlich hat er nur keine Lust, mir zu helfen. Warum sollte er auch? Hat bestimmt Besseres zu tun.

Von Nunzia und Gaetano höre ich auch wenig. Am liebsten würde ich die beiden jeden Tag anrufen, um mich zu versichern, dass es ihnen gut geht. Aber mehr als einmal pro Woche wäre zu auffällig. Manchmal frage ich mich, was mir wichtiger ist. Nunzia und Gaetano? Oder die Suche nach Lucia? Keine Ahnung. Alles.

Jedes Mal, wenn mein Telefon klingelt, zucke ich zusammen, weil ich denke, es ist der Don. Ich muss ihn ruhig halten, brauche neue Informationen. Irgendwas muss ich ihm liefern. Ich halte es nicht mehr aus und wähle Nunzias Nummer.

»*Ciao Avvocatessa, come stai?*«

»Ich wollte dich auch schon anrufen«, sagt sie.

»Echt?«

»Ich wollte mich für das Foto bedanken.«

»Welches Foto?«

»Das du mir geschickt hast. Von Gaetano und mir, an deinem letzten Abend in Palermo.«

»Ich hab dir kein Foto geschickt.«

»Doch klar, wer sonst?«

Ich schlucke. »Gaetano und du?«

»Ja, in einem Umschlag, mit deiner Adresse hintendrauf.«

Meine Welt bleibt stehen. Ich habe dieses Bild weder gemacht, noch an Nunzia gesendet. Wie kommt das in ihre Wohnung? Dann wird mir klar, was es bedeutet. Mir wird kotzübel.

»Ach so, das meinst du«, sage ich schnell, um sie nicht zu beunruhigen. »Das ist schön geworden, oder?« Ich versuche, möglichst cool zu klingen. »Also dann, schlaf gut«, sage ich und lege auf.

Ich laufe im Zimmer hin und her. Fenster, Bett, Tisch, Fenster. Jemand hat uns beobachtet. Wahrscheinlich der Typ mit dem Drachen-Tattoo. Das Foto ist eine Drohung von Don Vincenzo. Ganz sicher. Er hat Nunzia und Gaetano im Visier. Und das Schlimmste ist: Er hat in Palermo direkten Zugriff auf die beiden. Es gibt nur eine Möglichkeit, sie zu schützen. Ich muss den Boss mit Informationen versorgen, damit er sie in Frieden lässt. Also nehme ich mein Handy vom Tisch und wähle die Nummer von Don Vincenzo.

»*Pronto?*«

»*Buona sera, sono Linda.*«

»Ich weiß.«

»Ich habe Informationen für Sie.«

»Ich bin an einem Psychologen dran, der für *Liberi di scegliere* arbeitet. In Catania.« Zumindest diese falsche Spur kann ich legen. »Ich melde mich wieder, falls es etwas Neues gibt.«

»*Brava*«, sagt er und legt auf.

Ich hasse mich für das, was ich gerade getan habe. Aber ich weiß keinen anderen Ausweg. Jetzt könnte ich mit Mario endlich so richtig glücklich sein, ohne Silvo und mit viel Herzklopfen. Wenn da nicht mein schlechtes Gewissen wäre, das wie eine düstere Wolke über mir hängt und mich von innen auffrisst. Wird er mir jemals verzeihen, wenn er eines Tages rausbekommt, dass ich ihn und sein größtes Geheimnis benutzt habe? Ich fühle mich wie ein Stück Dreck. Aber es geht nicht anders. Ich hänge im luftleeren Raum.

Zwei Tage, bevor die Osterferien beginnen, sitze ich mit Mitzi in unserer Küche und wir essen Spaghetti mit Tomatensoße.

Silvio Berlusconi flimmert mal wieder über den Bildschirm. Er geht an einem Flussufer auf und ab, hält sich das Handy ans Ohr und gestikuliert. Ab und zu macht er Gesten in Richtung einer Menschengruppe, Politiker im Anzug, Angela Merkel im Kostüm. Sieht aus wie: Ich komme gleich.

»Mach mal lauter«, sage ich zu Mitzi.

»Mei, immer dieser damische Kasperlkopf.« Sie drückt auf die *Volume*-Taste.

Es geht um die Rückkehr Frankreichs in die NATO, die mit einem Handschlag in der Mitte der Fußgängerbrücke zwischen Kehl und Straßburg besiegelt werden soll.

»Während Sarkozy von Frankreich aus über die Brücke gehen soll, werden ihm Barack Obama, Angela Merkel und die übrigen achtundzwanzig EU-Spitzenpolitiker von Kehl aus entgegenkommen«, sagt der Nachrichtensprecher. »Gleichzeitig sollen Kampfjets im Tiefflug über die Brücke fliegen und einen Rauchschweif in den Farben der NATO hinter sich herziehen.«

»Mei, dass die immer so übertreiben müssen.« Mitzi verdreht die Augen.

»Im Moment warten die Staats- und Regierungschefs noch auf den italienischen Ministerpräsidenten Silvio Berlusconi«, redet der Sprecher weiter.

Ganz großes Kino. Alle stehen bereit, Politiker, Kamerateams, Reporter. Es werden Bilder eingeblendet, wie Kanzlerin Merkel jeden einzelnen Bündnispartner auf dem roten Teppich persönlich mit Handschlag begrüßt. Bis auf Berlusconi. Denn der telefoniert immer noch und ignoriert sie einfach.

»Wahnsinn«, entfährt es mir.

Seelenruhig steht Berlusconi am Flussufer, blickt übers Wasser, die rechte Hand in der Hosentasche. Dann schlendert er zwischen den Fahnen herum und spricht weiter in sein Handy.

Merkels Gesichtszüge entgleisen.

»Irre«, sage ich.

»Des find ich jetzt fast schon wieder gut, wie der die alle stehen lässt.« Mitzi kichert.

Irgendwann wird es der Kanzlerin zu blöd.

»So wie es aussieht, beginnt der Festakt nun trotzdem, mit erheblicher Verspätung und ohne Berlusconi«, sagt der Nachrichtensprecher mit einer Stimme, als könne er selbst nicht glauben, was er da sieht. »Der Gang über die Brücke erfolgt ohne den italienischen Ministerpräsidenten.«

Erst als sich die Politiker zum Gruppenfoto aufstellen, eilt Berlusconi herbei, stellt sich dazu und grinst ölig.

»Des war so klar«, sagt Mitzi. »Kaum kann er sein gebleichtes Gebiss in den Bildschirm halten, ist er wieder da. Dieser heroperierte Zampano.«

Nachdem der Fotograf abgedrückt hat und die Kamera sinken lässt, eilt Merkel mit Todesblick auf Berlusconi zu.

»Obacht, Silvio, jetzt gibt's Anschiss!« Mitzi kichert.

Der nächste Bericht beginnt und ich mache den Fernseher leiser.

Mein Handy klingelt.

»Hier ist der Psychologe, Sie wissen schon.«

Mir wird eiskalt und ich gehe aus der Küche. »Ja?«

»Ich habe etwas herausgefunden. In Messina gibt es eine beschlagnahmte Immobilie, die für soziale Zwecke genutzt wird. Da gibt es eine Wohngruppe. Es scheint, als sei Ihre Schwester damals dort untergekommen.«

Mein Herz hämmert. »Ja?«

»Der Betreuer hat noch Kontakt mit ihr.«

Jetzt rast mein Herz wie einer dieser Kampfjets. »Können Sie mir ihre Nummer geben?«

»Nein. Ihre Schwester hat schon genug durchgemacht. Sie müssen sich vorstellen, was für ein Schock es für sie wäre, wenn sie auf diese Art erfährt, dass der Mann, den sie für ihren Vater hält, sie als Baby entführt hat.«

»Aber sie hat doch ein Recht darauf, es zu wissen. Sie hat eine leibliche Familie, die sie kennenlernen möchte. Bitte. Ich suche sie schon mein ganzes Leben lang.«

»Außerdem ist es zu gefährlich. Ich kenne Sie gar nicht. Wer weiß, wem Sie ihre Nummer weitergeben.«

Ich drehe gleich durch. Ich bin so nah dran, und jetzt stellt sich dieser Psychofuzzi stur. »Aber sie könnten ihr doch *meine* Nummer geben.«

Er seufzt.

Nicht locker lassen, Linda! Ich hole tief Luft. »Meine Schwester ist ein erwachsener Mensch und steht schon lange nicht mehr unter Ihrem Schutz. Sie kann selbst entscheiden, ob sie mich kennenlernen will.«

Stille.

»Bitte versuchen Sie, ihr meine Telefonnummer zukommen zu lassen. Das muss doch irgendwie möglich sein. Sie wollen doch sicher auch nur das Beste für sie.« Totschlagargument.

Er seufzt wieder. »Na gut. Ich werde mit meiner Kontaktperson reden und sehen, was ich für Sie tun kann.«

Jajaja. Am liebsten würde ich losschreien und tanzen. »*Mille grazie.*«

»Sie sind an Ostern in Sizilien, sagten Sie?«

»Ja.«

»Gut. Kommen Sie am Gründonnerstag um elf Uhr zum Fährhafen in Messina. Aber allein.«

Klick.

Noch genau eine Woche. Wie soll ich das aushalten? Ich gehe einmal im Garten auf und ab, ringe mit mir und meinem Gewissen, und komme doch immer wieder zu demselben Schluss.

Es geht nicht anders.

Selbst wenn ich meine Suche nach Lucia abbrechen würde, hätte der Don mich im Visier. Denn auch er will sie um jeden Preis finden, und seine einzige Chance, das zu schaffen, bin ich. Und die beste Möglichkeit, mich unter Druck zu setzen, sind Nunzia und Gaetano.

Aaaah!

Ich trete gegen den Zaun.

Ich habe mich noch nie so hilflos gefühlt. Und so ausgeliefert. Ich lege den Kopf in den Nacken und diesmal schreie ich wirklich. »Aaaah!«

Dann rufe ich Don Vincenzo an.

»Es gibt Neuigkeiten«, sage ich. »Ich treffe die Kontaktperson am Ostermontag auf dem Fischmarkt in Catania.«

Das verschafft mir ein bisschen Zeit.

Einschusslöcher

Ein Afrikaner hält Taschentücher und blinkendes Spielzeug ins Seitenfenster unseres Mietwagens. Ich habe es an der Kreuzung nicht schnell genug zugemacht.

»*No, no!*«, rufe ich und wedle mit der Hand. Soll ich einfach das Fenster hochkurbeln?

»Aber Mama«, mischt sich Hanna von der Rückbank ein. »Der Mann ist arm.«

»Genau«, sagt Mitzi.

»Wir können nicht allen armen Leuten in Palermo was abkaufen.«

»*Bambina! Gioco!*«, ruft der Afrikaner und hält Hanna einen leuchtenden und bellenden Plastikhund entgegen. Dabei lächelt er und entblößt er eine strahlend weiße Zahnreihe.

Sie greift danach. »Kaufst du mir das? Wir haben doch genug Geld. Der Mann hat bestimmt Hunger, er ist ganz dünn.« Ihre Augen schimmern feucht. »Bitte.«

Ich seufze, krame einen Fünfeuroschein aus der Hosentasche und reiche ihn durchs Fenster.

»*Grazie, Grazie.*« Der Mann faltet die Hände und verbeugt sich. Dann geht er zum nächsten Auto.

Hanna strahlt. Willkommen in Sizilien. Endlich sind Osterferien und wir sind auf dem Weg nach Santa Lucia del Monte.

Zweieinhalb Stunden später sehen wir die braun-graue Häuserkulisse. Bauruinen und halb fertige Wohnblöcke, die sich auf einem Hügel aneinanderdrängen.

»Des sieht ja aus wie in einer Kriegsberichterstattung«, sagt Mitzi.

»*Bello*«, ruft Hanna.

Na ja, denke ich.

Am Ortseingang quillt der Müll aus zwei Containern und ein paar Hunde suchen am Boden nach Essensresten. Wir passieren das Ortsschild.

»Mei, die Einschusslöcher«, sagt Mitzi. »Des ist doch wieder typisch, dass diese Sizilianer des Schild nach all den Jahren immer noch nicht ausgewechselt haben.«

Ich steige auf die Bremse. »Bitte was?«

»Ist doch wahr. Die kriegen nix auf die Reihe.«

»Ich meine die Löcher. Was hat das zu bedeuten?«

»Hast du des etwa nicht gewusst?« Sie schüttelt den Kopf. »Du bekommst echt nie was mit.«

Ich setze zurück und starre auf das verbogene, angerostete Schild mit den drei kreisrunden Löchern. »Was habe ich nicht gewusst?«

»Ja mei, des war halt so eine Fehde zwischen zwei Clans, und die von auswärts haben die unsrigen mit den Schüssen gewarnt.«

»Was ist eine Fehde?«, fragt Hanna.

»Nix«, sagt Mitzi.

»Die unsrigen?«, frage ich.

»Ja mei, die von Santa Lucia halt.«

»Und woher weißt du das?«

»Der Calcedonio hat ... Ach, ist ja jetzt wurst«, sagt sie mit einem Blick auf Hanna. »Auf geht's. Fahr weiter.«

237

Da muss ich definitiv noch mal nachhaken. Ich nehme die Straße, die in endlosen Kehren nach oben führt. Immer noch eine Kurve, und noch eine, und noch eine.

»Wenn dir schlecht wird, gibst du Bescheid«, sage ich zu Hanna.

»Keine Sorge, Mama, diesmal kotze ich nicht.«

Sie erwarten uns auf der Piazza. Umringen unseren Mietwagen. Reißen die Türen von außen auf, obwohl der Motor noch läuft. Zia Mimma zieht mich vom Fahrersitz, stößt einen Schrei der Begeisterung aus und umarmt mich. Hanna krabbelt vom Rücksitz, nimmt Anlauf und springt Zio Calzone in die Arme. Er trägt zur Feier des Tages ein Hemd. Die *Nonna* wischt sich mit einem Stofftaschentuch ein paar Freudentränen aus dem Gesicht. Mich kneift sie in die Hüfte, aber um Mitzi macht sie lieber einen Bogen und beäugt sie misstrauisch. Auch meine Mutter wirft ihr bärbeißige Seitenblicke zu. Die beiden sind sich noch nicht ganz grün. Dafür küsst Nunzia meine Mutter umso knallender auf die Wange.

»Mei, immer diese kollektive Busselei«, grantelt Mitzi, aber sie tätschelt ihr dabei den Rücken und ich sehe, dass sie gerührt ist.

Erst dann begrüßt Nunzia mich, deutlich zurückhaltender als sonst. Oder bilde ich mir das nur ein? Ich habe das Gefühl, sie weiß nicht so recht, was sie von mir halten soll.

»So, und jetzt wird gegessen«, ruft Zia Mimma, hakt Mitzi unter und zieht sie mit.

»Des is ja keine Gastfreundschaft mehr, des is ja Entführung«, grummelt meine Mutter.

Als wir um den Tisch sitzen, läuft wie immer der Fernseher in voller Lautstärke.

»Scht!«, macht Zio Calzone. Er hat sein Begrüßungs-Hemd wieder ausgezogen und aus dem Saum seines Unterhemdes wächst ein lockiger Pelz. »Die Verschwörung!«

Nunzia zwinkert mir zu. »Italien versucht gerade, die Angelegenheit in Kehl geradezurücken.« Jetzt benimmt sie sich wieder normal. Ich bin erleichtert.

»*Silenzio!*«, ruft Zio Calzone.

Der nussbraun gebrannte Nachrichtensprecher mit Toupet erklärt: »Regierungskreisen in Rom zufolge, hat Silvio Berlusconi mit dem türkischen Ministerpräsidenten Erdogan telefoniert. Es soll um den NATO-internen Streit um die Neubesetzung des Postens des Generalsekretärs gegangen sein.«

»Also ein äußerst wichtiges Telefonat«, sagt Zio Calzone. »Ist doch klar, dass er das nicht einfach abbrechen konnte. Wer weiß, welche Querelen zwischen der Türkei und Europa der *Cavaliere* damit abgewendet hat.«

Nunzia gestikuliert in seine Richtung. »Schwachsinn! Der Erdogan hat doch absichtlich genau dann angerufen, um damit die ganze Gipfelrunde zu brüskieren.«

»*Silenzio!*«, ruft Zio Calzone wieder.

»Ach geh«, flüstert Mitzi, zum Glück auf Deutsch. »Des hat der Berlusconi doch nur gemacht, damit er auf der ganzen Welt im Fernsehen kommt. Einschaltquote, verstehst?«

»*Silenzio!*«, ruft Zio Calzone noch mal.

Zia Mimma hebt drohend ihre Gabel und knurrt: »Wir haben Gäste!«

Zio Calzone grummelt etwas Unverständliches vor sich hin, aber die Nachrichten sind eh zu Ende. Zum Glück, denn Mitzi kramt lautstark in ihrer indischen Stofftasche, die mit kleinen runden Spiegeln besetzt ist. Die hatte sie als Handgepäck im Flugzeug dabei.

»Ich hab euch was mitgebracht.« Sie zieht ein Päckchen heraus, das mit Alufolie umwickelt ist und hält es triumphierend in die Luft. »Des ist fei ein echter Leberkäs.« Dann kommt eine grüne-weiße Tube zum Vorschein. »Mit süßem Senf.«

Ich starre sie an. »Du hast einen Leberkäs im Flugzeug mitgenommen?«

»Ja freilich, des ist doch ein gutes Gastgeschenk aus Bayern, oder?« Sie faltet die Alufolie auf und ein zerdrückter, hellbrauner Batzen kommt zum Vorschein.

Zia Mimma und Zio Calzone wechseln entsetzte Blicke.

»Iiih!«, macht Hanna.

»Der riecht aber streng«, sage ich und verziehe das Gesicht. »Seit wann hast du den denn in der Tasche drin?«

Mitzi zuckt die Schultern. »Ja mei, ich hab ihn vorgestern gekauft und wollte ihn eigentlich im Kühlschrank zwischenlagern. Des hab ich dann wohl vergessen.« Sie schnüffelt. »Aber der geht doch noch.«

»Nein, der geht nicht mehr.« Ich nehme ihr das Paket ab, falte die Alufolie wieder zu und übergebe es Zia Mimma, damit sie den Leberkäs entsorgt. »*Scusate*.«

Sie trägt ihn mit spitzen Fingern in die Küche.

»Also, dann schenk ich euch halt den süßen Senf.« Mitzi reicht die Tube über den Tisch.

Zio Calzone legt sie höflich neben seinen Teller. »*Grazie*, Mitzi. Sehr nett von dir.«

»Und wenn ihr uns am Ammersee besucht, mache ich euch einen frischen Leberkäs. Sowas Gutes bekommst du in Italien fei nicht zum Essen, gell?«

»Gell«, antwortet Zio Calzone auf Deutsch.

Ich atme die salzige Meeresluft tief in meine Lunge. Wir stehen vor dem gelben Bungalow mit dem bröckeligen Putz, der Gaetano gehört, und für den mir die *Nonna* letzten Sommer das Nutzungsrecht überlassen hat. Von hier oben sehe ich über einen Wald aus Kaktusfeigen hinweg den ganzen Strand, links bis zu einer vorgelagerten Felseninsel, rechts bis zu einem Hügel, der die Bucht begrenzt. Und sonst nur endloses Meer, das am Horizont mit dem Himmel verschwimmt. Unter uns donnert die Brandung ans Ufer, es ist windig und die Wellen sind stahlgrau.

Die anderen gehen schon ins Haus, aber Mitzi und ich stehen noch auf der Terrasse und begutachten den Garten. Die Äste der Hibiskusbäume hängen tief herunter und unter einem Zitronenbaum liegen verschimmelte Früchte herum.

»Schade um die Zitronen«, sagt Mitzi. »Ich glaub, morgen mach ich einen *Limoncello*.« Sie kichert. »Wenn das Leben dir Zitronen gibt, mach *Limoncello* draus.«

»Sag mal, woher weißt du eigentlich so viel über Zio Calzone?«, frage ich sie. »Einschusslöcher und so?«

»Ach mei, des ist lang her.«

»Ja und?«

»Na ja, die haben halt ein paar krumme Dinger gedreht.« Sie bückt sich und hebt zwei Zitronen auf, die noch gut aussehen.

»Die?«

»Der Calcedonio und der Gaetano.«

»Waaas?« Ich starre sie an.

Sie zuckt die Schultern. »Ja meinst du, dein Vater war ein Heiliger, oder was?«

Ehrlich gesagt schon. Aber das sage ich natürlich nicht. »Was für krumme Dinger?«

»Mei, der Calcedonio hatte halt mit dem Dorfclan zu tun.«

»Mafia?«

»Pscht!«

»Wir sind doch allein.«

»Aber des sagt man hier trotzdem nicht.«

Ich verdrehe die Augen.

»Und der Gaetano war praktisch sein Hiwi.«

»Und was haben die beiden gemacht?« Ich weiß nicht, ob ich das wirklich wissen will.

Sie winkt ab. »Es ging nur um Kohle. Ein bisserl Schutzgeld, ein bisserl Korruption, Handel und so.«

»Handel und so?«

»Mei, was die halt damals so verkauft haben, in diesem ausgeglühten Kaff. Drogen, Waffen ...«

»Mein Vater war ein Drogendealer?« Mir haut es fast die Augen aus dem Kopf. »Ein Waffenhändler?«

»Jetzt dramatisier des halt nicht gleich wieder. Des war doch nur eine kurze Übergangsphase, um im Dorf Fuß zu fassen.«

»Übergangsphase?« Ich schnappe nach Luft.

»Als es dann mit den Schießereien auf der Piazza losging, sind die beiden doch sowieso ausgestiegen.«

»Sehr beruhigend.«

Ich schaue sie an, wie sie da mit ihren Zitronen steht, von dem Baum, den sie gepflanzt hat, als sie mit Lucia und mir schwanger war. Der Wind weht ihr die roten Haare ins Gesicht.

»Du hast ihn übrigens gerade zum ersten Mal verteidigt«, sage ich.

»Wen?«

»Den Gaetano.«

»Ich? Den verreckten Hundskrüppel? Niemals!«

»Doch, hast du.«

»Nein.«

»Doch.« Ich muss lachen und Mitzi verschränkt die Arme vor der Brust.

»Pah! Den verteidigen!«

»Los, erzähl. Wie ging es weiter?«

»Also, der Calcedonio wollte einen Eisenwarenladen aufmachen und der Gaetano ... Mei, des war kurz bevor ich zurück nach Deutschland bin, des hab ich gar nicht mehr so genau mitgekriegt.«

»Und der Calcedonio konnte einfach so aussteigen und ein Geschäft aufmachen? In den Filmen läuft das immer anders. Patronenhülsen, Drohbriefe, tote Tiere vor der Tür und so.« Ich denke an die kleine Katze. Ob Don Vincenzo sie deshalb behalten hat? Damit er ihr im richtigen Moment den Hals umdrehen und sie jemandem vor die Tür legen kann? Gaetano zum Beispiel?

Mitzi lacht. »Du kannst doch diese damischen Dorfdeppen nicht mit der echten ehrenwerten Gesellschaft vergleichen. Des sind doch alles nur Hustengudl und Milchbubis.«

»Wenn du das sagst.«

Ich fasse es nicht. Zio Calzone ein Ex-Mafioso. Jetzt wird mir einiges klar. Der Respekt, den er im Dorf genießt, und die Kontakte, die er hat. Nur durch seinen Namen haben wir im Krankenhaus Infos über Lucia bekommen. Und Nunzia wird Staatsanwältin. Was für ein Hohn.

»Mama, Oma, kommt, wir wollen zum Strand«, ruft Hanna. »Ihr müsst eure Pullis anziehen, sagt die *Zia*.«

Wir steigen die Stufen hinunter und Hanna rennt sofort los. Sie schlägt ein paar Räder auf dem feuchten Sand und lacht. Mitzi und Zia Mimma reden und lachen miteinander wie alte Freundinnen. Zwar mit viel Gefuchtel, aber es scheint so, als würde es nicht wirklich etwas ausmachen, dass Mitzi nur ein sehr rudimentäres Italienisch spricht.

Hinter ihnen gehen Nunzia und ich. Die Gischt spritzt hoch auf und meine Lippen schmecken salzig. Ich drehe mich einmal um mich selbst, mit ausgestreckten Armen, und lege meinen Kopf in den Nacken. Über uns kreischen die Möwen. Ich sehe unsere Fußspuren im Sand und atme tief durch. Ich bin einen verdammt langen Weg gegangen. Und vielleicht bin ich endlich angekommen.

»Wie läuft dein Studium?«, rufe ich gegen den Lärm der Wellen an.

»Geht. Aber irgendwie muss ich an eigenes Geld kommen. Dass mein Bruder mir die Uni finanziert, macht mich fertig. Eigentlich sollte er sich um seine neue Familie kümmern, nicht um seine Loser-Schwester.«

»Du bist doch keine Loserin!« Ich bleibe stehen und schaue sie an. So kenne ich sie gar nicht. »Was ist denn los mit dir?«

»Ach nichts.« Sie winkt ab. »Die beiden haben uns übrigens für morgen eingeladen.«

»Sind die auch gerade hier im Urlaub?«

»Amedeo ist über Ostern da. Und Ilaria lebt wieder hier. Sie ist schwanger«, sagt Nunzia, als wäre das Erklärung genug.

»Wie jetzt, Amedeo allein in Deutschland und sie allein und schwanger hier?«

»Eben nicht. In Deutschland war Ilaria allein und schwanger. Hier sind ihre *mamma*, ihre Schwestern, ihre Cousinen, ihre Tanten ...«

»Verstehe«, sage ich. »Und Amedeo ist in Deutschland geblieben, um genug Geld für dein Studium zu verdienen.« So langsam wird mir klar, warum sie ein schlechtes Gewissen hat. »Wie läuft dein Beauty-Salon?«

Sie hebt die Arme. »Ich kann ja nicht gleichzeitig in Palermo studieren und hier arbeiten.«

»Klar.« Wir biegen um die nächste Felsnase und ich sehe das Holzboot, das hier noch immer kieloben und halb im Sand vergraben liegt. »Hast du eigentlich was Neues über Lucia herausgefunden?«, frage ich.

»Nein.«

»Aber ich.« Triumphierend schaue ich sie an, doch sie geht einfach weiter und starrt nach vorne. Ich trabe ihr hinterher. »Stell dir vor, ich habe mit einem Psychologen von *Liberi di scegliere* telefoniert.«

»Echt?« Sie scheint nicht besonders beeindruckt zu sein.

»Das ist doch toll, oder?«

»Ja ja, klar.« Ihre Stimme klingt total gelangweilt. Plötzlich hält sie inne, als wäre ihr gerade etwas eingefallen. »Woher hattest du den Kontakt?«

»Darf ich nicht verraten.« Das ist ja wohl das Mindeste, was ich Mario schuldig bin.

»Ach komm, mir kannst du es doch sagen.«

»Tut mir leid.« Ich schüttle den Kopf.

»Vertraust du mir nicht mehr?«

Ich schweige.

»Okay ...« Sie sieht enttäuscht aus und geht weiter.

»Du hättest nicht gedacht, dass ich das schaffe, oder?«, rufe ich ihr hinterher, um die Stimmung ein bisschen aufzulockern.

»Ehrlich gesagt nicht.«

Bähm! Ihre Worte fühlen sich an wie eine Ohrfeige. Ich weiß nicht, ob es mich wütend macht, dass sie mir das nicht zugetraut hätte, oder stolz, dass ich es trotzdem hinbekommen habe. Auch ohne sie. Irgendwie beides.

»Jedenfalls muss ich am Donnerstag nach Messina, da will er mich treffen«, sage ich. »Leihst du mir dein Auto? Dann kann Mitzi den Mietwagen hierbehalten.«

»Ich komme mit.«

Ich schüttle den Kopf. »Das geht nicht. Ich muss dort allein aufkreuzen.«

»Bist du bescheuert? Du kennst doch diesen Typen gar nicht. Du hast keine Ahnung, wen du da treffen sollst.«

»Das ist meine einzige Chance, Lucia kennenzulernen.«

»Linda, das ist gefährlich.«

»Ja ja, das hast du schon öfter gesagt.« Ich bleibe stehen und stemme die Hände in die Hüften. »Aber hey, du hast schließlich nichts Neues rausbekommen, oder? Also muss ich das selbst in die Hand nehmen, sonst wird das nie was.«

Betreten schaut sie mich an.

246

»Du hast es gar nicht versucht, oder?«

»Schon, aber ...« Sie blickt auf ihre Schuhe. »Versteh doch ...« Sie bricht ab und das Schweigen zwischen uns wird immer größer.

»Leih mir einfach dein Auto, okay?«

»Okay.«

»Und kein Wort zu niemandem. Vor allem nicht zu Mitzi. Die dreht sonst durch. Offiziell fahre ich am Donnerstag nach Palermo, um Gaetano zu treffen, klar?«

»Klar.« Sie geht weiter, stiefelt mit gesenktem Kopf durch den Sand.

Irgendwas ist anders zwischen uns.

Wir sitzen alle um den großen Tisch. Zio Calzone seufzt selig. »*Tutti n'zemmula*«, sagt er auf Sizilianisch. »Alle zusammen.«

Zia Mimma hat ihren Auberginenauflauf aufgetischt, *Nonna* legt ihr Gebiss neben den Teller und *Nonno* schneidet sein Essen mit einem alten Taschenmesser. »Das hatte ich schon, als ich zu Fuß über die Alpen gegangen bin«, sagt er. »Ich war nämlich als junger Mann in Deutschland, wusstest du das?«

Ich schaue ihn an. Er hat noch nie viel geredet, das muss ich ausnutzen. »Nein, wusste ich nicht. Erzählst du mir davon?«

»*Mariiiia!*« Die *Nonna* reckt ihre knochigen Arme in den Himmel. »Immer diese alten Geschichten.«

Nonno schiebt seine speckige Schirmmütze etwas weiter aus der Stirn, rückt seinen Stuhl zurück und streckt die Beine aus. »Wir sind damals zu Fuß über die Berge gegangen. Kalt war es. Eiskalt. Vor allem nachts.«

Gespannt schaue ich ihn an.

»Kurz nach dem Zweiten Weltkrieg haben wir hier alle Hunger gelitten, es gab keine Arbeit. Wir hörten immer wieder von jungen Männern, die zu Fuß nach Österreich und dann weiter nach Deutschland gegangen sind. Dort wurden dringend Arbeitskräfte gesucht, um das zerbombte Land wieder aufzubauen, die deutschen Männer waren ja fast alle tot. Wir waren eine ganze Gruppe aus Santa Lucia del Monte. Mit dem Zug sind wir nach Meran gefahren, danach haben wir uns in die Büsche geschlagen. Wir sind eine Woche lang über die Berge gelaufen, dann waren wir drüben.« Er kratzt ein wenig mit seinem Stock auf dem Zement herum. »Ich hatte Angst vor den Deutschen, aber sie waren nett zu uns. Wir durften in ihren Scheunen schlafen. Sie haben uns immer was zu essen gegeben, obwohl sie selbst kaum etwas hatten.«

»Angst? Die Deutschen und die Italiener waren im Krieg doch Verbündete«, sage ich.

»Ach was, verbündet!« Er haut mit seinem Stock auf den Boden. »Ich erinnere mich noch genau, wie die Deutschen hier gewütet haben.«

»Hier?«

»Ja, hier draußen.« *Nonno* zeigt aufs Meer. »Hier lagen über dreitausend amerikanische Schiffe, und wir sollten zusammen mit den deutschen Soldaten die Küste verteidigen.«

»Die Landung der Amerikaner«, ergänzt Nunzia. »Operation Husky von 1943. An diesem Strand hat die Befreiung vom Faschismus begonnen.«

Nonno nickt. »Wir hatten nicht mal eine Kanone, nur Gewehre. Wir waren in einem zweistöckigen Haus stationiert. Oben die Deutschen, unten wir. Oben gab es Fleisch, und uns haben sie die Knochen heruntergeschmissen. Das waren Barbaren. Einmal haben sie mit ihren Panzern sogar einen kleinen Jungen überfahren, sie haben nicht mal gebremst.«

»*Mariiia*«, ruft die *Nonna*. »Das waren schreckliche Zeiten. So viele Tote.«

»Und trotzdem wolltet ihr nach dem Krieg für die Deutschen arbeiten?«, frage ich.

Nonno lacht auf. »Immerhin haben wir mit dem Geld, das wir in Deutschland verdient haben, unsere Familien durchgebracht und unser Land wieder aufgebaut. «

»Und was hast du in Deutschland gemacht?«

»Erst habe ich illegal auf einer Baustelle gearbeitet, aber da musste ich zehn Stunden am Tag schuften und habe fast nichts verdient. Deshalb bin ich zurück nach Sizilien gegangen. Als dann Mitte der Fünfzigerjahre die ersten Gastarbeiter-Züge fuhren, bin ich noch mal nach Deutschland gereist, ganz komfortabel und legal. Ich habe in der Nähe von Stuttgart am Hochofen gearbeitet. Dreizehn Jahre lang. Mit dem Geld konnte ich mir hier ein Haus und ein Grundstück kaufen, auf dem ich seitdem Weintrauben und Oliven anbaue.«

Die *Nonna* nickt. »Dann war er ein gemachter Mann.«

»Morgen zeige ich euch meinen Garten Eden, Kindchen.« *Nonno* wischt sein Messer mit einem Stofftaschentuch ab und steckt es in die Hosentasche.

»Ja gerne«, sage ich. Dann vergeht die Zeit schneller, die ich noch abwarten muss, bis ich endlich nach Messina fahren kann.

Der Film

Nonnos Garten, das klingt so klein und verwunschen. In Wahrheit ist er zehntausend Quadratmeter groß und liegt in einem Tal, das sich zwischen wilden Felszacken verbirgt. Die Südseite ist sonnenverbrannt. Nur trockene Erde und ausgedörrte Büsche.

»Des schaut ja aus wie in Afrika«, sagt Mitzi.

»Da wachsen die Kirschtomaten. Das Aroma wird durch die Trockenheit intensiver«, erklärt Nunzia. Sie zeigt auf die andere Seite des Tals. »Aber schau mal da.«

Hinter ein paar Felsen öffnet sich eine grüne Oase. Aprikosen, Birnen, Pfirsiche, Feigen, Pflaumen, Zitronen und sogar ein Maulbeerbaum stehen am Hang, dazwischen wachsen Grasbüschel.

Nonno steht aufrecht zwischen seinen Bäumen und breitet die Arme aus. »Mein Lebenswerk.« Er pflückt eine Orange, wischt sie sorgfältig mit seinem Stofftaschentuch ab und übergibt sie Hanna wie ein Stück Schmuck. »Wenn du im Sommer kommst, kannst du dich hier von Baum zu Baum durchessen.«

»Wie die Raupe Nimmersatt.« Hanna strahlt.

»Und da drüben ist das Gemüse.« *Nonno* zeigt auf ein großes Beet hinter einem Schuppen.

»Mei, und des ist alles total bio.« Mitzis Augen leuchten.

»Bewirtschaftest du den Garten allein?«, frage ich.

Nonno rückt seine Schiebermütze zurecht. »Nicht mehr. Ich werde alt. Seit diesem Jahr hilft mir Calcedonio ein bisschen, und zur Ernte stelle ich zusätzlich zwei Männer ein. Mal sehen, wie lange ich das noch machen kann.« Er schaut sich um und seufzt. »Eigentlich habe ich das alles nicht für mich aufgebaut, sondern für meine Söhne.«

Nunzia hebt die Arme. »So schön der Garten auch ist, leider wirft er nicht genug ab, um davon zu leben.«

Nonno zeigt mit dem Stock auf sie. »Immerhin habt ihr nie Hunger leiden müssen. Auch wenn es hier sonst nichts gibt – Essen hat nie gefehlt.« Er schreitet zwischen den Weinreben entlang, wir hinterher wie sein Gefolge. »Vor vierzig Jahren habe ich begonnen, Trauben anzubauen«, erzählt er. »Die roten heißen *Calabrese* und die grünen *Trebbiano*. Und vor zwanzig Jahren habe ich zusätzlich noch hundertvierzig Olivenbäume gepflanzt. Die produzieren jedes Jahr gute vierhundert Liter Öl. Das verkaufe ich an die Kooperative.« Er klingt stolz.

»Was verdienst du damit?«, frage ich.

»Drei Euro fünfzig pro Liter.«

»Weißt du, was die Leute in Deutschland für eine Flasche Olivenöl bezahlen? Über zehn Euro.«

Nonno lacht und schüttelte den Kopf.

»Du verkaufst an die Kooperative?« Nunzia hebt die Hände zum Himmel. »Aber bisher hast du deine Oliven doch immer selbst zur Ölmühle gebracht.«

»Die Zeiten ändern sich. Die Kooperative macht verkaufsfertiges, etikettiertes Öl daraus und exportieren es. Das ist einfacher für mich.«

»Aber die strecken es mit Sonnenblumenöl, färben es mit Chlorophyll und hübschen es mit Beta-Carotin geschmacklich auf. Und dann verkaufen sie es als *extravergine* ins Ausland!«

»Alles Verbrecher, diese Sizilianer«, knurrt Mitzi.

»Aber es gibt doch genaue Bestimmungen, was *extravergine* heißen darf und was nicht«, sage ich.

Nunzia winkt ab. »Die Nachfrage in Europa ist viel höher als die Menge, die Italien produzieren kann.«

»Und woher kommt dann der Rest?«

»Gute Frage. Vor ein paar Jahren ist mal ein Fälscherring aufgeflogen. Die Polizei hat hunderttausend Liter gefälschtes Öl beschlagnahmt.«

»Ausgschamte Bagage«, grummelt Mitzi.

»Mit dem Wein ist es ähnlich. Die Kooperativen verkaufen die Trauben an die großen Firmen in Norditalien, die dann Tafelwein im Tetrapack daraus machen, der für zwei Euro neunzig im Supermarkt verkauft wird.« Nunzia hebt die Hände. »Oder sie landen heimlich im Merlot.«

»Das kann sich ja gar nicht lohnen«, sage ich. »Die Erntehelfer kosten ja auch was.«

»Dieses Jahr nehme ich Flüchtlinge, die sind billiger.« *Nonno* schwingt seinen Gehstock. »Und jetzt setzt euch.« Er deutet auf eine Holzbank im Schatten und greift in einen Kapernstrauch. Aus dem Busch zieht er eine Plastikflasche hervor und füllt eine dunkelviolette Flüssigkeit in drei Plastikbecher.

»Aber du sollst doch nicht mehr trinken«, sagt Nunzia.

»Kein Wort zur *Nonna*.« Er zwinkert uns zu.

Ich nippe. Der Wein schmeckt anders als unserer, schwer und hölzern, gleichzeitig fruchtig und mostig. Mein Kopf wird ganz leicht. Wir beobachten, wie uns die

Eidechsen um die Füße rascheln. Mitzi ext ihren Becher und hält ihn dem *Nonno* hin. Er nickt zufrieden und gießt nach. »Komm«, sagt er dann zu Hanna. »Wir ernten was fürs Abendessen.«

Die beiden laufen zwischen den Bäumen entlang, pflücken Zitronen und Orangen. Dann gehen sie rüber zum Gemüsegarten und ich verliere sie aus den Augen.

»Könnte man die Sachen statt an die Kooperative nicht an irgendein Feinkost-Label verkaufen?«, frage ich Nunzia. »Das ist doch alles total authentisch und super-bio. In Deutschland könnte man damit einen Haufen Geld verdienen.«

»Endlich mal eine gescheite Idee von dir«, sagt Mitzi.

Nunzia zuckt die Schultern. »Keine Ahnung.«

Nonno und Hanna kommen zurück, mit einer Kiste voller Knoblauch, Zwiebeln, Brokkoli, Spinat, Fenchel, Orangen und Zitronen.

»Und jetzt pflücken wir noch Kapern. Schau, da.« *Nonno* zeigt auf den Busch, aus dem er vorhin den Wein gezaubert hat, und zieht eine verknüllte Tüte aus der Hosentasche, die er Hanna reicht.

Sie zupft die prallen grünen Kügelchen ab. »Das wird sooo ein leckeres Essen. Ich will mit Zia Mimma kochen.«

Auf dem Rückweg bremst Nunzia bei einer Ape, auf deren Ladefläche sich Artischocken türmen. Davor steht ein Schild mit der Aufschrift »*25 Stück für 1 Euro*«.

»Die nehmen wir auch noch mit.«

Auf der Stichstraße zum Meer kommt uns mitten auf der Fahrbahn eine Schafherde entgegen. »Mama, das sind ja eine Million«, sagt Hanna.

»Mindestens«, antworte ich.

Nunzia schaltet den Motor aus und die Herde umschließt uns. Schmutzigweiße Leiber, geschwungene Hörner, blökende Mäuler, wohin wir schauen.

»Die stinken!«, ruft Hanna, aber sie lacht. »Guck mal, da sind auch Hunde!«

Am Ende des Zuges traben zwei zottelige Hirtenhunde und dahinter gehen ein Mann und ein Junge in dreckigen Klamotten. Sie haben braune Haut und das Gesicht des Alten ist von Furchen durchzogen. Nunzia grüßt und lässt den Motor wieder an.

Hanna dreht sich auf der Rückbank um und schaut der Schafherde nach. »Hier ist es so toll. Können wir nicht hierbleiben?«

»Ja genau«, sagt Mitzi.

Ich seufze. »Nächste Woche müssen wir nach Hause fliegen. Schule und Uni.«

»Des war so klar.« Mitzi schüttelt den Kopf.

»Ich will aber am liebsten für immer hierbleiben«, sagt Hanna.

»Das geht nicht, Mucki.« Ich schaue aus dem Fenster und sehe das Meer, das royalblau glänzt.

»Alle sagten, das geht nicht. Dann kam einer, der das nicht wusste ...«

»... und hat es einfach gemacht«, beende ich einen von Mitzis Lieblingssprüchen.

»Der Hochzeitsfilm von Amedeo und Ilaria ist endlich fertig«, sagt Nunzia, als wir später im Wohnzimmer sitzen und aus dem Panoramafenster aufs Meer schauen. Der Wind ist noch stärker geworden und schüttelt die

Palmen hin und her. »Ilaria ist ganz begeistert. Wir sind die Ersten, die ihn sehen dürfen. Wir sind sozusagen zur Premiere eingeladen.«

Zia Mimma klatscht in die Hände und die *Nonna* ruft: »Dass ich das noch erleben darf!«

Scheint so, als wäre das eine richtig große Ehre. »Wir sprechen schon von derselben Hochzeit?«, frage ich zur Sicherheit. »Es hat ein Dreivierteljahr gedauert, bis der Film fertig war?«

Nunzias Augen funkeln. »Klar.«

Hollywood lässt grüßen, denke ich, aber das sage ich natürlich nicht. Dass sizilianische Hochzeiten ein etwas, nun ja, sensibles Thema sind, weiß ich ja mittlerweile. Und dass sie einen endlosen Hindernisparcours an Fettnäpfchen bereit halten, auch. Nur nicht wieder *brutta figura* machen, Linda!

»Ich bin gespannt. Sollen wir was mitbringen?«

»Am besten *dolci*.«

»Wird gemacht.«

Nach dem Mittagessen fahren Mitzi, Hanna und ich zur Bar von Silvos Mutter, um süße Teilchen einzukaufen. Ich versuche, möglichst unauffällig durch die Glasfront zu schauen.

»Machst du das mal? Ich warte hier.« Demonstrativ halte ich mein Handy in Richtung Himmel. »Müsste mal telefonieren. Hab mich noch gar nicht bei Gaetano gemeldet.«

»Den Breznsalzer kannst du doch später anrufen, der ist eh nie da, wenn man ihn braucht.«

»Mitzi!«

»Ist doch wahr.«

Ich schiele wieder zur Bar. Eigentlich sollte ich zuerst Mario anrufen. Aber mein Herz klopft gerade viel zu laut. Und zwar gegen meinen Willen. Aber ich kann es nicht stoppen.

»Hast du Angst, dass dein Gspusi da ist, oder was?«

Touché.

»Er ist nicht mehr mein Gspusi.«

»Dann ist es doch eh wurst. Komm jetzt.«

Ich seufze. Ist ja auch albern. Ich dringe heimlich in das Grundstück eines Mafiabosses ein, und dann habe ich Schiss davor, meinen Ex in einer Bar zu treffen?

Wir gehen durch die Glastür und eine Wolke aus Vanille und Espresso hüllt uns ein. Die Bar ist leer. In einer Vitrine liegen jede Menge süße Teilchen mit Creme und Amarenakirschen, Streuseln, Pistazien und Schokoguss. Mir läuft das Wasser im Mund zusammen.

»Ich suche aus«, ruft Hanna.

Der Vorhang hinter der Bar klackert, teilt sich, ich halte die Luft an. Puh! Zum Glück ist es nur Silvos Mutter, die zwischen den rosafarbenen Perlen auftaucht.

»Linda, Mitzi. Schön, dass ihr hier seid.« Ich atme auf. Sie scheint nicht zu wissen, dass Silvo und ich Streit hatten. Aber wahrscheinlich weiß sie auch gar nicht, dass wir was miteinander hatten. »Und Hanna!« Ihr Gesicht hellt sich auf. »*Che bella bambina!*« Sie reicht ihr ein *cannolo* in einer Serviette über den Tresen, dabei klappern ihre goldenen Armreifen.

Hanna beißt in die knusprige Teighülle und Ricotta-Creme quillt hervor. »*Buono*«, sagt sie mit vollem Mund.

Silvos Mutter lacht. »Was kann ich für euch tun?«

»Wir brauchen *dolci*«, sage ich.

»Wir sind bei Ilaria und Amedeo eingeladen«, ergänzt Mitzi.

»Zum Hochzeitsfilm schauen?« Silvos Mutter presst die Hände vor der Brust zusammen. Offenbar ist der Film das Thema des Tages.

»Genau.«

»Ich beneide euch.« Sie zwinkert mir zu. »Wie viele Leute seid ihr?«

»*Zio, Zia*, Nunzia, *Nonno, Nonna*, wir drei, Ilaria und Amedeo ...«

»Zwei Kilo«, sagt Mitzi.

Silvos Mutter reißt die Augen auf. »Für zehn Leute?«

»Fünf Kilo.« Ich ramme Mitzi meinen Ellbogen in die Rippen. »Mindestens. Wir wollen doch keine *brutta figura* machen, gell?«

Silvos Mutter nickt erleichtert.

»Von denen, dann von denen hier, und von denen da ganz ganz viele.« Hanna macht Ricotta-Fingerabdrücke auf die Vitrine.

Silvos Mutter packt drei goldglänzende Papptabletts voll, wickelt sie in Papier ein und bindet goldenes Geschenkband darum. »Viel Spaß.«

Als wir die Tabletts zum Auto tragen, grantelt Mitzi: »Dass du immer so übertreiben musst. Wer soll denn des alles essen? So eine Verschwendung.«

»Es geht in Sizilien nicht darum, dass alles gegessen wird, sondern darum, dass möglichst viel übrig bleibt«, zische ich ihr zu. »Und jetzt muss ich telefonieren.«

Ich knalle den Kofferraumdeckel über den *dolci*-Paketen zu und tippe auf Gaetanos Kontakt.

Mailbox.

»Jessas Maria, ist des schiach«, raunt mir Mitzi zu, als wir die Wohnung von Ilaria und Amedeo betreten. Hier sieht es aus wie in einer Meister-Proper-Werbung. Weiß glänzende Möbel, ein funkelnder Kristallleuchter, glitzernder Marmorboden, cremefarbenes Ledersofa. »Bestimmt haben die gerade erst die Plastikfolie abgemacht«, flüstert sie.

Wir überreichen unsere fünf Kilo *dolci* an Ilaria.

»Das ist ja viel zu viel.« Sie lacht.

»Siehst du«, zischt Mitzi.

Ich ignoriere sie und strahle Ilaria an. »Aber du musst ja jetzt für zwei essen.« Ich grinse, weil mich dieser Spruch in meiner eigenen Schwangerschaft immer so genervt hat, und jetzt lasse ich ihn selbst los. »Herzlichen Glückwunsch!« Ich küsse sie links und rechts auf die Wangen.

Amedeo kommt rein, den küsse ich gleich mit.

»Ciao, wie geht's dir?«, frage ich, aber an dem Schatten, der sein Gesicht überzieht, sehe ich, dass das die falsche Frage war.

»Setzt euch«, sagt er.

Ilaria lässt sich auf das Sofa fallen und streichelt sich den Bauch.

»Wie soll es denn heißen?«, fragt Mitzi.

»Calcedonio natürlich«, sagt Zio Calzone.

»Wenn es überhaupt ein Junge wird.« Zia Mimma schaut ihren Mann strafend an.

»Wir lassen uns überraschen«, sagt Ilaria. »Ich glaube, es wird eine Rosalba, wie meine Mutter. Das Album, *tesoro.*« Sie zeigt auf einen Holzkasten, der so groß ist wie ein Kindersarg.

Amedeo hebt ihn von der Anrichte und stellt ihn vor uns auf den Couchtisch. Scheint ziemlich schwer zu sein. Zia Mimma öffnet andächtig den Deckel und zum Vorschein kommt ein ledergebundenes Album, ungefähr einen halben Meter auf einen viertel Meter groß.

»Wir waren unentschlossen, ob wir Marmor oder Leder für den Einband nehmen sollen«, sagt Ilaria. »Aber Marmor war uns zu schwer.«

Zia Mimma blättert los und ruft ständig »*Ah!*« und »*Oh!*« Auf jeder Seite hat der Fotograf einen anderen Effekt ausprobiert. Mal schwarz-weiß, mal verschwommen, mal blickt man durch ein Schlüsselloch auf ein Foto, mal ist es unter einem Herz versteckt, das man erst aufklappen muss. »*Fantastico*«, ruft Zia Mimma.

»Mei, da kriegst ja einen Augenkrebs«, flüstert Mitzi.

»Da bin ich«, ruft Hanna und zeigt auf ein Bild, auf dem sie mit dem Mädchen in Miniatur-Brautkleid redet.

»Keine Fingerdapper machen«, sagt Mitzi.

»Und da bist du, Mama.« Sie legt den Kopf in den Nacken und lacht.

»Echt?« Ich beuge mich vor. Es ist ein Bild von den Gruppentänzen. Ich taumle gerade auf meinen viel zu hohen Stilettos, das Gesicht zu einer Grimasse verzerrt. »Sehr lustig.«

Nach einer knappen Stunde haben wir das Album durch. Ich unterdrücke ein Gähnen.

»Und jetzt der Film«, ruft Ilaria. »*Tesoro?*«

Amedeo legt brav die DVD ein. Zum Auftakt dröhnt gleich mal eine Fanfare aus den Boxen. Auf dem Bildschirm erscheinen Kinderbilder von Ilaria und Amedeo, gefolgt von Fotos, auf denen sie sichtlich pubertieren.

Dann Filmaufnahmen der Brautleute, wie sie morgens im Bett erwachen und jeweils eine Gruppe Brautjungfern und Trauzeugen an ihrer Bettdecke ziehen. Meine Güte, ist das albern, denke ich, doch dann geht es erst so richtig los. Eine Disney-Traumhochzeit, die sich gewaschen hat. In den Hauptrollen Amedeo und Ilaria.

»Des war doch alles total anders«, flüstert Mitzi. »Wo ist jetzt die Frau, die sich den Knöchel gebrochen hat? Und von der doppelten Ringübergabe ist auch nix zu sehen.«

»Da hat das Kamerateam ganze Arbeit geleistet«, flüstere ich zurück.

Nach zwei Stunden sind wir bei der Polonaise durch den Saal angekommen. *Nonna* sitzt im Hintergrund auf dem Thron der Braut und winkt wie die Queen.

»*Mariiia*, da bin ja ich! Das war der schönste Tag meines Lebens«, ruft sie und streckt ihren langen Unterarm zur Zimmerdecke.

Irgendwann ruft Ilaria: »Und jetzt die Outtakes!« Sie hat ganz rote Wangen.

Popmusik ertönt und ich sehe den schwitzenden Brautvater, der die Schleife vor dem Altar nicht aufbekommt. Er nestelt mit rotem Gesicht an dem Band herum, das zwischen den ersten beiden Bänken gespannt ist. Die Gäste scharren unruhig mit den Füßen, die Kleider rascheln, die Fächer schwingen. Meine Güte, ja, ich erinnere mich. Der Arme. Trotzdem muss ich grinsen. Doch das Lachen vergeht mir gleich wieder.

»Da seid ihr«, ruft Hanna.

Die Kamera hält auf Mitzi, die mit mir tuschelt. Ilaria macht lauter. Die öffentliche Rüge des Pfarrers, weil mein

Knie durch den Schlitz des Kleides ragt, ist laut und deutlich zu hören. Ilaria lacht sich schlapp.

»Depperter Kuttenbrunzer«, flüstert meine Mutter.

Jetzt kommen die Outtakes der Feier. Ich stehe mit Silvo am Buffet und himmle ihn total an, was natürlich für jeden ersichtlich ist. Es versetzt mir einen Stich, meinen schönen Rockstar zu sehen. Zum Glück ist Mario jetzt nicht da.

»Mama, warum wirst du so rot?«, ruft Hanna.

»Pscht!« Kann ich nicht einfach in dem flauschigen Teppich versinken, der unter dem Couchtisch liegt?

Nunzia schaut mich von der Seite an. »Silvo ist übrigens verlobt.«

Ich huste. »Das ging aber schnell.«

»Nicht wirklich.«

Ich starre sie an. »Was soll das heißen?«

»Das ging wohl schon länger.«

»Hast du das gewusst?«, frage ich.

Sie schüttelt den Kopf. »So was findet hier im Dorf nicht öffentlich statt. Aber ich habe es geahnt.« Sie zuckt die Schultern. »Hab dich ja oft genug gewarnt.«

Ich schlucke. Ja, natürlich, hat sie. So ein Drecksack. Eine anständige Verlobte in Sizilien und eine heimliche Affäre in Deutschland. Das hätte ihm so gepasst. Ich habe einen bitteren Geschmack im Mund und greife nach einem Mandelkeks mit Amarenakirsche drauf. Zum Glück habe ich Silvo abblitzen lassen.

»Alles okay bei dir?«, fragt mich Nunzia.

»Ja ja.«

Um mich abzulenken, schaue ich wieder auf den Bildschirm. Oh Gott, auch das noch. Ich torkle verschwitzt auf meinen viel zu hohen Absätzen auf der Tanzfläche herum. Dann kommt Mitzi, wie sie ihre Schuhe über dem Kopf schwenkt, von sich wirft und barfuß weitertanzt, bejubelt von den sizilianischen Frauen. Eine Heldin. Das war ja klar.

»Mei, so ein toller Film«, ruft Mitzi.

»Verräterin«, zische ich ihr zu.

»Ich kann doch nix dafür, wenn du so fad bist.«

Dann wieder ich, wie ich Essen in mich hinein schaufle. Der Berg aus Püppchenlocken auf meinem Kopf löst sich unerbittlich auf, eine Spargelspitze lugt aus meinem Mundwinkel, ich habe Öl am Kinn.

»Die Petersilie ist eh schon verkümmert.« Diesmal tupft sich *Nonna* mit ihrem Taschentuch Lachtränen von den Wangen. »Und wenn dann auch noch die Katze draufpinkelt ...«

»Was soll denn das heißen?«

Nunzia japst: »Sizilianisches Sprichwort. Heißt so viel wie: Es geht immer noch schlimmer.«

Ich glaube, ich habe mich noch nie so geschämt.

Mitzi flötet: »So eine Hochzeit dauert nur ein paar Stunden, aber der Film ist für die Ewigkeit, gell?«

»Sehr witzig.«

»Jetzt sei halt nicht so eine Karussellbremserin«, sagt Mitzi und haut mir ihren Ellbogen in die Rippen.

»Mach dich mal locker«, ruft Nunzia. »Du bist sensationell, Miss Hollywood.«

Ich knete meine Hände. »Und wer bekommt den Film alles zu sehen?«

»Alle natürlich!«

Fantastisch. Bestimmt auch Silvo.

»Wirst du dann berühmt?«, ruft Hanna.

Ich fürchte, ja. Und stopfe mir noch ein paar *dolci* in den Mund, als Trost dafür, lebenslang die Lachnummer des Dorfes zu sein. Die komische Deutsche, die nicht mal auf Stilettos laufen kann und aussieht wie eine explodierte Sissi in Blond.

Als ich runtergeschluckt habe, frage ich Amedeo: »Wie lange bleibst du denn noch in Santa Lucia?«, um das Thema Hochzeitsfilm endlich abzuschließen.

»Ich muss nach den Feiertagen wieder zurück«, sagt er.

Ilaria wirft ihm einen giftigen Blick zu. »Er wird die Geburt verpassen.«

»Du könntest unser Kind schließlich auch in Deutschland bekommen.«

»Niemals.«

Oh nein. Schon wieder die falsche Frage.

Amedeo steht auf und stellt die Kiste mit dem Album zurück auf die Anrichte. Dann dreht er sich zu Ilaria um. »Ich verstehe einfach nicht, warum du in diesem Scheißland ein Kind zur Welt bringen willst, wenn du stattdessen die Möglichkeit hättest ...«

»Ich sitze doch nicht wochenlang mit einem Neugeborenen allein in diesem Wohnblock, wo sich die Nachbarn nicht mal im Treppenhaus grüßen.« Jetzt steht auch Ilaria auf. »Da krepiere ich ja vor Einsamkeit.«

»Einsamkeit? Bin ich vielleicht nicht da?«

»Du arbeitest den ganzen Tag. Außerdem brauche ich meine *mamma* in der Nähe.«

»Dann hättest du deine *mamma* heiraten sollen, und nicht mich.«

»Das regelt sich schon«, versucht Nunzia zu schlichten.

»Solange er für dein Studium zahlt, regelt sich gar nichts.« Ilaria hält sich den Bauch und rauscht aus dem Wohnzimmer.

Stille.

Nunzia ist blass.

»Mei, hast du des jetzt unbedingt sagen müssen«, faucht mich Mitzi an.

»Ich wusste doch nicht ...« Ich breche ab. Na toll. Ich habe es mal wieder geschafft. Ich habe die sizilianische Party *gecrashed*, die gute Laune *gekillt*, das Karussell mal wieder so was von ausgebremst. Zum Glück war diesmal kein Filmteam vor Ort.

»Ich glaube, wir gehen jetzt besser«, sagt Nunzia.

»Genau. Ich muss morgen ja auch früh raus«, stammle ich. »Ich fahre nämlich nach Palermo«, lüge ich.

Mehr sage ich dazu besser nicht. Mitzi denkt, ich fahre zu Gaetano, aber wenn die *Nonna* erfährt, dass ihr Sohn in Palermo ist, bekommt sie mir noch einen Herzinfarkt. Dafür darf Mitzi nicht wissen, dass ich eigentlich nach Messina fahre. Hoffentlich behalte ich den Überblick über meine ganzen Lügen.

Ich werfe einen Blick auf mein Handy. Gaetano hat noch nicht zurückgerufen. Was ist bloß los mit ihm? Dafür habe ich eine SMS von Mario bekommen:

Du fehlst mir.

Ich tippe zurück:

Du mir auch.

Mehr gibt mein schlechtes Gewissen nicht her. Es ärgert mich, dass Silvo immer noch so ein Chaos in mir anrichtet. Gleichzeitig habe ich Sehnsucht nach Mario.

»Also dann.« Wir stehen auf und verabschieden uns von einer verkniffenen Ilaria und einem schweigenden Amedeo. Als wir aus der Haustür treten, schallen ihre Stimmen schon über die Piazza.

»Dieses Scheißdeutschland!«

»Dieses Scheißsizilien!«

Super, Linda. Toll gemacht.

»Du kannst mit meinem Auto nach Hause fahren, und Mitzi mit eurem Mietwagen. Dann kannst du morgen früh gleich los«, sagt Nunzia.

»Du, tut mir leid, ich wollte nicht ...«

Sie winkt ab. »Kannst ja nichts dafür. Und Linda?«

»Ja?«

»Pass auf dich auf.«

Messina

Ich fahre rechts ran, steige aus dem Sporting und schaue über die Meerenge von Messina. Steinerne Molen ragen ins Wasser, Bahngleise enden im Nichts und über allem wacht eine goldene Madonna, die mindestens zwanzig Meter hoch in den Himmel ragt. Fast wie die Freiheitsstatue. Silvio Berlusconi würde es bestimmt gefallen, eine Statue von sich selbst da oben aufzustellen, wenn seine Brücke über den *stretto* endlich fertig ist.

Da drüben ist also Kalabrien. Marios Heimat. Er fehlt mir. Es wäre schön, eines Tages mit ihm gemeinsam nach Sizilien zu reisen. Aber erst, wenn ich mein Familienchaos im Griff habe.

Ich sehe mich um. Links von mir türmen sich Wohnblocks, dahinter ragt eine riesenhafte Autobahnbrücke auf und vor mir liegt ein Parkplatz, über den der Meerwind Plastiktüten treibt. Außerhalb der Saison verkehren weniger Fähren, es ist kaum etwas los, nur ungefähr zehn Autos. Hier sind wir verabredet. Ich scanne die Wagen, aber die Sonne spiegelt sich in den Windschutzscheiben und Fenstern. Ich erkenne nicht, ob in einem der Autos jemand sitzt.

Der Wind streicht mir durchs Haar und ich schließe die Augen. Eine merkwürdige Ruhe breitet sich in mir aus. Eigentlich müsste ich jetzt total rumflippen, aber ich fühle mich völlig gelassen. Ich bin angekommen. Ich habe es geschafft. Ich werde gleich meine Kontaktperson kennenlernen. Meine Tür zu Lucia.

Ich schaue auf mein Handy. Kurz vor elf, ich bin pünktlich. Gaetano hat sich immer noch nicht gemeldet, also versuche ich es wieder. Mailbox.

»Ciao, hier ist Linda. Ruf mich bitte zurück, ich bin in Sizilien.« So langsam wird mir das unheimlich.

Dann schicke ich Mario eine SMS:

Ich sehe gerade Kalabrien. Und vermisse dich.

Am anderen Ende des Parkplatzes taucht ein Mann auf. Das war's mit meiner Gelassenheit. Ist das der Psychologe? Ungefähr fünfzig Jahre alt, schlabbrige Jeans, runde Brille. Wenn das kein Psychofuzzi ist, weiß ich es auch nicht. Mein Herz beginnt, Achterbahn zu fahren. Sitzt vielleicht sogar Lucia in einem der Autos?

Er kommt näher, schaut sich um, nickt mir zu. Ich nicke zurück. Dann steht er vor mir und streckt mir die Hand entgegen. »Linda?«

»Ja. Hallo.« Ich erwidere seinen Händedruck.

»Bist du allein?« Er späht in mein Auto.

»Klar.«

»Okay.« Er lächelt. »Du siehst ihr ähnlich. Ich habe eine Überraschung für dich.«

Meine Kehle wird eng und ich kriege kein Wort raus, deshalb nicke ich nur. Sie ist da. Ich spüre es.

»Sie weiß jetzt, dass sie eine Schwester und eine Familie hat. Ihr ehemaliger Betreuer hat es ihr gesagt. Es war ein ziemlicher Schock für sie zu erfahren, dass Don Vincenzo

267

sie einer anderen Familie weggenommen hat. Aber sie will dich trotzdem kennenlernen. Bist du bereit?«

Ich nicke.

Der Mann winkt.

Die Achterbahn fährt ganz nach oben, gleich wird sie den höchsten Punkt überschreiten und fast senkrecht hinabdonnern. Ich kralle meine Hände ineinander und starre in die Richtung, in die der Psychologe gewinkt hat.

Eine Autotür öffnet sich, eine Frau steigt aus und schaut mich an. Lucia.

Wir stehen uns gegenüber, vielleicht zwanzig Meter voneinander entfernt. Das gibt's nicht. Sie sieht aus wie ich, nur ein bisschen größer und mit langen, dunklen Locken. Genau so habe ich sie in meinen Träumen gesehen. Fast. Denn natürlich trägt sie kein Nachthemd, sondern eine hautenge schwarze Hose, ein Oberteil mit viel Plingpling und eine Handtasche, die verdammt teuer aussieht. Das bin ich in aufgebrezelt.

Ich glaube, sie ist ein bisschen größer als ich. Hätte ich sie erkannt, wenn wir uns zufällig auf der Straße begegnet wären? Keine Ahnung. Ich fühle mich wie in einem Film, alles total unwirklich. Langsam gehe ich auf sie zu. *Slow motion.* Jetzt fehlt nur noch die dramatische Musik im Hintergrund. Und das Kamerateam.

Lucia lächelt.

Dann entgleist ihr Gesicht. Sie fixiert einen Punkt schräg hinter mir.

Ich fahre herum. Da steht ein Mann im eleganten Mantel. Ich erstarre. Don Vincenzo. Scheiße.

Der Psychologe weiß erst nicht, in welche Richtung er laufen soll, und tritt unentschlossen von einem Fuß auf den anderen. »*Merda!*«, schreit er. Plötzlich geht alles ganz schnell. »Lucia, zurück ins Auto!«, ruft er, packt sie am Arm und spurtet los.

»Lucia, hau ab!«, schreie ich, renne zu meinem Wagen, springe hinein, knalle die Tür zu und drücke die Knöpfchen runter. Der Schlüssel fällt mir zwischen die Pedale, ich taste danach. Verdammt, schnell weg hier. Endlich, da ist er. Ich stecke ihn ins Schloss, lasse den Motor an und sehe, wie das Auto mit dem Psychologen und Lucia drin in vollem Tempo vom Parkplatz rast.

Don Vincenzo schaut ihr nach. Er weint. Der Wind bauscht seinen Mantel auf und er verschwindet hinter einer Häuserecke wie ein Phantom, das nie wirklich da war.

Ich mache den Motor wieder aus und steige aus. Wenn Don Vincenzo zurückkommt und mich kalt macht, ist es auch egal. Jetzt habe ich das Treffen mit Lucia auch noch versaut. Sie war hier, stand vor mir. Meine Schwester. Wie hat Don Vincenzo von dem Treffen erfahren? Ich hatte doch Catania und Montag gesagt.

Ich tigere hin und her, aber das hilft mir nicht weiter. Dann bleibe ich abrupt stehen. Don Vincenzo wird nicht mich kalt machen, sondern Nunzia. Oder Gaetano. Wo steckt der überhaupt? Ich schaue auf mein Handy. Scheiße. Immer noch kein Rückruf. Mir wird kalt. Was, wenn Don Vincenzo ihn schon geholt hat?

Ich muss irgendwas tun.

Das Einzige, was mir einfällt ist, den Psychologen anzurufen. Ich drücke auf seinen Kontakt, er hebt sofort ab. »*Pronto, sono Linda*. Ich bin noch am Parkplatz. Don Vincenzo ist weg.«

»Denunziantin!«, schreit mich der Psychologe an. »Du hättest deine Schwester umbringen können! Was willst du?«

»Ich wusste nichts davon, wirklich«, stammle ich. »Es tut mir so leid. Ich brauche Ihre Hilfe. Mein Vater ist verschwunden. Er geht seit zwei Tagen nicht ans Telefon. Don Vincenzo weiß, wo er wohnt, und er hat gedroht, ihm was anzutun, wenn ich nicht ...« Endlich kommen die Tränen. Ich schniefe. »Kann ich bitte mit meiner Schwester reden?«

»Ich habe sie nach Hause gebracht«

»Bitte geben Sie mir ihre Nummer.«

»Niemals. Und ruf mich nie wieder an.«

»Aber ...«

Klick.

Die Tür ist zu.

Ich glaube, ich kann nie wieder atmen.

Die Möwen kreischen und graue Wolken jagen am Himmel entlang. Woher zur Hölle wusste Don Vincenzo, dass ... Die Erkenntnis trifft mich wie ein Knüppelschlag auf den Kopf. Klar. Dieser Typ mit dem Drachen-Tattoo hatte mein Telefon, während ich bei Don Vincenzo auf der Terrasse saß. Ich bin so dumm. Ich habe keine Ahnung von so was, aber bestimmt hat er es verwanzt. Und der Don hat alle meine Telefonate abgehört, hat die ganze Zeit über jeden meiner Schritte verfolgt. Mir wird eiskalt. Damit habe ich auch Mario verraten.

Mit zitternden Fingern nehme ich die SIM-Card aus meinem Handy und werfe es in den Mülleimer. Ich steige ins Auto, packe das Lenkrad, lege meine Stirn darauf und lasse einen Schrei los. »Du blöde, naive, saudumme

Kuh«, brülle ich mich selbst an. »Du hast alles kaputtgemacht.« Dann haue ich meinen Kopf ein paar Mal gegen das Lenkrad, was aber nichts bringt. Es tut nicht mal weh.

Irgendwann lasse ich den Motor an und mache mich auf den Rückweg nach Santa Lucia.

Als ich gute zwei Stunden später vor unserem Haus aus dem Auto steige und auf unser Haus zugehe, stürzt Nunzia auf mich zu. Die hat mir jetzt gerade noch gefehlt. Ich bin völlig fertig und will bloß meine Ruhe haben, aber sie umarmt mich, will mich gar nicht mehr loslassen. Ich schüttle sie ab. Was ist denn los mit der?

»Zum Glück bist du wieder da«, ruft sie, und ihre Stimme klingt total komisch, irgendwie kieksig.

»Ist was passiert?«

Sie schüttelt den Kopf. »Zum Glück nicht, sonst wärst du ja nicht hier.« Sie ist bleich.

»Hä?«

»Ich muss dir was sagen.«

Sie blinzelt. Heult die etwa?

»Ja?« Meine Stimme klingt genervt.

»Es tut mir so leid. Ich wollte das nicht.«

»Nunzia, verdammt noch mal, rede endlich!« Ich schüttle sie an den Schultern.

»Er hat gesagt, er gibt mir Geld. Zwanzigtausend Euro. Davon hätte ich mein Studium bezahlen können, aber ich habe abgelehnt. Ehrlich, ich wollte sein Scheißgeld nicht haben. Aber dann ...« Ihre Stimme bricht.

»Was dann?«

»Dann hat er gesagt, dass er Hanna entführt, wenn ich nicht kooperiere.«

Meine Knie fühlen sich an, als wären sie aus Knete. »Don Vincenzo?«

Sie nickt. »Er hat mich angerufen. Er hat gesagt, das Foto von Gaetano und mir war ein Gruß von ihm. Er wusste, wo ich wohne, und er wusste auch, dass Hanna hier im Haus am Meer ist. Bitte verzeih mir. Ich hoffe, ihr ist nichts passiert.«

Panik schießt durch meinen Körper. »Hanna?«

»Nein, deiner Schwester. Er hat versprochen, dass er nur mit ihr reden will. Ehrlich. Er wollte ihr etwas Wichtiges sagen.«

»Du hast das Treffen verraten?«

Sie starrt auf den Boden.

»Du hast mich verraten!« Am liebsten würde ich Nunzia eine schmieren.

»Nicht dich. Das Treffen. Er wollte doch nur mit seiner Tochter reden.«

Ich kann ihre Rechtfertigungen nicht länger hören. »Wo ist Hanna?«

»Alles gut. Sie ist drin. Ich habe sie keine Sekunde allein gelassen. Ich habe die ganze Zeit auf sie aufgepasst. Und wo ist deine Schwester?«

»Abgehauen.«

»Es tut mir so leid.«

»Lass mich einfach in Ruhe. Ich will sofort zu Hanna.«

»Was hättest du denn an meiner Stelle gemacht?«, ruft mir Nunzia hinterher, aber ich drehe mich nicht mehr zu ihr um. »Hätte ich Hanna in Gefahr bringen sollen?«

Ich öffne die Haustür.

»Wie schaust denn du aus?«, fragt Mitzi und beantwortet sich ihre Frage direkt selbst. »Wie eine wandelnde

Leiche. Mei, du bist ja ganz kasig. War's nix mit dem Himbeertoni, gell. Des hab ich dir ja gleich gesagt.«

»Hallo Mama«, ruft Hanna und läuft mir entgegen. »Wie war's bei Opa?«

Ich schließe sie in die Arme und mache die Augen zu. »Ich hab dich so lieb.« Ich will sie für immer festhalten und ihren beruhigenden Duft in mich aufsaugen, aber sie befreit sich aus meinen Armen.

»Ich dich auch. Heute war die Katze wieder da. Weißt du noch? Die weiße mit den blauen Augen.«

Am liebsten würde ich mich jetzt hier auf den Boden legen und nie mehr aufstehen. Mein ganzer Körper ist ausgelaugt und mein Kopf ausgebrannt wie *Nonnos* Tomatenplantage. »Sie war auf der Terrasse. Komm, wir schauen, ob sie noch da ist.«

Ist sie. Hanna kniet sich auf das Terrakotta-Pflaster und krault die Katze am Bauch. Das Tier räkelt sich und streckt die Pfoten. Ich sitze neben ihr und schaue auf den Hibiskus, dessen Äste sich fast bis zum Boden neigen. Lucias Grab. Es ist nichts mehr von dem Loch zu sehen, das Mitzi und ich im Sommer gegraben haben, um ihren Sarg zu finden. Nur noch körnige Erde.

Schon verrückt. Alle dachten, sie sei tot, bis wir diese Puppe gefunden haben. Plötzlich hat Lucia gelebt. Und jetzt ist sie irgendwie doch wieder gestorben.

Die Katze springt in den Garten und verschwindet hinter einem Oleanderbusch. »He, bleib da!«, ruft Hanna und läuft ihr hinterher.

»War's so schlimm beim Gaetano?« Mitzi ist auf die Terrasse gekommen. Sie lässt sich auf einen Plastikstuhl sinken, der sich unter ihrem Gewicht spreizt.

»Ich war gar nicht bei ihm.«

»Was?«

»Ich war in Messina, um Lucia zu treffen.«

»Lucia?« Sie wird ganz blass über ihrem Batik-T-Shirt. »Du verarschst mich, gell?«

»Nein. Aber ist egal, ich habe es eh versaut.« Ich erzähle ihr die ganze Geschichte. »Und jetzt habe ich einen Mafiaboss gegen mich aufgebracht, meine Cousine hat mich verraten, ich habe Hanna in Gefahr gebracht und mein Vater ist verschwunden. Wahrscheinlich hat ihn Don Vincenzo schon ...« Ich will den Satz gar nicht zu Ende sprechen.

»Oha, des ist jetzt echt scheiße. Aber immer, wenn du glaubst, es geht nicht mehr, kommt von irgendwo ...«

»Verschon mich.«

Mitzi schüttelt den Kopf. »Stimmt, der Spruch ist abgeleiert. Aber mir fällt grad kein besserer ein.«

»Wenn Mario erfährt, dass ich ihn benutzt habe ...«, will ich weiterjammern, doch da durchfährt mich ein Adrenalinstoß. »Stopp! Wenn Nunzia das Treffen verraten hat, dann ist Mario gar nicht ins Visier des Don geraten. Zum Glück. Er ist nicht in Gefahr.« Vor Erleichterung beginnt mein ganzer Körper zu kribbeln.

»Siehst du«, sagt Mitzi und grinst. »Da ist ja schon das Lichtlein ...«

»Du hast echt einen Vogel.« Ich seufze. »Trotzdem. Meine Schwester habe ich für immer verloren.«

»Geh Schmarrn, im Universum geht keiner verloren.« Mitzi schaut übers Meer. »Aber manchmal muss man jemanden halt loslassen, um zu sehen, ob er zurückkommt.«

»Ach ja?« Ich blicke sie an. Dann kommt mir eine Idee. Zumindest eine Sache kann ich noch kitten.

»Passt du bitte kurz auf Hanna auf? Und ich brauche dein Handy. Ich muss mal telefonieren.«

»Und warum nimmst du nicht dein eigenes?«

»Hab's weggeschmissen.«

»Also manchmal bist du echt deppert.« Sie schüttelt den Kopf. »Liegt drinnen auf dem Tisch.«

Ich gehe zur Böschung, der Wind weht mir die Haare ins Gesicht. Jetzt versuche ich es ein letztes Mal. Ich tausche die SIM-Card von Mitzis Handy mit meiner aus. Das Display fährt hoch. Warum dauert das so lange? Endlich. Eine SMS blinkt auf. Mario.

Ich vermisse dich auch.

Wie sehr würde ich ihn jetzt brauchen. Ich schicke ein Herz zurück und eine kurze Nachricht:

Hier ist alles super.

Der Mut, ihn anzurufen, fehlt mir. Er würde an meiner Stimme hören, dass ich lüge. Nichts ist super.

Als ich Gaetanos Nummer eintippe, donnert mein Herz mit den Brechern um die Wette.

»*Pronto?*«

»Gaetano!«, schreie ich ins Telefon. »Geht's dir gut?«

»Ja klar, warum?«

»Ich habe versucht, dich zu erreichen!« Vor lauter Erleichterung schreie ich einfach weiter.

»Was ist denn los?«

»Wo warst du?«

»Nirgends. Mein Handy ist vor ein paar Tagen kaputt gegangen. Ich habe heute das neue abgeholt.«

»Nur dein scheiß Handy war kaputt?« Ich lache hysterisch los.

»Linda? Alles in Ordnung?«

Erst kichere ich, japse, dann schluchze ich los. »Neiiin!«

»Was ist denn passiert?«

»Ich hab alles versaut«, heule ich. »Ich brauche deine Hilfe. Don Vincenzo ist hinter uns her, ich dachte, er hat dich schon erwischt. Und ich habe Lucia vergrault.«

»Was soll das heißen?«

»Kannst du kommen?«

Stille.

»Können wir uns nicht woanders treffen?«

»Bitte komm her. Ich kann nicht mehr. Ehrlich. Dann lernst du auch endlich Hanna kennen.«

Er seufzt. »Kannst du nicht mit Hanna irgendwo anders hinkommen?«

»Aaah!«, schreie ich ins Telefon. »Mitzi hat recht. Du bist so ein Feigling!« Auf Deutsch füge ich hinzu: »Weichei, Waschlappen, Sitzpinkler!«

Stille.

»Dann lass es halt.« Ich will schon auflegen, da höre ich seine Stimme.

»Ich fahre los. In zwei, drei Stunden bin ich da.«

Ich gehe zurück auf die Terrasse, lasse mich auf einen Liegestuhl neben Mitzi fallen und schließe die Augen.

»Was ist los?«, fragt sie.

»Nichts.«

»Mit wem hast du telefoniert?«

276

»Mit Mario«, lüge ich. Wenn ich nur mit einem Sterbenswörtchen erwähne, dass Gaetano kommt, bringt Mitzi mich um. »Machst du mir Spaghetti?«

»Mit Tomatensoße?«

Ich nicke. Das ist das Einzige, was mich jetzt beruhigen kann. »Mit ganz viel Käse drauf.«

Seit den Notfall-Spaghetti geht es mir besser. Ich habe mich aufs Sofa gelegt und bin ein bisschen runtergekommen. Aber so langsam werde ich wieder nervös. Ich schaue auf die Uhr. Schon fast zwei Stunden um.

Es klingelt. Das Adrenalin schießt durch meinen Körper. Endlich, das muss Gaetano sein. Ich weiß, was es ihn kostet, meiner Mutter gegenüberzutreten. Was ich nicht weiß ist, wie sie reagieren wird. Vielleicht freut sie sich. Na ja, eher nicht. Wahrscheinlich wird sie erst mal völlig ausflippen. Aber irgendwie müssen wir ja den Schorf von dieser alten Wunde kratzen, damit der Eiter rauskommt und sie endlich verheilen kann.

Es klingelt wieder.

»Wer ist jetzt des?«, fragt Mitzi.

»Mama, ich habe eine Überraschung für dich.« Ich stehe vom Sofa auf und gehe zur Tür.

Sie schaut mich irritiert an. »Hast du gerade Mama zu mir gesagt?«

Ich umfasse die Türklinke, meine Handfläche ist feucht. Hoffentlich geht alles gut. Ich öffne die Tür. Und erstarre.

Draußen steht Uwe.

Mit seiner Klangschale.

Die Überraschung

»Himmiherrschaftszeitenfixhallelujasakramentnochamal, was machst jetzt du hier?«, ruft Mitzi.

»Überraschung!«, flötet Uwe.

Scheiße, denke ich.

Am liebsten würde ich ihn rückwärts die Stufen runterschubsen und die Tür zuknallen. Jetzt versaut der Idiot mir auch noch meine Familienzusammenführung.

»Mei, des ist ja wirklich lieb von dir«, sagt Mitzi zu mir.

»Was?«

»Na, dass du mir den Uwe hast einfliegen lassen.«

»Äh ...«

»Was?« Uwe schaut mich irritiert an.

»Eigentlich hatte ich eine andere Überraschung geplant«, sage ich matt.

»Ich bin von ganz allein gekommen, meine Venus.« Er winkt mit seiner Klangschale. »Mit Sondergepäck.«

Hanna biegt um die Hausecke, hält irritiert an und ruft: »Was macht denn der Leopard hier?«

»Der was?« Mitzi starrt sie an.

»So nennt Mama den Uwe immer.«

Uwe starrt mich an. »Leopard? Warum denn das?«

»Ja, äh, also ...«, stottere ich und seine Leopardenunterhose bekommt vor meinem inneren Auge immer größere Flecken.

»Ach so!« Sein Gesicht hellt sich auf. »Das ist doch dieser berühmte Film von Visconti. Der Leopard, ja sicher. *Damit sich die Dinge ändern, muss alles so bleiben, wie es ist.*«

»Genau!« Ich atme auf. »Und äh ... der ist ja so gebildet, da musste ich eben an dich denken.«

Uwes Wangen werden rot. »Das ist aber nett von dir.«

»Komm rein«, sagt Mitzi. »Schön hier, gell?« Dann zischt sie mir zu: »Du hast fei noch nie gut lügen können.«

»Für ihn reicht's«, flüstere ich zurück.

Uwe legt seine Klangschale und seine Tasche aufs Sofa, geht zur Fensterfront und schaut hinaus. »Das ist ja herrlich«, ruft er. »Italien ohne Sizilien macht gar kein Bild in der Seele. Goethe hat recht. Hier ist der Schlüssel zu allem.« Er öffnet das Fenster und hält den Kopf in den Wind.

»Ja ja«, ruft meine Mutter zu ihm rüber und beugt sich dann zu mir. Ihre Augen funkeln ungut. »Also, was soll des mit dieser Überraschung?«

»Die Frage ist jetzt wohl eher: Wo soll der Uwe übernachten? Es gibt hier kein Hotel.«

»Bei mir im Bett natürlich.«

»Aber nicht, dass der hier jeden Morgen im Leo-Dress rumrennt.«

»Mei, jetzt sei halt nicht so spießig.«

»Und nachts will ich nichts von euch hören, ist das klar? Das Haus ist hellhörig.«

Meine Mutter verdreht die Augen.

»Ach menno, der soll aber nicht hier wohnen«, mault Hanna.

»Wenn du nett zu ihm bist, bekommst du fünf Euro«, raunt ihr Mitzi zu.

Hanna lächelt zuckersüß und läuft zum Fenster. »Uwe, ich freue mich richtig, dass du da bist.«

So eine Verräterin.

Es klingelt. Das muss jetzt aber wirklich Gaetano sein. Mitzi starrt mich an und mir wird heiß. »Ich geh schon«, rufe ich. Schlimmer kann es eh nicht mehr werden.

Wie in Zeitlupe steuere ich auf die Tür zu, hole Luft, womöglich ein letztes Mal. Dann öffne ich.

Gaetano trägt ein gebügeltes Hemd über seinen Jeans und tritt von einem Fuß auf den anderen. Er ist blass. Aber er hat einen Blumenstrauß dabei. Mein Herz macht einen Riesensatz. Jetzt wird es ernst.

»Schön, dass du da bist«, sage ich und nehme ihm die Blumen ab. »Komm rein.« Dann trete ich auf die Seite und lasse dem Schicksal seinen Lauf.

»Himmelarschundzwirnkreuzbaumhollerstauden«, ruft Mitzi. Und: »Ja verreck!«

»Ich freue mich auch, dich zu sehen«, sagt Gaetano und ringt sich ein Lächeln ab. »Du bist noch ganz die Alte.«

Mitzi steht da wie eine Statue, käseweiß im Gesicht. Sie schwankt leicht. Ich greife nach ihrem Arm. Nicht, dass sie mir noch umkippt.

»Hanna, das ist dein Opa«, sage ich, um ein bisschen zu entdramatisieren.

»Ach, das ist dein Vater?«, fragt Uwe, doch keiner beachtet ihn.

Gaetano beugt sich zu Hanna, kneift sie sanft in die Wange. »*Che bella bambina!* Ciao Anna, ich freue mich, dich kennenzulernen«, sagt er dann auf Deutsch.

»Sie heißt aber Hanna«, sagt Uwe. »Mit H.«

Ich verdrehe die Augen. »Italiener können kein H.«

»Ich freue mich auch«, sagt Hanna. »Soll ich dir mal meine Katze zeigen?«

»Später«, sage ich. Und zu Gaetano: »Setz dich doch. Magst du einen *caffè?*« Mir ist so schlecht, dass ich Angst habe, gleich über den Tisch zu kotzen.

»So einen Expresso hätte ich auch gerne«, sagt Uwe.

»Espresso. Mit s.«

»Und wer ist das?«, fragt Gaetano.

»Äh ... also ...« Hinter meinem Rücken schiebe ich die Leoparden-Handschellen, die aus Uwes Gepäck lugen, tiefer in die Tasche.

Mitzi stemmt die Hände in die Hüften. »Des ist mein Lebensabschnittspartner. Damit du's fei weißt.«

Gaetano nickt und ein Schatten zieht über sein Gesicht. Das geht ja gut los.

»Er ist gerade erst gekommen, ich wusste nichts davon. Sorry.« Schon während ich das sage, merke ich, wie bescheuert das klingt.

»Er ist Lehrer«, flüstert Hanna und verdreht die Augen.

Gaetano grinst. »*O no!*«

Die Minuten, die die *bialetti* braucht, um zu kochen, dauern ewig. Mitzi dünstet dunkelschwarze Gewitterwolken aus, ihr Mund ist so faltig, als hätte sie gerade in eine Zitrone gebissen. Und Gaetano zerfieselt schweigend eine Papierserviette. Es ist ein schreckliches, abgrundtiefes Schweigen. Einzig Uwe plappert irgendwas über den geschichtlichen Schatz Sizilien oder so ähnlich. Keiner hört ihm zu. Die *bialetti* sprozzelt, ich schenke den Espresso in zwei Tassen und bringe eine zu Gaetano.

»Und ich?« Mitzi stemmt die Hände in die Hüften.

»Du brauchst eher einen Kamillentee.«

»Oder einen Schnaps. So eine Scheißüberraschung. Des kriegst du in deinem nächsten Leben fei alles zurück, wirst schon sehen. Des Universum vergisst nix.«

Ich stelle Uwe seinen Expresso mit x hin. »So«, sage ich. »Die Hanna zeigt dir jetzt den Strand, du möchtest bestimmt einen Spaziergang machen nach der langen Reise. Oder?«

Hanna verdreht die Augen und ich schaue sie streng an, zeige ihr erst fünf Finger, dann zehn.

Sie grinst. »Zehn Euro? Na gut.«

»Du bist ein ganz braves Mädchen, Hanna. Dafür verdienst du einen Joker.« Uwe ext seinen Expresso, schüttelt sich und zieht mit Hanna ab.

Als die beiden draußen sind, erwacht Mitzi aus ihrer Starre. Die Wutflammen lodern nur so um ihren Kopf. »Du gamsiger Zipfiklatscher, du verreckter Katzlmacher, du Kniebiesler, du ... du ...« Ihr Kinn zittert und ihre Augen glühen. »Du dersoachter Büxenmacher!«, bringt sie noch raus, dann bricht ihre Stimme und ihre Schultern zucken.

Ich lege den Arm um sie. »Jetzt beruhig dich doch.«

Sie schnappt nach Luft. Tränen laufen über ihre Wangen und tropfen in ihr Dekolleté. Sie schüttelt mich ab. »Du Verräterin. Warum holst du mir diesen verreckten Hundskrüppel ins Haus?«

»Genau genommen ist es sein Haus.«

Gaetanos Gesicht ist grau und verknittert. Er steht auf. »*Vaffanculo*. Ich hätte nicht kommen dürfen. Ich gehe jetzt besser.«

»Genau, am besten du schleichst dich gleich wieder, du Haderlump«, faucht Mitzi.

»Oh nein!« Ich drücke ihn zurück auf den Stuhl. »Ihr werdet jetzt verdammt noch mal miteinander reden.« Ich werfe eine Packung Taschentücher auf den Tisch, sie hüpft einmal hoch und bleibt dann liegen. Dann schaue ich zwischen den beiden hin und her. »So. Ich sperre jetzt von außen ab und gehe zu Uwe und Hanna an den Strand. Wir bleiben zwei Stunden. Mindestens. Und ihr klärt endlich eure ganzen Altlasten, ist das klar?«

»Des ist fei Freiheitsberaubung«, knurrt Mitzi, aber ihre Stimme klingt kraftlos, eher nach Babytiger.

»Das ist mir scheißegal. Ich habe ein Recht auf eine normale Familie, und die Hanna auch.«

Die beiden schauen mich betreten an.

Ich will zur Tür hinaus rauschen, halte aber noch mal inne. Der Ersatzschlüssel. Kein Entkommen. Jetzt knalle ich wirklich die Tür hinter mir zu, drehe den Schlüssel im Schloss und lasse ihn in meine Tasche gleiten. Dann atme ich tief durch und steige die verwitterten Holzstufen hinunter zum Meer. Nach mir die Sintflut.

Wir bleiben am Strand, bis die Sonne im Wasser versinkt. Der Sonnenuntergang glüht nicht so rot wie im Sommer, er ist zärtlicher, mit mehr Rosa und Lila. Hoffentlich ist das ein gutes Omen.

»Gehen wir hoch?«, frage ich.

Uwe nickt. »Und morgen nehmen wir Tüten mit runter und sammeln den ganzen Müll auf«, sagt er zu Hanna.

Ich sprinte die Treppe hoch, um als Erste oben zu sein und die Lage zu checken. Zwischen Mitzi und Gaetano sind bestimmt die Fetzen geflogen. Hoffentlich sind sie sich nicht an die Gurgel gegangen.

Ich schleiche mich an, und es haut mich fast rückwärts aus den Latschen. Die beiden sitzen auf der Terrasse und trinken Weißwein. Hä? Das gibt's doch nicht. Wie sind die aus dem Haus gekommen?

Sie haben mich nicht bemerkt, ich bleibe hinter der Hausecke stehen und lausche.

»Die Mauer muss hierhin«, höre ich meine Mutter sagen. »Sonst nimmt sie uns die Abendsonne.«

»Nein, da hin. Das Kind soll hier morgens den Kaffee in der Sonne genießen.«

Was geht denn jetzt ab? Welches Kind?

»Mit Blick aufs Meer. Und ich werde Terrassen anlegen und Kaktusfeigen pflanzen, bis hinunter zum Strand.«

Meine Mutter kichert. »Tano, du warst schon immer größenwahnsinnig.«

Tano? Spinne ich oder was? Ich kneife mich selbst in den Arm. Es zwickt gehörig. Kein Traum.

Hanna und Uwe schnaufen lautstark die Treppe hoch, jetzt bemerken Mitzi und Gaetano uns und drehen sich beide um.

»Ciao, da seid ihr ja wieder«, sagt Gaetano.

»Wie seid ihr ... Ich habe euch doch ...«, stammle ich.

Mitzi kichert. »Ja, glaubst du vielleicht, ich bin auf der Brennsuppen dahergeschwommen? Wir sind halt aus dem Fenster geklettert.«

»Ihr seid was?« Ich schüttle den Kopf, dann schnüffle ich in die Luft. »Raucht ihr etwa einen Joint?«

»Magst auch mal ziehen?«

»Mitzi!«

»Schau, Tano, ich hab dir doch gesagt, dass deine Tochter eine Spießerin ist.«

Der kichert jetzt auch.

»Ich glaub's nicht. Ihr seid ja völlig zugedröhnt.«

»Mama, was ist zugedröhnt?«, fragt Hanna.

»Nichts. Zeig mal dem Uwe das Zimmer von der Oma, damit er seine Tasche auspacken kann.«

Himmel, dass dieser Oberlehrer gerade jetzt hier herumwuseln muss. Ich schaue zwischen meiner Mutter und meinem Vater hin und her. Was für ein komischer Anblick.

»Hauptsache, ihr habt euch ausgesprochen«, sage ich. Die beiden kichern wieder und ich komme mir völlig bescheuert vor. Was soll das? Jahrzehntelanges Drama, ich total traumatisiert, mein halbes Leben zerstört, und jetzt sitzen die hier einfach so rum und kichern? »Ist ja toll.«

»Geh, setz dich halt her zu uns.«

Ich lasse mich auf den Stuhl sinken und nehme einen Schluck Wein aus Mitzis Glas. »Und, was habt ihr so geredet?«

»Des ist was Persönliches. Des bleibt unter uns.«

Eigentlich sollte ich mich freuen, total erleichtert sein, ein zentnerschweres Gewicht loshaben, oder so was in der Art. Aber die Wahrheit ist, ich fühle mich ausgeschlossen. Und irgendwie noch einsamer als vorher.

Uwe und Hanna kommen wieder raus, Hanna trägt eine Schüssel mit Oliven und Uwe bringt Kerzen mit. Der Wind hat sich gelegt, die Luft ist mild, das Meer rollt unten gleichmäßig an den Strand. Ein beruhigendes Geräusch. Die Mondsichel hängt blass am Horizont und die Katze streicht Hanna um die Beine.

»Mama, sind wir jetzt eine richtige Familie?«, fragt sie.

»Fast.« Ich werfe einen Seitenblick auf Uwe.

Gaetano gluckst und legt Mitzi die Hand auf den Arm. »Weißt du noch, die Rita aus unserer WG, die immer kontrolliert hat, ob die Männer im Sitzen pinkeln?«

Mitzi wirft den Kopf in den Nacken und lacht.

Jetzt legt Uwe seine Hand auf Mitzis anderen Arm. »Ach, meine Venus, ich freue mich so, mit dir hier zu sein. Dieser Sternenhimmel.«

Bevor er anfangen kann, über Astronomie zu dozieren, zieht Mitzi ihren Arm zurück und schaut ihn direkt an. »Apropos pinkeln. Nur damit du's weißt. Ich hab's sofort gemerkt.«

»Was?«

»Nur weil wir in Sizilien sind, muss jetzt nicht der Macho in dir erwachen. Gepinkelt wird fei auch hier im Sitzen.«

»Sonst bekommst du einen Strich.« Hanna kichert.

Uwe wird rot.

Motorengeräusche dröhnen durch die Dunkelheit. Ich erstarre. Ist das Don Vincenzo? Kommt er, um uns alle mit seiner *lupara* über den Haufen zu schießen?

Ich schaue Gaetano an, nicke fast unmerklich mit dem Kinn in Richtung Zaun. Er lauscht, dann wird er ganz steif auf seinem Stuhl. Seine Augen gehen unruhig hin und her.

»Ist was?« Mitzi schaut zwischen uns hin und her.

Autotüren knallen. Soll ich mit Hanna reingehen und uns im Schlafzimmer einsperren? Zu spät. Ich höre schon Schritte im Kies.

»Miiitziii? Liiindaaa?«

286

Ich atme auf. Das ist die Stimme von Zio Calzone. »Wir sind auf der Terrasse«, rufe ich.

Zio Calzone, Zia Mimma, Nunzia, *Nonno* und *Nonna* kommen um die Ecke. Ach herrje, das wird jetzt ein Schock. Ich springe auf und packe *Nonna* am Arm, gerade noch rechtzeitig, bevor sie taumelt.

»*Mariiiia!*«, ruft sie. »Eine Erscheinung!«

»Das ist keine Erscheinung«, sage ich sanft und tätschle ihr den Arm. »Das ist dein Sohn. Er ist da.«

»*Mariiiia!*«

»*Mamma!*« Gaetano steht auf und umarmt sie.

»*Mariiiia!*«

»*Mamma!*«

Die beiden kriegen sich gar nicht mehr ein und ich komme mir vor wie im allerletzten Kitschfilm. Vor Rührung muss ich gleichzeitig weinen und lachen.

Ein Schatten huscht über *Nonnas* Gesicht. Sie richtet sich auf, sodass sie nicht mehr drei Köpfe kleiner ist als ich, sondern nur noch zwei, und hebt ihren knochigen Arm. Sie zeigt anklagend auf Mitzi. »Und du wirst mir meinen Sohn nicht mehr wegnehmen. Nie wieder!«

»Wegnehmen?« Mitzi wird blass. »Du schiache Hexen hast ihn ganz allein vertrieben.«

»*Bagascia tedesca!*«

»Mistgurgel!«

»*Vipera!*«

»Gifthaferl!«

»Schluss jetzt!«, schreit Gaetano und baut sich zwischen den beiden Frauen auf. »*Mamma*, hör auf damit. Ich kenne jetzt die ganze Geschichte. Ich weiß, was du getan hast.«

Die *Nonna* sinkt wieder in sich zusammen, jetzt ist sie vier Köpfe kleiner als ich. Sie zieht ihr Taschentuch aus der Kittelschürze und tupft sich die Augen.

»Aber ich verzeihe dir. Unter einer Bedingung. Du lässt die Mitzi in Ruhe, und zwar für immer. Sie gehört zur Familie und damit *basta*.«

Am liebsten würde ich ihm um den Hals fallen. Endlich tut er das, was er vor sechsundzwanzig Jahren hätte tun sollen. Die *Nonna* nickt und schnäuzt sich, Mitzi blinzelt ein paar Tränen weg und starrt Gaetano an, als würde sie ihn zum ersten Mal sehen. Vielleicht tut sie das auch.

Nonno legt Gaetano von hinten die Hand auf die Schulter. »Willkommen zuhause, mein Sohn.«

Alle umarmen und küssen sich, hauen sich gegenseitig auf die Schultern und stoßen dabei Freudenschreie aus.

»Mei, immer dieses kollektive Gebussel«, sagt Mitzi. »Des ist ja schlimmer als früher in der Kommune.«

»Und wer ist das?«, fragt Zio Calzone und zeigt auf Uwe, der abseits steht und mit seinem großen Zeh Muster auf das Pflaster malt.

»Das ist ... äh ... ein Freund der Familie«, sagt Mitzi.

Uwe streckt Zio Calzone die Hand entgegen. »Ich bin der Uwe«, sagt er auf Deutsch.

»Sprechen du Italienisch?«, fragt Zio Calzone, ebenfalls auf Deutsch.

»Nein, aber ich habe ein Taschenwörterbuch dabei.« Uwe zieht ein Miniaturbüchlein aus der Tasche.

»Brauchste du nikt«, ruft Zio Calzone begeistert. »Ikke auch war Deutschelande.«

»Ich auch«, ruft *Nonno*.

»Und ich auch«, sagt Gaetano.

Irgendwie habe ich das Gefühl, dass jeder Sizilianer mal in Deutschland gearbeitet hat.

»Und jetzt wird gegessen!« Zia Mimma klatscht in die Hände. »Hanna, hilfst du mir?«

»Au ja, au ja, au ja!«

Zia Mimma wuselt los, schaltet den Scheinwerfer ein, der die Terrasse in Neonlicht taucht und holt einen Stapel Plastikteller aus dem Haus. »Ich habe einen *sfincione* mitgebracht.« Sie schleppt ein riesiges Blech aus dem Auto heran, zieht die Geschirrtücher herunter, mit denen es abgedeckt ist, und schneidet den Blätterteigkranz mit einem überdimensionalen Messer in Stücke. Den ersten Plastikteller reicht sie Gaetano. »Für unseren Heimkehrer.«

»Können wir nicht mit normalem Geschirr essen?«, fragt Uwe. »Wusstet ihr, dass all das Plastik, das hergestellt wird, für immer auf unserem Planeten bleibt? Und achtzig Prozent der Meerestiere haben bereits Plastikteile im Magen.«

Keiner beachtet ihn.

»Mimma, dein *sfincione* ist der beste«, sagt Gaetano. »Weißt du, wie ich diese Familienessen vermisst habe?«

Ich schaue übers Meer und lächle. Zum ersten Mal habe ich das Gefühl, dass mir in diesem ganzen Chaos etwas gelungen ist. Gaetano strahlt, und die Falten zwischen seinen Augenbrauen sind verschwunden. Er sitzt hier inmitten seiner Familie, als wäre er nie weg gewesen, und keiner macht ihm Vorwürfe. Die freuen sich einfach nur, dass er wieder da ist, und Schwamm drüber.

Ehrlich gesagt könnte ich mir davon eine Scheibe abschneiden. Nunzia schaut die ganze Zeit so waidwund zu mir rüber, aber ich schaffe es nicht, über meinen Schatten zu springen. Ich probiere den Blätterteig, der mit Spinat, Kartoffeln, Zwiebeln und schwarzen Oliven gefüllt ist. »Lecker«, sage ich.

»Sowas Gutes bekommst du in Deutschland nicht zu essen«, nuschelt Zio Calzone mit vollem Mund.

Nunzia kommt mit einer Flasche Bier zu mir rüber und setzt sich neben mich. »*Complimenti*, du hast es also doch geschafft, deine Eltern zu einer Aussprache zu bringen.«

Ich lache auf. »Das schon. Aber eigentlich sollte Lucia heute auch hier sein.« Ich kann es mir einfach nicht verkneifen.

Nunzia schaut mich an. »Es tut mir echt leid, dass ich das versaut habe. Aber was hätte ich denn tun sollen? Hanna in Gefahr bringen?«

»Nein, natürlich nicht.«

Wir sitzen schweigend nebeneinander. Sie hat ja recht. Mich hat der Don auch unter Druck gesetzt, und ich habe deswegen sogar Mario verraten. Nicht wirklich besser. Ich muss ihn unbedingt anrufen. Er macht sich sicher Sorgen, weil ich nicht erreichbar bin.

Die Wahrheit ist, ich habe Schiss. Wie immer. Vor Don Vincenzos *lupara*, vor Lucias Enttäuschung, vor Marios Wut. Bestimmt hat der Psychologe ihn angerufen und ihm gesagt, dass der Don bei unserer Verabredung aufgetaucht ist.

Nunzia seufzt.

Na los, Linda, gib dir einen Ruck und nimm dir ein Beispiel an den Sizilianern, sage ich mir. Nachtragend zu sein, macht nur Bauchweh und bringt ansonsten gar nichts. Ich hole tief Luft. »Was glaubst du, was Don Vincenzo jetzt von uns will?«, frage ich Nunzia.

»*Niente*«, sagt sie erleichtert, weil ich wieder normal mit ihr rede. »Dem geht es nur um Lucia.«

»Meinst du, er ist noch hinter uns her?«

»Ich glaube eher, dass er sich in Messina irgendwie an Lucia drangehängt hat oder ihr einen seiner Männer nachgeschickt hat.«

Ich denke an den Typ mit dem Drachen-Tattoo. »Scheiße. Nunzia, ich brauche dringend ein neues Handy. Kannst du mir eins besorgen?«

»Klar.«

»So schnell wie möglich.«

»Gleich morgen früh.«

Eine kleine Hoffnung keimt in mir auf. Vielleicht hat der Psychologe Mario tatsächlich angerufen. Was Mario aber nicht wissen kann ist, dass Nunzia die Verräterin ist. Wenn er mir das glaubt, und ich ihn dazu bringe, mit dem Psychologen zu sprechen, habe ich vielleicht doch noch eine Chance, an Lucia heranzukommen. Ich muss ihn anrufen.

Das Geschenk

Modern Talking lässt die Fenster meines Schlafzimmers erzittern. Das war's dann mit dem Ausschlafen. Hanna ist nicht da, ihre Bettseite ist leer und die Decke verkrumpelt. Ich stehe auf und linse durch den Vorhang. Wo ist sie? Aus dem Garten von Zio Peppino steigen Rauchschwaden auf und es riecht nach verbranntem Fleisch. *Cheri Cheri Lady.*

Auf der Terrasse wiegen sich Männer hin und her, schwingen die Arme im Takt und grölen lauthals mit. Ich werfe einen Blick auf die Uhr. Es ist schon elf. Die Sonne brennt auf den blank rasierten Schädel von Zio Peppino, der Grillwürste wendet. Seine Brusthaare kräuseln sich in der Hitze der glühenden Kohlen und das überdimensionale Kreuz, das von den Haaren umwuchert wird, sticht mir ins Auge. *Brother Louie, Louie, Louie.*

Ich starre die Männer an. Kann das sein? Ich reibe mir übers Gesicht. Doch, es stimmt. Die haben alle so eine Kette, an der ein Holzkreuz baumelt. Ist das etwa Zio Peppinos katholische Männergruppe? Oder irgendeine Sekte? Und wo, verdammt, ist meine Tochter?

Plötzlich bin ich hellwach.

»Hanna!«, rufe ich und eile ins Wohnzimmer.

»Zefixhalleluja!«, höre ich meine Mutter im anderen Zimmer fluchen. »Dass diese Sizilianer immer so einen Krach machen müssen.«

»Das ist doch Ruhestörung, ist das doch«, ergänzt die dünne Stimme von Uwe.

»Habt ihr Hanna gesehen?«, rufe ich.

Die beiden kommen aus ihrem Zimmer und schütteln die Köpfe. Wahrscheinlich haben sie meditiert, oder irgendwelche anderen Sachen gemacht, die ich mir lieber nicht so genau vorstellen will.

»Hanna!«

Gaetano liegt auf dem Sofa und regt sich unter seiner Decke noch überhaupt nicht. Er ist den sizilianischen Geräuschpegel offensichtlich gewöhnt.

Ich schaue aus dem Fenster und atme auf. Da ist sie. Sie tanzt im Garten, jetzt zu Abba. *Mamma Mia! Here I go again.* Sie ist völlig in ihre Bewegungen versunken und hat ein verklärtes Lächeln auf dem Gesicht.

»Kannst du nicht mit denen reden?« Uwe steht hinter mir, wie immer in Unterhosen. Heute mit Tiger-Print. »Ich meine, jetzt bin ich extra außerhalb der Saison gekommen, um Ruhe zu finden, und diese ... diese ...«

»Diese was?«

»Also, das ist doch nicht normal!«

Ich schaue ihn von oben bis unten an. »Und wer entscheidet, was normal ist?«

»Wie meinst du jetzt des?« Meine Mutter wallt heran, mit einem bunten Pareo umwickelt und wildem Haar.

»Soll ich denen vielleicht sagen: Die zwanzig Jahre jüngere Affäre meiner Mutter, die grundsätzlich nur mit Raubtier-Unterhosen bekleidet herumläuft und Klangschalen aus Deutschland importiert findet, dass *ihr* nicht normal seid?«

Mitzi verdreht die Augen. »Mei, bist du spießig!«

»Ich?« Meine Stimme überschlägt sich fast. »Wer regt sich denn hier um elf Uhr vormittags über Ruhestörung auf, nur weil die Nachbarn es ein bisschen lustig haben?«

»Ein bisschen lustig?« Sizilianische Karnevalslieder in der Lautstärke einer Betonmischmaschine dröhnen durchs Haus. Meine Mutter schreit gegen das Getröte an: »Denen zeig ich gleich, was lustig ist!« Dann rauscht sie auf die Tür zu.

Wir rennen hinterher.

»Halt!«, schreie ich. Mit Zio Peppino will ich es mir auf keinen Fall verderben, immerhin ist er *Maresciallo* bei der Finanzpolizei.

»Nicht!«, ruft auch Uwe und erwischt Mitzi an einem Zipfel ihres Pareos, kurz bevor sie unseren Garten verlässt und Zio Peppinos Grundstück entert. »Zu diesen ... diesen ... Sizilianern gehst du mir nicht rüber.«

»Obacht!« Mitzi reißt sich los. »Von dir lasse ich mir gar nichts vorschreiben, dass des fei klar ist. Des wär ja noch schöner.«

Gerade, als sie aus dem Gartentor hinaus rauscht, hält ein Alfa Romeo mit der weißen Aufschrift *CARABINIERI* vor Zio Peppinos Haus und wirbelt eine Staubwolke auf. Mitzi bremst kurz vor dem Zaun ab.

Ich verberge das Gesicht in meinen Händen. Das darf nicht wahr sein. Wenn Uwe die gerufen hat, bringe ich ihn eigenhändig um. »Warst du das?«, fahre ich ihn an.

»Nein, aber ich wäre es gern gewesen.« Er stemmt die Hände in seine mageren Hüften. »Wusstest du, dass zu viel Lärm einer der größten Auslöser für krankmachenden Stress ist?« Er presst sich theatralisch zwei Finger an die Stirn. »Aber ist schon gut. Ich nehme einfach eine Tablette, dann werden die Kopfschmerzen gleich besser.«

»Mitzi! Jetzt sag doch mal was!«, rufe ich meiner Mutter zu. »Dein Lover ist ein richtiger Denunziant, merkst du das nicht? Er ist ein einziger erhobener Zeigefinger.«

»Das finde ich jetzt aber gar nicht schön von dir.« Uwe schiebt sich seine Brille zurecht.

»Aaah!«, schreie ich.

»Bist du jetzt total narrisch?«, sagt Mitzi. »So ein bisserl Toleranz würde dir fei gut tun.« Die Worte kommen ziemlich schlapp aus ihr heraus, gar nicht mit dem üblichen Pfeffer.

»Toleranz ist gut, aber nicht gegenüber den Intoleranten. Wilhelm Busch.« Der Punkt geht an mich.

Hanna läuft zu uns an den Zaun. »Was will die Polizei von uns?«

»Die kommt nicht zu uns, sondern zu Zio Peppino. Wegen der lauten Musik«, sagt Uwe.

»Aber die Musik ist doch schön.«

»Genau«, sage ich.

Zwei schmucke Polizisten mit roten Streifen auf der Hose steigen aus dem Wagen und werden mit viel Hallo und Schulterklopfern begrüßt. Ehe sie etwas sagen können, hat schon jeder einen Plastikteller mit Würsten in der linken Hand und eine Flasche Bier in der rechten.

»Schaut euch das an«, sagt Uwe. »Alkohol. Nicht nur im Dienst, sondern auch am Steuer. Ts, ts, ts.«

»So, und du hältst jetzt einfach mal deine Bappen, gell?«, knurrt ihn Mitzi an. Endlich.

Nachdem die Carabinieri aufgegessen haben, nimmt Zia Rosaria ihnen die Plastikteller und die leeren Flaschen ab. Einer der Polizisten zieht ein Blatt aus der Tasche, auf dem erst Rosaria und dann beide Carabinieri unterschreiben. Jetzt geht mir ein Licht auf. »Die kontrollieren Zia Rosarias Hausarrest«, entfährt es mir.

»Hausarrest?« Uwe blinzelt mich irritiert an.

Ich erkläre ihm die Sache mit den Schwarzbauten und den neuen Sanktionen, die sich Silvio Berlusconi ausgedacht hat.

»Das heißt, die Frauen verbüßen ein paar Monate Hausarrest und dann können die einfach weiterbauen? Das ist doch ein Skandal, ist das doch«, sagt Uwe. »Dagegen muss man etwas tun.«

Ich grinse. »Willst du den Ministerpräsidenten von Italien anzeigen? Da wirst du nicht weit kommen, der genießt nämlich Amnesie.«

»Du meinst wohl Amnestie.«

»Amnesie wär vielleicht besser«, sage ich.

Uwe schnaubt durch die Nase. »Ich hab doch gesagt, dass man nicht mehr in dieses Land fahren kann. Die reinste Bananenrepublik.«

»Kannst ja wieder abreisen«, murmle ich, aber so leise, dass er es gegen Madonna nicht hört, die gerade *Like a Prayer* schmettert.

»Meine Kopfschmerzen«, stöhnt Uwe.

»Jetzt legst du dich einfach noch mal hin, gell?«, sagt Mitzi. »Und nachher akupressiere ich dich.«

Abgang Uwe.

Ich atme auf.

Zio Peppino winkt zu uns rüber. »*Buongiorno, tedeschi!*«

»*Buongiorno!*«, ruft Mitzi zurück und geht zum Zaun. Ich hinterher, zur Sicherheit.

Die beiden machen ein bisschen Small Talk, wie immer geht es darum, dass in Italien alles schöner, wärmer und leckerer ist als in Deutschland. »Aber eines war dort besser«, sagt Zio Peppino. »Da war alles picobello sauber, kein Müll auf der Straße, nicht mal das kleinste Fitzelchen Papier.« Dabei zieht er eine Plastikflasche aus der Hecke und wirft sie die Böschung hinunter. Zum Glück hat Uwe das nicht gesehen. »Wir feiern heute schon mal die Auferstehung des Herrn vor«, ruft Zio Peppino.

»Am Karfreitag?«

»Den Herrn soll man immer lobpreisen.«

»Genau«, sagt Mitzi.

Zio Peppino strahlt sie an. »Wollt ihr rüber kommen?«

»Nein danke, vielleicht ein andermal«, sage ich schnell und packe Mitzi an ihrem Pareo, bevor sie mir noch zwischen diesen ganzen tanzenden und schwitzenden Männern verschwindet.

Als wir wieder ins Wohnzimmer kommen, sitzt Gaetano im Unterhemd auf dem Sofa, seine Haare sind platt gedrückt und er sieht ziemlich derangiert aus. Die saßen gestern Abend wohl noch länger. Er hat eine Tätowierung auf dem Oberarm. Ein M und zwei L, die alle drei ineinander verschlungen sind. Ich schlucke.

Mitzi hat das Tattoo auch gesehen, sie blinzelt und räuspert sich. »Also dann ... Ich geh mal zum Uwe.« So unentschlossen hat sie noch nie geklungen.

»Magst du nicht mit uns frühstücken?«

»Ich weiß nicht ...« Sie blinzelt wieder und verschwindet viel zu schnell im Bad.

Es arbeitet in ihr. Ich sehe es, und ich würde ihr gerne helfen, aber ihren ganz persönlichen Albträumen muss sie sich jetzt allein stellen. Ich würde mir so sehr wünschen, dass ... Ach! »Ich mache uns Kaffee«, sage ich schnell, damit ich nicht schon wieder sentimental werde. »Hanna, holst du die Kekse?«

Gaetano, Hanna und ich setzen uns auf die Terrasse, schlürfen Milchkaffee, lassen uns dazu den Gestank von Zio Peppinos Würsten um die Nase wehen und schauen aufs Meer. Hanna spielt zwischen den Oleanderbüschen mit der Katze.

»So habe ich mir das damals vorgestellt«, sagt Gaetano. »Wir hier am Meer, eine glückliche Familie, den ganzen Tag Sonne für unsere *bambina*, die am Strand spielen kann, wann immer sie will ...«

»Das klingt schön.«

Er nickt. »Ich habe gestern mit Mitzi darüber geredet, dass ich euch das Haus schenken will. Dir und Hanna.«

»Waaas?« Mir fällt fast die Tasse aus der Hand.

»Es hat so lange leer gestanden und hatte keinen Nutzen. Wenn es euch gehört, kommt ihr vielleicht öfter her. Ein Neuanfang, verstehst du?«

Ich blinzle ein paar Rührungstränen weg. »Das ist ja Wahnsinn«, flüstere ich. »Ein eigenes Haus am Meer.«

Gaetano grinst. »Nur eine Sache noch: Mitzi hat lebenslanges Nutzungsrecht.«

»Mitzi?«

Er nickt. »Vielleicht wird mein Traum ja doch noch wahr. Nur ein bisschen später und ein bisschen anders.«

»Ich weiß gar nicht, was ich sagen soll«, stammle ich.

»Dann sag einfach gar nichts.«

Ich beobachte Hanna und die Katze. Jetzt könnten wir wirklich auswandern. Ein Haus hätten wir schon mal.

»Wie lief das denn gestern eigentlich?«, frage ich. »Ich meine, jahrzehntelange Vorwürfe, ihr habt euch immer geweigert, miteinander zu reden, ich hatte Angst, ihr geht euch gegenseitig an die Gurgel. Und dann nichts? Friede, Freude, Eierkuchen, einfach so?«

Er grinst. »Du kennst sie doch. Erst hat sie mich in den höchsten Tönen beschimpft.« Er versucht, sie nachzumachen. »›Immi‘errschaftszeiten«, aber ohne H klingt der Fluch nicht halb so bedrohlich.

»Wie so eine dystopische Kämpferin, mit lodernden Wutflammen?« Ich grinse auch.

»Genau so. Aber dann habe ich mich an einen Spruch erinnert, den sie früher immer zu mir gesagt hat: Sei du selbst die Veränderung, die du dir für diese Welt wünschst.«

»Gandhi, oder?«

Er nickt. »Und dann haben wir angefangen, darüber zu reden, was wir uns eigentlich früher gewünscht hätten, und was wir uns jetzt wünschen.«

»Und zwar?«

»Das hier.« Er zeigt in einer weit ausholenden Geste über das Meer, den Garten, Hanna zwischen den Oleanderbüschen. »Genau das hier.«

»Verstehe. Und danach seid ihr aus dem Fenster geklettert und habt einen Joint geraucht?«

Er lacht. »So ungefähr.« Dann wird er wieder ernst. »Was ist denn jetzt mit Don Vincenzo und Lucia? Dein dramatischer Anruf gestern? Warum hattest du solche Angst?«

Ich presse meine Nasenwurzel mit Daumen und Zeigefinger zusammen. Stimmt, in der ganzen Familiendramatik habe ich meine Hauptsorge vergessen.

»Ich hab den Don verarscht.«

»Was?« Er starrt mich an.

»Er hat mich erpresst. Er hat gesagt, ich soll ihn zu Lucia führen, sonst würde er Nunzia oder dir etwas antun. Und er hat eure Adressen.«

Gaetano wird blass.

»Als der Psychologe mich nach Messina bestellt hat, habe ich dem Don ein falsches Datum und einen falschen Ort genannt. Trotzdem war er da. Und jetzt denkt Lucia natürlich, ich hätte sie verraten. Aber weißt du, wer es war?«

»Wer?«

»Nunzia. Die hat er mit Hanna unter Druck gesetzt. Und dann hat sie ihm alles erzählt.«

Gaetano lacht bitter auf. »Der Puppenspieler von Palermo. Wusstest du, dass Don Vincenzo so genannt wird?«

Ich schüttle den Kopf.

»Weil er im Hintergrund alle Fäden zieht, und seine Marionetten erledigen die Drecksarbeit für ihn.«

Der Name passt zu ihm. Ich nicke. Dann rutscht mir etwas raus: »Du kennst dich ja sehr gut aus mit der Mafia.«

Er schaut mich an. »Was soll das heißen?«

»Mitzi hat mir erzählt, dass du früher zusammen mit deinem Bruder ...«

»Blödsinn!« Zwischen Gaetanos Augenbrauen bildet sich wieder seine Zornfalte.

»Sondern? War der Clan von Santa Lucia etwa keine Mafia?«

»Scht!«

»Mafia, Mafia, Mafia«, sage ich.

Er wedelt mit den Armen. »Na gut. Ja, irgendwie schon. Aber nur eine harmlose Version.«

»Ich weiß schon. Nur ein bisschen Schutzgeld und Erpressung und Drogen. Total harmlos.«

»Es ist nun mal die einzige Möglichkeit, hier Geld zu verdienen. Alle Arbeitsplätze werden über Beziehungen vergeben. Und es geht immer darum, wer wem einen Gefallen schuldet.«

»Aber Beziehungen und Gefallen sind ja nicht gleich die M...«

»Scht!«

Ich verdrehe die Augen.

»Eben doch. Damit fängt es immer an. Du bekommst nur einen Job, wenn du gute Beziehungen zu den richtigen Leuten hast, und denen schuldest du dann einen Gefallen. So läuft das hier eben. *Vaffanculo.*« Er zieht die Augenbrauen noch weiter zusammen. »Hör zu, ich bin da nicht stolz drauf. Es war nur ein Versuch, hier Fuß zu fassen, um euch ein schönes Leben zu ermöglichen. Und ich wollte ja auch wieder aussteigen.«

»Aber?«

»Das war nicht so einfach. Ich hatte mich mit dem Sohn vom Boss angelegt.«

Ich starre ihn an. »Du warst also gar kein so kleines Licht, wie Mitzi mir erzählt hat?«

»Als ihr noch hier wart, schon. Aber danach war mir alles egal.«

Na toll. Mein Vater hat nicht nur zu einem Mafiaclan gehört, sondern sich auch noch mit dem Boss überworfen. Es wird immer besser.

»Mitzi hat mir erzählt, dass du nur Calcedonios Handlanger warst.«

Gaetano lacht trocken auf. »Schön wär´s.«

»Bist du deshalb in die Schweiz abgehauen und hast mit deiner Familie gebrochen?«

Er zuckt die Schultern. »Kann sein.«

»Um sie zu schützen?«

»Vielleicht.«

»Und was ist mit deinem Bruder passiert, nachdem er ausgestiegen ist?«

»Er hat einen Eisenwarenladen eröffnet.«

»Ist das alles?«

Gaetano hebt die Hände. »Ja.«

»Und wer waren dann die falschen Leute, mit denen er angeblich Geschäfte gemacht hat? Ich dachte, der Clan hätte ihm seinen Laden genommen?«

Gaetano schüttelt den Kopf. »Das hätte er vielleicht gerne so gehabt. Aber er war nicht so wichtig, wie er es gerne gewesen wäre. Wahrscheinlich wollte er nicht zugeben, dass er seinen Laden selbst in den Sand gesetzt hat. Das hatte nichts mit dem Clan zu tun. Mein Bruder ist eben kein Geschäftsmann, er hat schlecht gewirtschaftet und dann einen Kredit bei einem Zinshai aufgenommen. Aber jetzt lass uns über die Gegenwart reden. Was sollen wir tun?«

»Sag du's mir.« Meine Stimme klingt sarkastisch. »Wird Don Vincenzo uns jetzt alle umbringen? Oder kannst du mal mit ihm reden, so von Mafioso zu Mafioso?«

»Linda! Es reicht jetzt!« Er haut mit der flachen Hand auf den Tisch und ich zucke zusammen, weil es das erste Mal ist, dass mein Vater mit mir schimpft.

»War nicht so gemeint«, murmle ich. »Also, wird er uns etwas antun?«

Gaetano winkt ab. »Wenn das sein Ziel wäre, hätte er es längst erledigt. Es geht ihm um etwas anderes.«

»Lucia.«

Er nickt.

»Er hat wohl zu Nunzia gesagt, dass er nur mit Lucia reden will. Er hat ihr etwas Wichtiges zu sagen.«

»Siehst du. Der interessiert sich gar nicht für uns. Für den sind wir *nessuno mischiato con niente*. So sagt man das in Sizilien.«

»Niemand, gemischt mit nichts? Toll.« Ich seufze. »Also suchen wir weiterhin alle nach Lucia.« *Billie Jean* dröhnt durch den Garten. »Aber wie sollen wir jetzt an sie rankommen? Ich bin bei ihr und diesem Psychologen jedenfalls unten durch, und bei Mario wahrscheinlich auch.« Ich muss ihn endlich anrufen. »Du, ich muss mal kurz telefonieren«, sage ich zu Gaetano.

Als ich aufstehe, um mir Mitzis Handy zu holen, kommt mir schon wieder etwas dazwischen. Oder besser gesagt entgegen. Mitzi und Uwe rauschen frisch geduscht aus der Tür.

Uwe schnüffelt in die Luft. »Was stinkt denn hier so?«

»Des sind Zio Peppinos greislige Würschtel.«

»Nein, das ist etwas anderes. Es stinkt nach ...« Er schnüffelt wieder. »Klo.«

Jetzt halten wir alle die Nasen in die Luft.

»Pfui Deifi, des kommt von da.«

»Iiih«, kreischt Hanna. »Hier stinkt's nach Kacke.« Sie rennt aus dem Garten auf uns zu. »Da ist die Erde ganz nass.«

Gaetano springt auf und eilt zu der Stelle, auf die Hanna gezeigt hat. »*Vaffanculo*, die Versitzgrube.« Er schlägt die Hände zusammen. »Sie läuft über. Uwe, wir brauchen Schaufeln.«

»Schaufeln? Ich?«

»Ihr habt gerade geduscht, stimmts? Wahrscheinlich ist der Abfluss verstopft, und weil wir hier so viele sind, schafft es das Wasser nicht mehr, zu versickern.«

»Versickern?« Uwe kreischt fast. »Läuft das hier etwa alles ins Meer? Das ist ja ein Skandal, ist das ja.«

So wird das nichts. Ich laufe in den Keller, hole zwei Schaufeln und drücke die eine Gaetano in die Hand. Die andere behalte ich.

»Hier ungefähr müsste der Abfluss sein«, sagt Gaetano.

Wir graben, bis wir auf eine Steinplatte stoßen. Aus den Ritzen dringt stinkendes Wasser. Er zieht an einem Ring und öffnet sie. Braune Brühe quillt hervor und ich kann kaum noch atmen. Da ist ein rotes Plastikrohr, das in die Böschung hinabführt. An seinem Eingang hängt etwas fest. »Ich halte die Klappe hoch, du machst das weg«, ruft Gaetano.

Ich stoße mit der Schaufel dagegen. Sieht aus wie Plastikfolie. »Das hängt fest.« Es hilft nichts. Ich halte die Luft an, greife in die stinkende Flüssigkeit und ziehe die wabbelige Masse heraus. Ein Kondom. Wie ekelhaft. Ich schleudere es auf den Boden, wische mir die Hand an der Hose ab und grabe es schnell ein, bevor Gaetano erkennt, was das ist.

»Es läuft ab«, ruft er und lässt die Klappe wieder zu-
fallen. »Super gemacht!« Er klopft mir auf die Schulter.
»Jetzt weißt du auf jeden Fall schon mal, wo die Versitzgrube in deinem Haus ist.« Er grinst.

Ich fühle mich toll. Zum ersten Mal in meinem Leben
habe ich zusammen mit meinem Vater ein Problem ge-
löst. In meinem eigenen Haus am Meer.

Letizia

Als ich frisch geduscht aus dem Bad komme, ist die ganze Familie eingefallen. Zia Mimma hat die Küche in Besitz genommen und Zio Calzone lässt sich von Gaetano die Story mit der Versitzgrube mit extra viel Gefuchtel schildern.

»Wo ist denn Uwe?« Ich sehe ihn nirgends. Vielleicht hat er ja selbst gemerkt, dass er stört, und ist abgereist?

»Beim Schwimmen«, sagt Mitzi.

Wäre ja auch zu schön gewesen.

»Das Meer ist doch viel zu kalt«, murmelt Zia Mimma aus der Küche. »Und die Wellen zu hoch.« Sie bekreuzigt sich. »Diese Deutschen sind mir unheimlich.« Sie filetiert Orangen und schneidet den Fenchel, den wir in *Nonnos* Garten geerntet haben. In einem hohen Topf kochen die Artischocken. Sie hat Hanna einen Stuhl vor den Herd gestellt und die rührt mit roten Backen in einer Pfanne herum. Das sieht nach vielen Gängen aus.

Nunzia kommt rein, überreicht mir eine Schachtel und strahlt. »Dein neues Handy. Wie versprochen.«

Mist, ein iPhone. Das kostet über sechshundert Euro. Aber ich will ja nicht knickrig sein. »Danke.« Ich ringe mir ein Lächeln ab. »Ich hol dir gleich das Geld.« Das sprengt zwar meine Urlaubskasse, aber Mitzi hat bestimmt noch Bargeld.

»Bist du bescheuert? Das ist ein Geschenk.«

»Waaas? Das ist viel zu teuer. Du brauchst doch das Geld für dein Studium.«

»Ich habe jetzt genug Geld.«

»Was meinst du damit?«

Sie hebt die Arme. »Betrachte es als Wiedergutmachung von Don Vincenzo.«

Ich starre sie an. »Du hast das Geld von ihm doch genommen? Ich dachte, es ging dir um Hanna.«

»Ging es ja auch. Ich habe das Geld abgelehnt. Ehrlich. Aber nachdem ich ihm die Information gegeben hatte, hat er es mir trotzdem zukommen lassen. Es lag in einem Umschlag auf dem Küchentisch. Bei uns zu Hause in Santa Lucia.«

Ich schaue das Handy an. Wie war das mit den Gefallen und der Schuld? So schnell geht das also. »Aber du willst doch Staatsanwältin werden.«

Nunzia zuckt die Schultern. »Dazu muss ich aber erst mal fertig studieren. Mit dem Geld ist endlich mein Vater entlastet und mein Bruder kann sich um seine Frau und sein Kind kümmern. Sei ehrlich: Wärst du mit dem Umschlag in die Villa vom Don marschiert und hättest ihm zwanzigtausend Euro zurückgebracht? Nach allem, was er getan hat? Das nimmt er doch aus der Kaffeekasse.«

Die Wahrheit ist, ich weiß es nicht.

Aber egal. Jetzt muss ich endlich Mario anrufen.

»Ich probiere das Handy gleich aus«, sage ich.

Ich setze meine SIM-Card in das neue Handy ein, drücke auf Marios Kontakt und kneife die Augen fest zu.

Bittebittebitte.

Es klingelt.

Nach dem dritten Läuten geht er dran. »*Ciao bella*, endlich rufst du an. Ich hab mir schon Sorgen gemacht, weil du gestern nicht erreichbar warst.«

Mir fällt nicht nur ein Stein vom Herzen, sondern ein ganzer Lavagesteinsbrocken. Mario ist gar nicht sauer. Der Psychologe hat ihn nicht angerufen.

»Mein Handy war kaputt, jetzt hab ich ein neues.«

»Was ist denn bei euch los?«

»Hä?«

»Die laute Musik.«

»Ach so. Ich höre es schon gar nicht mehr. Unser Nachbar hat es ein bisschen lustig. Katholikenparty.«

Mario lacht. »Ach so. Wie geht's dir?«

»Nicht so gut.«

»Was ist los?« Seine Stimme klingt besorgt.

»Ich bräuchte noch mal dringend deine Hilfe.« Ich erzähle ihm die ganze Geschichte und höre, wie er immer wieder die Luft anhält, schnauft und etwas sagen will. Aber ich lasse ihn nicht zu Wort kommen. »Und jetzt vertraut mir der Psychologe nicht mehr und Lucia will nichts von mir wissen. Kannst du ihn bitte anrufen und ihm erklären, dass ich die Verabredung nicht verraten habe?«

Stille.

»Mario?«

»Du hast mir versprochen, dass du diese Nunzia da raus lässt.« Seine Stimme klingt verdammt sauer.

»Es tut mir leid. Ich hätte nie gedacht, dass ausgerechnet sie das Treffen verrät. Ich habe ihr vertraut.«

»Und deshalb kann ich dir jetzt nicht mehr vertrauen.«

»Mario, bitte.«

308

»Was, wenn irgendein Mafioso auf mich aufmerksam geworden wäre? Dann hätten mich vielleicht die Leute aus meinem Dorf gefunden.«

Mir wird ganz heiß vor lauter Scham. »Ist aber nicht passiert«, murmle ich zerknirscht. »Und jetzt geht es doch nur darum, dass der Psychologe Lucia meine Telefonnummer gibt. Sonst nichts. Davon bekommt keiner etwas mit.«

Stille.

»Komm schon!« Am liebsten würde ich ihn durch das Handy hindurch am Kragen packen und schütteln. »Es ist das letzte Mal, dass ich dich darum bitte.«

Er schnauft. »Na gut. Ich kann es versuchen.«

»Danke. *Ti amo.*« Es fällt mir leichter, das auf Italienisch zu sagen, als auf Deutsch.

Klick.

Zia Mimma hat als ersten Gang Pasta mit Artischocken gekocht. Zum Gehechel von Michael Jackson bringt sie Plastikteller raus, die unter dem Gewicht der Nudeln fast umknicken, und summt dabei »You know I'm bad, I'm bad, you know it.«

»Ich nehme einen normalen Teller«, sagt Uwe.

Zia Mimma schaut ihn irritiert an und stellt den Plastikteller trotzdem vor ihn hin.

»Ich mache bei dieser Müllverschwendung nicht mehr mit.« Er steht auf, geht ins Haus und kommt mit einem Keramikteller zurück. Dann lädt er die Pasta um. »Und die Plastikteller spüle ich nachher alle, die kann man wiederverwenden.« Zufrieden schneidet er die Spaghetti in kleine Stücke.

»Schau, das geht so«, sagt Hanna und führt ihm vor, wie sie ihre Nudeln um die Gabel dreht. »Wenn du das schaffst, bekommst du einen Joker.«

Uwe tut so, als hätte er sie nicht gehört.

Es folgen Artischocken aus der Pfanne, als Omelett und gekocht. »Wisst ihr überhaupt, wie gesund Artischocken sind?« Uwe wackelt mit seinem Zeigefinger. »Die Bitterstoffe wirken entgiftend.«

Mitzi schnauft. »Geh, so ein Schmarrn.« Dann schließt sie die Augen und zieht sich genüsslich ein Blatt zwischen den Schneidezähnen durch. »Eine Artischocke ist wie die Liebe. Je tiefer du eindringst, desto zarter wird sie. Gell, Gaetano?«

»Mitzi!«

»Ist doch wahr.«

»Könnte ich da vielleicht einen Latte Macchiato dazu haben?«, fragt Uwe.

»Nein!«, rufen wir im Chor.

Wir sitzen auf den Plastikstühlen, vollgefressen und glücklich, schreien und lachen durcheinander. Gaetano schlägt sein Messer gegen Uwes Porzellanteller und alle verstummen.

»Ich wollte euch offiziell mitteilen, dass ich Linda und Hanna und Mitzi dieses Haus geschenkt habe.«

Stille.

Dann beginnt Zio Calzone zu applaudieren und alle stimmen ein.

»*Mariiia*, dass ich das noch erleben darf«, ruft die *Nonna* und reckt ihre Arme zum Himmel.

»Also ich würde hier ja einen Gemüsegarten anlegen«, sagt Zio Calzone. »Dieses ganze Zeug da ist doch nutzlos.« Er zeigt auf die Palmen, die Hibiskusbäume und die Oleanderbüsche, die rosa, weiß und rot blühen. »Du könntest hier stattdessen Zwiebeln, Knoblauch und Fenchel anbauen.«

»Ja, Fenchel!«, ruft Zia Mimma und klatscht in die Hände.

»Dann solltest du aber unbedingt das Dusch- und Waschwasser mit einem Rohrsystem in die Beete leiten«, sagt Uwe und rückt sich die Brille zurecht. »Ich meine, das ist ja sonst Wasserverschwendung, ist ja das. Gerade hier, wo es so wenig Wasser gibt. Auf diesem Wege könntet ihr Hunderte von Litern doppelt verwenden.«

»Und wie soll das gehen?«, frage ich. »Löcher in die Hauswand schlagen?«

»Außerdem braucht ihr einen Kompost.«

»Kompost? Was ist das?« Zio Calzone schaut ihn an.

»Man wirft Obst- und Gemüsereste nicht weg, sondern schichtet sie auf, dann werden sie von Abertausenden von Molekülen zersetzt ...«

»*Che schifo!*« Zia Mimma verzieht das Gesicht. »Das stinkt doch im Sommer, bei vierzig Grad.«

»Außerdem ist dieses Haus geradezu prädestiniert für eine Photovoltaikanlage. Hier scheint die Sonne das ganze Jahr über. Ihr könntet euren gesamten Energiebedarf mit grüner Energie decken.«

Zio Calzone schüttelt den Kopf. »Keine gute Idee. Dann klaut jemand die Paneele vom Dach.«

Uwe gibt auf.

»Ich richte mir hier ein Atelier ein, mit Meerblick«, sagt Mitzi. »Dass des fei klar ist.«

»Und ich eröffne ein Tierheim«, ruft Hanna.

Ich muss lachen. »Also ich bin dafür, dass wir mit *Nonnos* Öl und Wein einen Feinkost-Export aufziehen und sizilianische Produkte nach Deutschland liefern. Wir könnten eine Slow-Food-Bar eröffnen, in der die Leute die Ernte aus *Nonnos* Garten probieren können. Mimma kocht.« Dabei schaue ich in die Runde. »Wie wär's?«

»Also eins muss man euch Deutschen lassen.« Gaetano schüttelt den Kopf. »Ihr habt große Träume.«

»*Inguanta Export*. Klingt doch gut, oder?«

»Mama, was heißt Export?«

»Exportieren heißt, dass man Sachen nach Deutschland verkauft.«

»Können wir dann auch den Uwe exportieren?«

»Hanna!« Ich kann mir das Lachen nur mühsam verbeißen.

Auch Mitzi grinst in sich hinein.

Uwe steht auf. »Ich geh dann mal rein und spüle die Plastikteller.«

Mitzi, Hanna und ich steigen die Treppe zum Meer hinunter und machen einen langen Verdauungsspaziergang am Strand. Als wir wieder hochkommen, platziert uns Zia Mimma auf Holzstühlen um drei Eimer herum. Wir sollen Erbsen pulen. Für heute Abend. Ich seufze. Wenn ich nur an Essen denke, wird mir übel. Auch bei Zio Peppino ist die Grillparty offensichtlich direkt ins Abendessen übergegangen, es stinkt nach angebranntem Fisch und die Männer lallen im Chor: *Wake me up before you go go*.

Im ersten Eimer liegen die frischen Schoten, in den zweiten kommen die Erbsen und in den dritten die aufgebrochenen Hülsen. Ich stecke mir eine Erbse in den Mund, sie schmeckt süß und zart.

Mein neues Handy klingelt. Eine unbekannte Nummer. Ich lege die Schote hin, wische mir die Hände an der Hose ab und nehme den Anruf entgegen. »Hallo?«

Nichts.

»*Pronto?*«

Da atmet jemand. Wer ist das?

Ich stehe auf und gehe von den anderen weg auf die hintere Seite des Hauses. Beim Hibiskusbaum bleibe ich stehen und schaue aufs Meer. Hier, an dem Ort, den wir für ihr Grab gehalten haben, spüre ich sie plötzlich.

»Letizia?«

Atmen.

Sie muss es sein.

»Ich freue mich so, dass du anrufst«, rede ich los. Hauptsache, sie legt nicht auf. »Ich habe dich nicht verraten, das hätte ich nie getan. Du musst mir glauben. Ich habe dich mein Leben lang vermisst und gesucht, da würde ich dich doch nicht hinhängen, gerade jetzt, wo ich dich endlich ...« Ich breche ab. Vielleicht rede ich mich gerade um Kopf und Kragen. Ich weiß ja nicht mal, ob sie das wirklich ist, am Telefon. Andererseits: Was habe ich zu verlieren? »Du hast gar nicht gewusst, dass du eine Zwillingsschwester hast. Aber ja, du hast eine. Mich. Und ich würde dich so gerne kennenlernen.«

»Ciao Linda.« Eine Männerstimme.

Mein Mund ist plötzlich ganz trocken. »Wer ist da?«

»Ich habe ein Geschenk für dich.«

Ich höre Autoreifen auf Kies, fahre herum, lasse die Hand mit dem Handy sinken. Ein schwarzer Audi hält genau vor unserem Gartentor. Die Tür öffnet sich und ein Mann im Anzug steigt aus. Don Vincenzo.

Mein Mund klappt auf und wieder zu. Ich will schreien, aber kein Ton kommt aus meiner Kehle. Nicht mal ein jämmerliches Krächzen. Gegen die laute Musik würde mich eh keiner hören. *I'm so excited, I just can't hide it.*

Der Don lehnt sich an seinen Wagen und verschränkt die Arme vor der Brust. »Du hast mich schon wieder verarscht. Montag in Catania.« Er schüttelt den Kopf.

Ich räuspere mich. »Tut mir leid«, stammle ich, schaue hektisch hin und her. Verdammt, wir sind von der anderen Seite des Hauses nicht zu sehen, und von Zio Peppinos Grundstück aus auch nicht. Keiner wird mir helfen. »Es war nur wegen meiner Schwester. Das müssen Sie mir glauben.«

Er wiegt den Kopf hin und her. »Ich weiß, ich weiß. Kann ich sogar verstehen. Ging mir ja auch so.«

»Was wollen Sie von mir? Ich mache alles, nur bitte lassen Sie meine Familie in Ruhe.«

»Mutig, mutig.« Er mustert mich von oben bis unten.

»Ich weiß nicht, wo Letizia ist«, stammle ich.

»Aber ich.«

»Was?« Mir wird erst heiß und dann eiskalt. Er hat sie erwischt. Und ich bin schuld. »Ich tue alles, was Sie wollen, wenn Sie sie freilassen.«

»Freilassen?« Er lacht. »Du verstehst mich nicht. Ich wollte mich bei dir bedanken, dass du mir meine Tochter wiedergebracht hast.«

Am liebsten würde ich sagen, dass sie nicht seine Tochter ist, aber das verkneife ich mir. Das ist die pure Ironie. Dank mir hat er seine Tochter wiedergefunden. Fantastisch. Wahrscheinlich hat er sie schon im See versenkt, und jetzt will er sich an mir rächen.

»Und deshalb habe ich dir ein Geschenk mitgebracht.«

Oh nein, bitte kein Geschenk vom Mafiaboss. Patronenhülsen, eine tote Ratte, noch so ein Scheißfoto, eine Bombe – was hätten wir alles im Angebot?

Er dreht sich weg, um etwas aus dem Auto zu holen.

Lauf, Linda, hau ab, schreit mein Kopf.

Ich stehe da wie gelähmt.

Don Vincenzo holt einen Pappkarton vom Rücksitz, kommt einfach so in meinen Garten, als hätte er jedes Recht der Welt, und überreicht ihn mir. »Vorsichtig.« Dann geht er wieder zurück zu seinem Wagen.

Ich kneife die Augen zusammen und halte die Luft an. Jetzt knallt es gleich.

Ich höre ein Fiepen. Mache die Augen wieder auf. Atme. Öffne den Deckel. Und blicke auf die kleine, schwarz-weiße Katze, die sich am Rand des Kartons aufstellt, maunzt und versucht, mit den Vorderpfoten meine Hand zu erreichen.

»Er kann jetzt allein fressen.« Don Vincenzo hebt die Hand zum Gruß und steigt in sein Auto.

Ich stehe mit offenem Mund da. Der Don lässt den Motor an und fährt. Dort, wo sein Wagen stand, sitzt jetzt jemand auf der Mauer. Wer ist das? Ich kralle mich an dem Karton mit der Babykatze fest und kneife die Augen zusammen, um auf die Entfernung besser zu sehen.

»Hallo?«, rufe ich.

Es ist eine Frau. Sie steht auf und kommt langsam auf mich zu. Ich falle gleich in Ohnmacht.

Lucia.

Sie steht jetzt direkt vor mir, schiebt sich ihre Sonnenbrille ins Haar und ich blicke in meine Augen. Ich stelle den Karton ab und schlage mir die Hände vors Gesicht.

»Ciao Linda.« Sie bleibt unschlüssig stehen.

Ich lasse meine Hände wieder sinken, gehe den letzten Schritt auf sie zu und umarme sie. Ihre Haare riechen nach Shampoo. Ich drücke meine Nase hinein. Meine Schwester. Ich habe sie gefunden. Mein fehlendes Puzzlestück, der zweite Teil meiner Seele. Ich will für immer so stehen bleiben. Das Meer scheint innezuhalten, die Vögel verstummen, nur Zio Peppinos Stereoanlage dröhnt *What a feeling* und beamt mich wieder zurück in die Realität.

Lucias Oberkörper ist steif, sie macht sich los, tritt einen Schritt nach hinten und mustert mich.

»Wie geht's dir?«, frage ich. Meine Wangen glühen. »Ich freue mich so. Oh Gott, ich bin so erleichtert, dass er dir nichts getan hat.«

»Wer?«

»Don Vincenzo.«

Sie zieht die Augenbrauen hoch. »Warum sollte er mir etwas tun?«

Ich starre sie an. »Er ist ein Killer.«

»Er ist mein Vater.«

»Aber er hat dich als Baby ...«

Sie winkt ab und bekommt die gleiche Zornfalte zwischen den Augenbrauen wie Gaetano. »Sei bloß still. Ich hätte das alles lieber nicht erfahren. Für mich war er einfach nur mein Vater. Meine Eltern haben mich geliebt, und ich habe sie geliebt. *Basta*.«

»Trotzdem hat er ...«

»Hör auf.« Jetzt verschließt sich ihr Gesicht endgültig.

»Aber ...«

»Ich habe dich nicht darum gebeten, in mein Leben einzudringen und mir Informationen über meinen Vater zu geben, die mir rückwirkend meine ganze Kindheit kaputtmachen.«

Ich schweige betreten. Das hätte ich mir anders vorgestellt. Ich dachte, Lucia-Letizia ist genauso glücklich wie ich, wenn wir aufeinandertreffen. Aber für sie bedeutet es etwas ganz anderes als für mich. Nämlich die Auslöschung ihrer Eltern und ihrer Kindheit. Ich wusste schon immer, dass ich eine Zwillingsschwester habe. Aber sie hat erst vor wenigen Tagen erfahren, dass ihre Eltern sie als Baby entführt haben.

»Bitte entschuldige, ich wollte nicht ...« Ich hole tief Luft. Das muss ich sie jetzt einfach fragen. »Warum bist du dann nicht zu ihnen zurückgegangen, als du volljährig warst?«

Sie wirft ihre Locken zurück. »Weißt du, es war nicht gerade leicht für mich, als sie mich damals meinen Eltern weggenommen haben. Sie haben mir erzählt, für was mein Vater verurteilt wurde. Für mich ist eine Welt zusammengebrochen. Sie haben mir jahrelang immer wieder gesagt, dass er ein Verbrecher und ein Mörder ist. Mein Kopf wusste das, aber mein Herz wollte es nicht wahrhaben. Trotzdem habe ich meine Gefühle verdrängt, habe mir eingeredet, dass meine Eltern schlechte Menschen sind, damit ich ein neues Leben anfangen konnte.«

»Hast du es geschafft? Das mit dem neuen Leben?«

»Ja schon, aber als ich meinen Vater da auf dem Parkplatz in Messina gesehen habe ...« Sie schluckt.

»Ja?«

»Sie waren liebevolle Eltern. Ich hatte eine fantastische Kindheit.« Ihre Augen sprühen Funken.

Ich denke an die Villa mit der Badelandschaft und den Pferden. Da wäre ich auch gerne aufgewachsen, aber das verkneife ich mir jetzt. Stattdessen frage ich: »Und warum bist du auf dem Parkplatz vor ihm abgehauen?«

Sie zuckt die Schultern. »Vielleicht aus Gewohnheit? Oder aus Reflex? Der Psychologe hat mich mitgezogen. Aber in diesem Moment habe ich gespürt, wie sehr ich meinen Vater vermisst habe. Trotzdem bin ich mit dem Psychologen weggefahren. Ich habe ihn da einfach allein stehen lassen ...« Sie bricht ab.

»Wie hat er dich gefunden? Hat er dich verfolgt?«

Sie schüttelt den Kopf. »Ich bin zum Parkplatz zurück-gefahren, nachdem der Psychologe mich zu Hause abge-setzt hatte. Mein Vater hat dort auf mich gewartet. Als wüsste er, dass ich komme.«

»Und was wollte er von dir?«

»Er wollte mir sagen, dass er mir verziehen hat.«

»Er dir?« Ich fasse es nicht.

»Ja. Dass ich nicht zu ihm zurückgekommen bin, als ich volljährig wurde. Und er hat auch mich um Verzeihung gebeten. Für alles.«

»Und, kannst du ihm verzeihen?«

Sie zuckt die Schultern. »Ich weiß nicht. Verzeihen ist ein großes Wort.«

»Das stimmt.«

»Jedenfalls wollte er mich persönlich zu dir nach Santa Lucia bringen.«

»Santa Lucia. So wie du. Das ist mir noch gar nicht auf-gefallen. Ich weiß nicht, ob ich mich an deinen neuen

318

Namen gewöhnen kann. Letizia. Für mich warst du immer Lucia.«

»Hier ist es üblich, tote Kinder nach der Dorfheiligen zu benennen.«

»Oh.«

»Bleiben wir lieber bei Letizia, okay?«

»Okay.«

Sie schweigt, steht unschlüssig herum. Wahrscheinlich würde sie am liebsten wieder gehen, wenn sie könnte. Die Enttäuschung darüber, dass sie sich gar nicht richtig freut, mich kennenzulernen, breitet sich in mir aus wie ein Tintenfleck.

»Hast du nie eine Schwester vermisst?«, frage ich sie.

Sie zuckt die Schulter. »Ich wusste ja nicht, dass ich eine habe.«

»Ich hab dich immer gespürt.« Sie geht nicht darauf ein, deshalb rede ich weiter. »Aber jetzt willst du mich doch kennenlernen?«

»Ich weiß nicht. Irgendwie schon.«

Begeisterung klingt anders. Ich schlucke meine Enttäuschung hinunter.

Die Katze fiept und Letizia beugt sich über den Karton. »Mein Vater hat immer irgendwelche halb verhungerten Tiere aufgepäppelt. Er ist kein schlechter Mensch. Und die Morde wurden ihm nie nachgewiesen. Die hat er nicht begangen.«

Ich muss das Ruder irgendwie herumreißen, bevor sie wieder damit anfängt. Mario würde jetzt seinen Gute-Laune-Knopf anschalten. Das versuche ich auch. »Die Katze ist so süß«, sage ich. »Hanna wird ausflippen. Meine Tochter. Hast du auch Kinder?«

»Nein.«

»Und bist du verheiratet?«

»Verlobt.«

»Wie heißt er?«

»Silvio.«

»Das gibt's nicht«, rufe ich.

»Warum?«

»Das ist eine lange Geschichte. Erzähle ich dir mal in Ruhe. Wir haben unendlich viel zu bequatschen, ich will alles über dich wissen. Aber nun bringe ich dich erst mal zu unserer Familie.«

Unsere Familie. Bin ich jetzt eigentlich mit einem Mafiaboss verwandt? Wenn er der Vater meiner Schwester ist, müsste er so eine Art Stiefvater für mich sein. Ich schüttle den Kopf. Was für ein verrückter Gedanke. Jedenfalls hätte ich mich gerne bei ihm bedankt. Dafür, dass er meine Schwester zu mir gebracht hat, und für die Katze. Weil das nicht geht, sage ich zu Letizia: »*Mille grazie*, dass du gekommen bist.«

Sie schüttelt den Kopf. »Ich weiß nicht, ob ich das will. Ich habe schon eine Familie.«

»Komm schon. Bitte.« Ich nehme sie am Arm.

Sie macht sich los.

Ich hebe den Karton auf und gehe vor, bin fast überrascht, dass sie mir folgt. Wir gehen um die Hausecke. Mitzi ist die Erste, die Letizia bemerkt. Sie lässt die Erbsenschote fallen, die sie gerade pult, und greift nach Gaetanos Arm. »Himmelarschundzwirnkreuzkruzifixnochamal! Spinn ich, oder was?«

»Was ist denn das für eine?«, flüstert mir Letizia zu.

»Das ist deine leibliche Mutter.«

»*Dio santo.*«

»Lucia!«, ruft Gaetano und springt auf.

»Letizia«, sage ich über den Karton hinweg.

»Was?«

»Sie heißt Letizia.«

Mitzi sieht aus, als wäre ihr ein Geist erschienen, und irgendwie ist es ja auch so.

»Mama, die Frau sieht aus wie du«, sagt Hanna.

Letizias Gesicht wird weicher. Sie beugt sich zu Hanna und kneift ihr sanft in die Wange. »*Che bella bambina.*«

»Meine Tochter«, sage ich.

»Wow!«, sagt Nunzia. »Ihr seht euch wirklich ähnlich.« Sie schaut etwas ratlos zwischen uns hin und her. »Freut ihr euch gar nicht?«

Wir schweigen.

Zio Calzone betritt die Bühne. Er steht auf, breitet die Arme aus, kommt auf uns zu und ruft: »Willkommen in der Familie Inguanta.«

Das ist der Startschuss für die anderen zum kollektiven Busseln, Umarmen und Schulterklopfen. Ob Letizia will oder nicht. Ich muss grinsen.

»*Mariiiia!*«, ruft die *Nonna*, als sie wieder von ihr ablässt, und zieht ihr Stofftaschentuch hervor. »Jetzt kann ich in Frieden sterben.«

»Ach was, so schnell vergeht Unkraut nicht«, sagt *Nonno* und klopft mit seinem Gehstock auf den Boden.

Letizia streicht sich die Haare zurecht. Jetzt lächelt sie. Dem Charme meiner sizilianischen Großfamilie kann sich eben niemand entziehen, nicht mal sie. Ich atme auf.

»*Vieni*«, sagt Gaetano, nimmt sie am Arm und zieht sie auf einen der Stühle. »Setz dich zu uns.«

Zia Mimma klatscht in die Hände. »Und ich mach dir erst mal einen *caffè!*«

»Sind wir *jetzt* endlich eine richtige Familie?«, fragt Hanna.

»Ich glaube schon. Schau mal in die Kiste.«

Hanna hebt den Deckel an und stößt einen Begeisterungsschrei aus. Sie nimmt den kleinen Kater heraus. »Ist der für mich?«

»Ja. Ein Geschenk von Letizia«, schwindle ich.

Hanna streichelt das schwarz-weiße Köpfchen. »Zia Mimma, er braucht was zu essen. Und zu trinken.«

»Der ist ja ein *piccino*«, ruft die Tante.

»Was heißt *piccino*?«

»Winzling«, sage ich.

»Ich nenne ihn Picci.« Hanna stellt dem Kater ein Schälchen Wasser hin und zerreißt eine Scheibe Kochschinken in kleine Stücke. Picci schnurrt wie der Motor einer Ape.

Mitzi und Gaetano sitzen Seite an Seite und stellen Letizia Fragen. »Und, was machst du beruflich?«

Letizia sitzt nach vorne gebeugt, stützt die Ellbogen auf ihre Knie und zerfieselt eine Serviette. Ich lächle. Sie macht das also auch.

»Ich bin Fotografin«, erzählt sie.

»Nein!«

»Doch, warum?«

»Linda auch.«

Es stimmt also. Zwillinge haben Übereinstimmungen, selbst wenn sie getrennt aufwachsen. Ich denke an diesen verrückten Fall aus Ohio. Jim Lewis und Jim Springer, Zwillingsbrüder, die wenige Wochen nach ihrer Geburt von unterschiedlichen Paaren adoptiert wurden, haben neununddreißig Jahre lang nichts voneinander gewusst. Als sie sich wiedertrafen, stellten sie fest, dass beide die gleiche Zigarettenmarke rauchten, das gleiche Bier tranken und den gleichen Wagen fuhren. Sie hatten beide zwei Mal geheiratet, und zwar jeweils eine Linda und dann jeder eine Betty. Ihre Söhne hießen Alan und James Allan, ihre Hunde hießen beide Toy. Im Nebenberuf arbeiteten die Brüder als Hilfssheriffs und in ihren Gärten stand jeweils ein Baum auf dem Rasen, und darunter eine weiße Bank. Tja. Und wir sind eben beide Fotografinnen und haben eine ganz besondere Beziehung zu einem gewissen Silvio. Ich proste Richtung Himmel. »Danke, Signor Berlusconi.«

Zio Calzone hat *Nonnas* Taschentücher in seinen Besitz gebracht und auch Gaetano schnäuzt sich immer wieder geräuschvoll.

Mitzi heult ungefiltert. So habe ich sie noch nie erlebt. Die Wangen fleckig, die Augen verquollen, aber ein Strahlen auf dem Gesicht. Ich glaube, sie weint gerade alles aus sich raus, was sie die letzten sechsundzwanzig Jahre gequält hat. Gaetano legt den Arm um ihre Schultern und sie lehnt sich bei ihm an.

Uwe steht abseits und weiß nicht, wohin mit sich. Fast tut er mir leid. Ich gehe zu ihm rüber. »Ist jetzt ein bisschen blöd für dich, oder?«

Er zuckt die Schultern. »Ich werde morgen weiterreisen. Nach Syrakus, die Tempel besichtigen. Wenn ich schon mal auf Sizilien bin ... Wusstest du, dass der Artemistempel der einzige Tempel auf Sizilien ist, der im sechsten Jahrhundert vor Christus im ionischen Stil zu Ehren der Göttin Artemis erbaut wurde?«

»Super Idee«, sage ich. »Und die Mosaike in Piazza Armerina solltest du dir auch nicht entgehen lassen. UNESCO-Weltkulturerbe.«

Er schaut sich verloren um. »Ich bin müde, ich leg mich ein bisschen hin.«

»Aber es ist doch erst ...« Ich schaue auf die Uhr.

»Ich fahre ganz früh, wenn ihr alle noch schlaft. Sagst du Mitzi dann Bescheid, ja?«

»Mache ich.« Erleichterung und Mitleid breiten sich in mir aus. Er ist ja kein schlechter Kerl. War ja alles lieb gemeint mit seiner Überraschung und der Öko-Station. Aber er ist einfach zu deutsch für uns.

»Okay. Gute Nacht und gute Reise«, sage ich und schaue ihm hinterher. Dann gehe ich rüber zu meiner Familie.

Morgens um drei, als die Pet Shop Boys endlich verstummen, knackt die Stereoanlage in der plötzlichen Stille. Ich lausche. Ist die Karaoke-Party etwa zu Ende? Oh bitte. Ich habe nicht mehr gewagt, darauf zu hoffen, dass die Glaubensbrüder jemals fertig werden.

»Hallo, hallo?«, dröhnt Zio Peppinos Stimme blechern durch den Garten. »Die Party ist zu Ende. Kommt heil nach Hause. Und allen Nachbarn wünschen wir eine gute Nacht.«

Halleluja.

Zio Calzone, Zia Mimma, *Nonna, Nonno* und Nunzia brechen auf nach Santa Lucia.

»Du kannst bei Hanna im Zimmer schlafen«, sage ich zu Letizia. »Ich stelle mir eine Liege auf die Terrasse.«

»Ich kann doch die Liege nehmen.«

»Kommt nicht in Frage«, echauffiere ich mich, so wie ich es von Nunzia gelernt habe. »Du bist unser Gast, du schläfst im Bett.«

Letizia schaut mich an und lächelt. Dann faltet sie die Hände, verneigt sich und sagt: »Danke, dass du nach mir gesucht hast. *Namaste.*«

Ich starre sie an. »Das glaube ich jetzt nicht.«

»Was?«

»Das hast du von Mitzi.«

Wir müssen lachen. Dann nehme ich mir meine Decke, gehe raus und kuschle mich auf der Strandliege ein.

Über mir funkelt der schönste Sternenhimmel, den ich je gesehen habe. Ich entdecke den großen Wagen, und da den kleinen. Nah über dem Meer leuchtet die Venus rötlich. Der Mond wirft eine glitzernde Spur übers Wasser, die sich im Rhythmus der Wellen bewegt. Ich seufze. Das ist so unglaublich schön. Würde ich für immer hier leben wollen? Und wäre das überhaupt möglich?

Hanna könnte hier in die Schule gehen, sie ist noch jung genug, um die Sprache perfekt zu lernen. Mitzi ist sowieso nicht gebunden. Und ich? Ich müsste mein Studium wieder abbrechen. Und dann gibt es ja auch Mario. Ich vermisse ihn. Mit seinem Geruch in der Nase schlafe ich ein.

Am nächsten Morgen sitzt Hanna im Schneidersitz auf den Terrakotta-Fliesen und streichelt den kleinen Kater. Er schmeißt sich auf den Rücken, umkrallt ihren Zeigefinger und beißt mit seinen winzigen Zähnchen hinein. Hanna lacht. Dann wird sie traurig. »Ich will ihn mit nach Deutschland nehmen.«

»Das geht aber nicht im Flugzeug.«

»Dann bleibe ich hier und passe auf ihn auf. Er kann ja nicht allein sein, er ist noch ein Baby.« Eine Träne rollt über ihre Wange und ich spüre einen Stich im Herzen.

Ich nehme sie in den Arm. »Weißt du was? Wir fragen einfach Gaetano, ob er Picci mitnimmt und sich um ihn kümmert, ja? Dann kann der Kleine in seiner Werkstatt Mäuse fangen. Das macht ihm bestimmt Spaß.«

»Ich will aber, dass er hierbleibt.« Hanna zieht einen Schmollmund. »Und ich will auch hierbleiben.«

»Ja?«

Hanna nickt. »Für immer.«

»Ich fei auch, nur damit ihr's wisst«, sagt Mitzi. »Weil ich hier nämlich glücklich bin. Und unsere wahre Aufgabe ist es, glücklich zu sein.«

»Dalai Lama?«

»Freilich.« Sie schaut sich um. »Wo ist denn eigentlich der Uwe? Macht der schon wieder Eisschwimmen?«

Ich schüttle den Kopf. »Abgereist.«

Mitzi nickt. Sie sieht erleichtert aus. »Und, kommt er zurück?«

»Ich glaube nicht.«

Ein Lächeln huscht über ihr Gesicht. »Dann wecke ich jetzt mal den Gaetano.« Sie geht zurück ins Haus, irgendwie beschwingt.

Ich schaue ihr hinterher. Vielleicht haben sie sich wirklich wiedergefunden.

Eine kühle Brise weht vom Meer herauf und ich stecke die Hände in die Taschen meiner Fleece-Jacke. Da raschelt etwas. Ich ziehe ein zerknülltes Blatt Papier heraus, falte es auf und lese:

Ich musste es dir unbequem machen,
sonst hättest du dich nie bewegt.
Das Universum

Wer hat mir den wohl in die Tasche gesteckt? Ich schüttle den Kopf. Verrückt. Dann werfe ich einen letzten Blick über die Wellen. Mal sehen, was das Universum noch so alles für uns parat hält.

Epilog

Zio Calzone stopft sich ein großes Stück Leberkäs in den Mund und Zia Mimma dippt ihre Gabel in den süßen Senf. »*Interessante*«, sagt sie.

Draußen prasselt der Regen gegen die Scheibe und das Grau des Himmels verschwimmt mit dem Grau des Ammersees. Es ist so ungefähr der ungemütlichste, deutscheste Tag, den ich je erlebt habe. Aber Mitzi hat den Kachelofen angeheizt und Zio Calzone drückt wohlig seinen Rücken gegen die grünen Fliesen. Es riecht nach Feuer und Leberkäs. Neben ihm hat sich der schwarzweiße Kater zusammengerollt. Gaetano ist im Auto von Sizilien bis München gefahren und hat Picci mitgebracht. Hanna hat ihre Hände in sein Bauchfell vergraben und strahlt.

Ich betrachte meine sizilianische Familie. Sie sind alle zu Besuch gekommen. Gaetano, Zio Calzone und Zia Mimma, Nunzia und sogar Letizia. Die beiden haben sich angefreundet und machen gemeinsam Palermo unsicher. Ich will so bald wie möglich wieder zu ihnen fliegen.

Nur *Nonno* und *Nonna* sind nicht hier.

»In letzter Zeit war *Nonno* oft schwindelig«, erzählt Zio Calzone zwischen zwei Bissen Leberkäs. »Wisst ihr was? Ich habe seinen Garten nach Weinflaschen abgesucht.«
»Und?«

328

»Einen ganzen Schubkarren voll hatte er hinter den Kapernbüschen und zwischen den Kaktusfeigen versteckt.«

Gaetano seufzt. »Er war immer so stark wie ein Baumstamm. Und jetzt braucht er einen Bypass. Irgendwie ist es so, als wäre der Baum gefällt worden.«

»Jemand muss sich um den Garten kümmern«, sagt Zia Mimma. »Was ist denn jetzt mit eurem *Inguanta Export*?«

»Ich bin jetzt im Italienischkurs, damit ich in Santa Lucia in die Schule gehen kann«, ruft Hanna.

»Dann zieht ihr bald nach Sizilien?« Zia Mimma klatscht in die Hände.

»Moment mal.« Ich lache. »So schnell geht das nicht. Ich muss erst mein Studium fertigmachen.«

»Und mich gibt es ja wohl auch noch«, sagt Mario und legt den Arm um meine Schultern.

Zio Calzone winkt ab. »Dann kommst du halt mit. Und dieses Studium ... Das braucht die Linda doch in Sizilien gar nicht.«

»Bildung ist die mächtigste Waffe, um die Welt zu verändern«, sagt Mitzi. »Nelson Mandela.«

»Ihr Deutschen wollt immer die Welt verändern.« Zia Mimma schüttelt den Kopf und schiebt sich ein Stück Breze in den Mund. »Warum seid ihr denn nie mit dem zufrieden, was ihr habt?«

Wo sie recht hat, hat sie recht. Wobei ich sagen muss, dass ich zurzeit sehr zufrieden bin. Ich kuschle mich noch enger an Mario.

»Was ist eigentlich aus Uwe geworden?«, fragt Nunzia.

Mitzi zuckt die Schultern. »Mei, nix halt.« Dann haut sie Gaetano ihren Ellbogen in die Rippen und kichert. »Du bleibst fei schon ein bisserl länger, oder?«

Er lächelt und seine Grübchen kommen zum Vorschein. Ich habe mich noch immer nicht an den Anblick meiner Eltern zusammen gewöhnt.

Zio Calzone angelt mit der Gabel nach der dritten Scheibe Leberkäs und Mitzi reibt sich zufrieden die Hände. »So was Gutes bekommst du in Italien fei nicht zum Essen, gell?«

»Gell«, antwortet Zio Calzone.

Damit sich die Italiener wie zu Hause fühlen, habe ich vor dem Essen den Fernseher angestellt. Jetzt flackern Bilder aus Italien über den Bildschirm. Sieht nach Süden aus. Ich höre mit einem Ohr zu. Kalabrien. Ich blende das Gespräch am Tisch aus und lausche.

»Die fünfunddreißigjährige Lea Garofalo ist verschwunden. Die Polizei geht davon aus, dass die junge Frau von ihrem Ex-Mann, ihrem Onkel und ihrem Vater ermordet wurde. Die Männer gehören zur kalabrischen Mafia, der sogenannten 'Ndrangheta.«

Mario wird ganz steif auf seinem Stuhl und ich schaue ihn besorgt von der Seite an.

»Garofalo hatte vor mehreren Jahren ihren Ex-Mann verlassen, die gemeinsame Tochter mitgenommen und mit der Justiz kooperiert. Vor wenigen Wochen traf sie sich ein letztes Mal mit ihm, um über die Zukunft der mittlerweile siebzehnjährigen Tochter zu sprechen. Seitdem ist sie verschwunden.«

Scheiße. Ich schalte den Fernseher aus und nehme Marios Hand. »Es ist vorbei«, sage ich.

»Nein.« Er schüttelt den Kopf. »Es ist nie vorbei.«

Die Kinder der 'Ndrangheta

Der wahre Hintergrund zu dieser Geschichte hat nicht in Sizilien stattgefunden, sondern in Kalabrien. Als ich den Film »Liberi di scegliere« auf Netflix gesehen habe (sehr sehenswert, schaut ihn euch unbedingt an!), bin ich zum ersten Mal auf das gleichnamige Projekt aufmerksam geworden und fand die Idee so toll, dass ich ihr einen Platz in meinem Roman geben wollte. Deshalb habe ich die Initiative des Jugendrichters Roberto Di Bella kurzerhand von Kalabrien nach Sizilien verlegt und deutlich früher angesetzt.

Hier kommt die echte Geschichte dazu:

»Liberi di scegliere« ist ein Programm, das Kindern, Jugendlichen und Frauen hilft, aus der kalabrischen *'Ndrangheta*, der mächtigsten Mafiaorganisation der Welt, auszusteigen. Seit 2012 konnten mit seiner Hilfe rund 80 Minderjährige und 30 Kernfamilien untertauchen und Kalabrien verlassen.

Die Idee zu diesem Programm hatte der damalige Präsident des Jugendgerichtes von Reggio Calabria, Roberto Di Bella, und zwar aus folgendem Grund: In den vorangegangenen 25 Jahren waren vor diesem Gericht über 100 Prozesse wegen organisierten Verbrechens geführt worden, davon über 50 wegen Mordes oder versuchten Mordes, allesamt begangen von Minderjährigen.

Dazu muss man wissen, dass die Mitgliedschaft in der *'Ndrangheta* – anders als in der sizilianischen *Cosa Nostra* – ausschließlich vom Vater an den Sohn vererbt wird.

Damit ist das Schicksal der Kinder aus diesen Familien durch Geburt vorbestimmt. Sie werden regelrecht abgerichtet und für Raubüberfälle, als Drogenkuriere, Erpresser und sogar Killer benutzt – oft lernen schon Zehnjährige, mit Kriegswaffen zu schießen, statt in die Schule zu gehen. Viele landen schon mit 14 Jahren im Gefängnis, steigen aber dadurch in der Hierarchie auf, kommen als Erwachsene wieder frei und führen ihr Leben in den Mafiafamilien weiter. Irgendwann werden sie selbst zu Bossen. Die Mechanismen des Staates versagen. Schulen, Behörden und Sozialarbeiter sind machtlos. Sie haben durch den extremen Familienzusammenhalt keine Chance, an die Jugendlichen heranzukommen und werden mit dem Tod bedroht, wenn sie es versuchen.

Roberto Di Bella arbeitete seit 1993 in Kalabrien und sah die Tatsache, dass er im Laufe der Jahre nicht nur die Söhne der Bosse, sondern auch ihre Enkel und Urenkel vor sich sitzen hatte, als das größte Versagen der Justiz. Deshalb entwickelte er eine neue Idee. Er wollte diesen Teufelskreis durchbrechen, indem er Minderjährige per Gesetz aus den Familien holte: Er nahm den Bossen aufgrund der psychischen Schäden für die Entwicklung des Kindes das Sorgerecht. Die Jugendlichen kamen in staatliche Obhut und wurden anonym an geheimen Orten untergebracht.

Damit gab er den Jugendlichen die Chance, ein anderes, normales Leben ohne Gewalt und Kriminalität, ohne übergriffige Familien, stigmatisierende Nachnamen und Schweigegelübde, dafür mit Schulbildung kennenzulernen. Er startete eine weltweit einzigartige Initiative. Di Bella setzt aber nicht darauf, die Jugendlichen umzuerziehen. Er will ihnen nur die Welt außerhalb der mafiösen Strukturen zeigen, damit sie selbst entscheiden können, ob sie wirklich den Weg gehen möchten, den ihre Familien für sie ausgesucht haben. Sie sollen *liberi di scegliere* sein.

In den Gesprächen, welche die Behörden mit den Müttern dieser Jugendlichen geführt haben, hat sich ein weiterer Abgrund aufgetan: Nämlich die Verzweiflung und Ausweglosigkeit mancher Frauen. Oft werden *'Ndrangheta*-Ehen arrangiert, um die Machtgefüge der Familien zu stärken. Die Frauen sind für die Familie zuständig und haben meist kein Insiderwissen. Daher können sie nicht an Kronzeugenprogrammen teilnehmen, die ihnen nach einem Ausstieg Schutz gewähren würden – sie sind der Situation hilflos ausgeliefert. Sich von der Familie zu lösen, ist lebensgefährlich: Frauen, die auf eigene Faust fliehen wollen und von ihren Familien gefunden werden, werden umgebracht. Als Di Bella die Situation der Frauen klar wurde, erweiterte er das Programm »Liberi di scegliere« auf die Mütter der Jugendlichen, die jetzt ebenfalls die Möglichkeit haben, zusammen mit ihren Kindern unterzutauchen. Mittlerweile gibt es sogar einige Väter, die nach ihrer Zeit im Gefängnis das Angebot angenommen haben, ihren Familien zu folgen, anstatt in ihr kriminelles Umfeld zurückzukehren.

Das Programm nahm bald ein Ausmaß an, welches das Jugendgericht von Reggio Calabria nicht mehr allein organisieren und finanzieren konnte. Ein Meilenstein war 2015 die Zusammenarbeit mit der Antimafia-Organisation »Libera«, die seit 1994 aktiv ist und von der Mafia beschlagnahmte Immobilien verwaltet. Sie hatte vielfältige Möglichkeiten, Di Bellas Programm zu unterstützen, und brachte es weit voran. Die letzte Version der Satzung wurde am 31. Juli 2020 von fünf italienischen Ministerien (Justiz-, Innen-, Kultus-, Wissenschafts- und Gleichstellungsministerium) sowie der nationalen Antimafiaorganisation unterzeichnet. Punkt 1: Alle Strukturen (Richter, Sozialarbeiter, Psychologen, Polizei, Kirche, Behörden etc.) sollen zusammenarbeiten, um ein Netzwerk zu schaffen, damit jeder einzelne Fall behandelt werden kann. Seit dem Schuljahr 2020/2021 steht das Programm »Liberi di scegliere« sogar auf dem Lehrplan jeder italienischen Schule. Diesen Erfolg errang Di Bella in seinen letzten Tagen in Kalabrien – seit 2020 arbeitet er in Sizilien als Präsident des Jugendgerichts Catania.

Leider ist auch der Mord an Lea Garofalo wirklich geschehen.

Auf BR 2 Breitengrad gibt es unter »Die Kinder der 'Ndrangheta« einen tollen Podcast:

https://www.br.de/radio/bayern2/sendungen/breitengrad/kinder-ndrangheta-italien-verbrechen-100.html

Post aus Sizilien

Hast Du Fernweh? Dann komm mit mir nach Sizilien. Ich schreibe Dir alle 2-4 Wochen eine Mail und bringe ein bisschen Italien zu Dir nach Hause.

Du erfährst als Erste/r alle wichtigen Neuigkeiten zu meinen Büchern, z.B. Gewinnspiele, Preisaktionen und Termine.

Du bekommst Insider-Infos über Sizilien und Küchen-tipps meiner sizilianischen Schwiegermutter.

Du kannst sogar beim nächsten Roman mitentscheiden.

Unter www.anna-castronovo.de/postaussizilien.html kannst Du meinen Newsletter bestellen.

Selbstverständlich kannst Du Dich jederzeit wieder aus-tragen und Deine Daten werden nur für die Infomails verwendet!

Lindas Tomatensoße

WG-Blitzrezept für Mitzi und Linda:

1 Zwiebel

1 Knoblauchzehe

1 Packung passierte Tomaten

Frischer Basilikum

1 Mozzarella

Salz

Olivenöl

(Wenn mal wieder die Fetzen fliegen:

Aglio-Olio-Peperoncino-Gewürz)

So geht's: Die Zwiebel kleinschneiden, die Knoblauch-zehe in zwei Hälften teilen und alles in reichlich Olivenöl andünsten. Die passierten Tomaten und den Basilikum zugeben, mit Salz und je nach Geschmack mit dem Aglio-Olio-Peperoncino-Gewürz abschmecken. Auf kleiner Flamme köcheln lassen.

Wichtig: Es muss richtig viel Soße auf die Pasta! Am Ende den Mozzarella in Stücke Schneiden und auf die heißen Nudeln geben. Warten, bis er schmilzt und Fäden zieht. Dann servieren.

Buon appetito!
Hilft garantiert gegen alles!

Autorin

Anna Castronovo ist Autorin, Journalistin und Übersetzerin. Sie liebt Italien seit ihrer Kindheit. Jede Osterferien verbrachte sie im Ferienhaus ihrer Oma in Terracina, und nach der Schule wurde ihr großer Traum wahr: Sie zog ganz in ihr Lieblingsland und studierte in Perugia Italienisch. Wieder zurück in München, legte sie am Sprachen- und Dolmetscherinstitut die staatliche Übersetzer-Prüfung ab. Anschließend arbeitete sie sechs Jahre lang als Redakteurin, Korrektorin und Ressortleiterin im DLV Verlag. Seit 2013 schreibt sie als freie Journalistin für verschiedene Zeitschriften und hat mittlerweile sieben Romane veröffentlicht.

Ihr Mann stammt aus Sizilien und sie verbringt mit ihm und ihren beiden Töchtern jedes Jahr mehrere Wochen auf der Insel. Dabei stößt sie immer wieder auf spannende Geschichten und bewegende Schicksale abseits der Touristenpfade, die sie in ihren Büchern verarbeitet. Für ihren ersten Sizilienroman „Klosterkind" gewann sie 2019 den Skoutz Award in der Kategorie History. „Fluch der Saline" und „Kaktusfeigen" haben es auf die Shortlist für den Tolino Newcomerpreis 2020 und 2021 geschafft.

Ich freue mich über Nachrichten und Feedback!
Mail: info@anna-castronovo.de
Website: www.anna-castronovo.de
Facebook: Anna Castronovo Autorin
Instagram: anna.castronovo.autorin

Danke

Es ist Zeit, danke zu sagen. Ich bin immer wieder beeindruckt und gerührt, wie viele liebe Menschen mich beim Schreiben unterstützen und motivieren. Daaankeee euch allen, die ihr nachfragt und mitfiebert, meine Social-Media-Posts kommentiert und teilt, Rezensionen schreibt und meine Bücher weiterempfehlt. Ohne euch würde ich das alles gar nicht schaffen.

Ganz besonders bedanken möchte ich mich bei ...

... meiner Autoren-Freundin Alexandra Demaria, die jedes Kapitel als Erste gelesen hat und mir während des gesamten Schreibprozesses mit Rat und Motivation zur Seite gestanden hat.

... Giusy Amè von Magicalcover Design, die geduldig alle meine Sonderwünsche umgesetzt und wieder ein wundervolles Cover gezaubert hat. Vor allem der Kater ist sehr zufrieden. Er findet: War ja wohl allerhöchste Zeit, dass er endlich mal vorkommt!

... Simona Turini, die das Manuskript mit viel Gefühl und Expertise lektoriert hat. Die gute Nachricht: Ich konnte sie bereits für Band 3 gewinnen :-)

... Franz Riegel und Nine Arend, die nicht nur „Kaktusfeigen", sondern auch den „Puppenspieler von Palermo" großzügig gesponsert haben. (Und zwar beide Male am 24. Februar. Und jetzt kommt's: Am 24. Februar haben alle drei Annas aus meiner sizilianischen Familie Geburtstag - kein Witz! Und wisst ihr was? Auch Linda und Lucia wurden am 24. Februar geboren. Die Mitzi hat sich an den Kopf gelangt und zu mir gesagt: »Mei, dass du des nie checkst. Des ist doch ein Zeichen vom Universum. Glasklar.« Also habe ich beschlossen, dass auch der Puppenspieler am 24. Februar das Licht der Welt erblicken soll. Hoffentlich hat Mitzi Recht und dieses Datum bringt mir Glück für die Veröffentlichung :-)

... meinen Testleserinnen Melanie Groß, Sabine Müller, Ilka Knäbel, Irina Gruber, Bettina Reitz, Stefanie Carpintero, Bianca Kober (und ihrem Monk), Biggi Pickl, Sandra Becker, Christiana Esekuche, Christin Dominick, Beate Meyer und Gina de Münck, die mir alle wahnsinnig viel hilfreiches Feedback gegeben haben.

... Christian Strzoda, der die Geschichte wie immer als Letzter vor der Veröffentlichung gelesen hat. Bei diesem, meinem siebten Roman, war er zum ersten Mal rundum zufrieden mit der Story und hatte nichts zu meckern. Na ja ... fast nichts.

... Ina Vogel mit den Adleraugen, die Korrektur gelesen und noch einige Tippfehler gekillt hat, die auch nach dem hundertsten Durchgang keiner gesehen hatte. Und wer jetzt noch einen findet, kriegt nen Keks.

Weitere Titel der Autorin ...

KAKTUSFEIGEN

**Die eine glaubt ans Universum,
die andere an Tomatensoße.**

Eigentlich sind die bodenständige Linda und ihre exzentrische Mutter ein gutes Team. Nur wenn es um Lindas sizilianische Wurzeln geht, fliegen die Fetzen. Um endlich Antworten auf ihre Fragen zu bekommen, fliegt Linda mit ihrer kleinen Tochter kurzerhand nach Sizilien. Dort lernt sie nicht nur den schönen Bademeister Silvo kennen, sondern auch ihre sizilianische Großfamilie. Doch Lindas Vater aufzuspüren, erweist sich als schwierig. Und auch um Lindas Zwillingsschwester, die angeblich bei der Geburt gestorben ist, ranken sich gruselige Geheimnisse. Linda ist überzeugt: Ihre Schwester lebt. Doch was ist damals mit ihr passiert? Auf einer sizilianischen Hochzeit geraten die Dinge endlich ins Rollen.

„Anna Castronovo schafft es, Mystery, Spannung und jede Menge Witz in einer fesselnden Geschichte zu vereinen – und das mit einer solchen Leichtigkeit, dass man trotz der ernsten Themen immer wieder schmunzeln muss." (Sabine Müller)

Shortlist Tolino Newcomerpreis 2021.
ISBN 978-375-349-011-3
Preis: Taschenbuch 11,99 €; E-Book 4,99 €

FLUCH DER SALINE

**Würdest du deinen eigenen
Vater verraten, um frei zu sein?**

Sizilien 1968: Totò ist erst vierzehn Jahre alt und muss schon hart arbeiten. Sein Vater hat eine Saline gekauft, die nur schmutziges Salz erzeugt, und die Familie lebt in Armut. Als ausgerechnet Don Luigi, der mächtigste Mann im Dorf, die Saline kaufen will, wittert Totò seine Chance, dem Elend zu entfliehen. Doch sein Vater hält verbissen am Familienbesitz fest.

Eine Seherin behauptet, dass ein Fluch auf dem alten Gemäuer liegt – und der Vater glaubt auch schon zu wissen, wer dahintersteckt. Als er mit seinem Gewehr loszieht, muss Totò sich entscheiden, auf wessen Seite er steht. Dabei stößt er auf ein dunkles Familiengeheimnis.

„Spannung pur. Ich hatte Kopfkino und konnte nicht mehr aufhören zu lesen – tolle Story, beste Unterhaltung und Suchtgefahr." (Irina Gruber)

**Shortlist Tolino Newcomerpreis 2020
und LovelyBooks Leserpreis 2020.**

ISBN 978-375-193-823-5
Preis: Taschenbuch 10,99 €; E-Book 4,99 €

Anna Castronovo

Kloster kind

Roman

KLOSTERKIND

Die siebenjährige Filomena ist verzweifelt. Ihre Mutter hat sie in ein Klosterinternat gebracht, in dem strenge Klausur herrscht. Um zu fliehen, macht sie sich auf die Suche nach einem unterirdischen Gang, der aus dem Kloster herausführen soll. Bei ihren heimlichen Streifzügen stößt sie auf die Spuren von Suor Maria Crocifissa della Concezione, die vor dreihundert Jahren im selben Kloster lebte und in den düsteren Gängen dem Teufel begegnete. Die Geschichte der Nonne zieht Filomena immer mehr in ihren Bann, bis sie eines Tages beginnt, von Madre Crocifissa zu träumen ...

Warum wurde Filomena ins Kloster gebracht? Wird sie ihre Mutter je wiedersehen? Und was hat es mit der geheimnisvollen Nonne auf sich?

Die Klostergeschichte und die Legenden um Madre Crocifissa beruhen auf wahren historischen Begebenheiten.

*„Klosterkind ist eine faszinierende Geschichte.
Unglaublich stimmungsvoll und mitreißend hat die Autorin
fiktive Elemente mit historischen Begebenheiten verwoben und
daraus eine eindrückliche Story kreiert. Emotional, extrem
spannend und voller Geheimnisse! Dieser Roman geht unter
die Haut. Man fliegt über die Seiten, kann das Buch nicht
mehr weglegen, so hält es einen gefangen. Dass diese Geschichte auf wahren Begebenheiten beruht, macht sie umso faszinie-
render."*
(Andreas Otter, Juror Skoutz Award History)

316 Seiten
ISBN 978-375-282-109-3
Taschenbuch: 11,99 €
E-Book: 4,99 €

Weitere Informationen: www.klosterkind.de

DARK WAY

Die Geschichte eines Suizids.
Erschütternd. Berührend. Echt.

Der 6. Oktober 2016 beginnt wie ein ganz normaler Tag, bis Pam Metzeler gegen 13 Uhr eine WhatsApp-Nachricht erhält: Wie geht´s dir? Sie wundert sich, schreibt zurück: Alles wie immer, warum? Dann erfährt sie, dass im Dorf das Gerücht umgeht, ihr Sohn Timo hätte sich vor den Zug gelegt. Zwei Stunden später wird dieser Verdacht zur schrecklichen Gewissheit. Pams Welt bricht zusammen.

Wie schafft es eine Mutter, damit zurechtzukommen, dass ihr Kind sich das Leben genommen hat? Was geht in ihr vor? Wie kann sie weiterleben? Pam erzählt ihre Geschichte mit schonungsloser Ehrlichkeit und nimmt den Leser mit auf die dunkelste Reise ihres Lebens.

„Diese Geschichte geht ganz tief unter die Haut. Ich habe noch nie ein Suizid-Buch gelesen, das alle Facetten dieses Tabu-Themas so mitreißend und ehrlich darstellt, ohne etwas zu beschönigen."
(Gela Kudela, Leiterin der AGUS-Selbsthilfegruppe)

ISBN: 978-3-748-12848-9
Taschenbuch: 7,99 €, E-Book: 2,99 €